KEY·可以文化

莫言给孩子的
文学课

故乡的人与事

莫言 著

浙江文艺出版社
Zhejiang Literature & Art Publishing House

图书在版编目（CIP）数据

故乡的人与事/莫言著. —杭州：浙江文艺出版社，
2023.4
ISBN 978-7-5339-7030-7

Ⅰ. ①故… Ⅱ. ①莫… Ⅲ. ①中篇小说-小说集-中
国-当代②短篇小说-小说集-中国-当代　Ⅳ. ①I247.7

中国版本图书馆 CIP 数据核字（2022）第 220791 号

策划统筹　曹元勇
责任编辑　周　思
营销编辑　耿德加　胡凤凡
责任印制　吴春娟
装帧设计　裴峰南
封面插图　李　晶
数字编辑　姜梦冉　诸婧琦

故乡的人与事

莫　言　著

出版发行　浙江文艺出版社
地　　址　杭州市体育场路 347 号
邮　　编　310006
电　　话　0571-85176953（总编办）
　　　　　0571-85152727（市场部）
印　　刷　杭州杭新印务有限公司
开　　本　710 毫米×1000 毫米　1/16
字　　数　170 千字
印　　张　15.5
版　　次　2023 年 4 月第 1 版
印　　次　2023 年 4 月第 1 次印刷
书　　号　ISBN 978-7-5339-7030-7
定　　价　39.00 元

目录
CONTENTS

第一辑

我生命中最珍视的亲人与老师

—

 导读提示

　　在我们的生活中，最熟悉、最依恋的就是我们的亲人和老师，他们陪伴着我们成长，与我们一同度过最难忘的日日夜夜。

　　莫言喜爱写身边的亲人与老师，这些人物常常成为他小说的原型。在这一辑里，我们会看到不畏大风黑云，直起腰杆拉着整车茅草的爷爷；开荒种五谷，在漫天秋水中生下孩子的奶奶；热爱运动、身怀绝技，又善于发现学生心底良善的老师……

　　莫言描写人物的方法会给我们的写作带来什么样的启发呢？我们要从哪里入手开始写身边的人与事？让我们翻开书页，反复琢磨每一个小小的细节，想一想怎样才能写出这些个性鲜明又感人至深的人物吧！

大　风

　　学校里放了暑假，我匆匆忙忙地收拾收拾，便乘上火车，赶回故乡去。路上，我的心情十分沉重。前些天家里来信说，我八十六岁的爷爷去世了。寒假我在家时，老人家还很硬朗，耳不聋眼不花，想不到仅仅半年多工夫，他竟溘然逝去了。

　　爷爷是个干瘦的小老头儿，肤色黝黑，眼白是灰色，人极慈祥，对我很疼爱。我很小时，父亲就病故了，本来已经"交权"的爷爷，重新挑起了家庭的重担，率领着母亲和我，度过了艰难的岁月。爷爷是村里数一数二的庄稼人，推车打担、使锄耍镰都是好手。经他的手干出的活儿和旁人明显地两样。初夏五月天，麦子黄熟了，全队的男劳力都提着镰刀下了地。爷爷割出的麦茬又矮又齐，捆出来的麦个子，中间卡，两头奓，麦穗儿齐齐的，连一个倒穗也没有。生产队的马车把几十个人割出的麦个拉到场里，娘儿们铡场时，能从小山一样的麦个垛里把爷爷的活儿挑出来。

　　"瞧啊，这又是'蹦蹦'爷的活儿!"

　　娘儿们怀里抱的麦个子一定是紧腰齐头奓根子，像宣传画上经常画着的那个扎着头巾的小媳妇怀里抱的麦个子一样好看，她们才这样喊。

　　"除了'蹦蹦'爷谁也干不出这手活儿。"娘儿们把麦子往铡刀下一送，按铡的娘儿们一手叉腰，单手握着铡刀柄，手腕一抖，"嚓"，麦个子拦腰切断，根是根，穗是穗。要是碰上埋汰主儿捆的麦个子，娘儿们就搜罗着最生动形象的话儿骂，按铡的娘儿们双手按铡刀，才能把麦个子铡断，而麦根部分里往往还夹带麦穗。

干什么都要干好，干什么都要专心，不能干着东想着西，这是爷爷的准则。爷爷使用的工具是全村最顺手的工具。他的锄镰镢锹都是擦得亮亮的，半点锈迹也没有。他不抽烟，干活干累了，就蹲下来，或是找块碎瓦片，或是拢把干草，擦磨那闪亮的工具……

我带着很悒郁的心情跨进家门，母亲在家。母亲也是六十多岁的人了，多年的操心劳神使她的面貌比实际年龄要大得多。母亲说，爷爷没得什么病，去世前一天还推着小车到东北洼转了一圈，割回了一棵草。母亲从一本我扔在家里的杂志里把那株草翻出来，小心地捏着，给我看："他两手捧回这棵草来，对我说：'星儿他娘，你看看，这是棵什么草？'说着，人兴头得了不得。夜里，听到他屋里响了一声，起来过去一看，人已经不行了……老人临死没遭一点罪，这也是前世修的。"母亲款款地说着，"只是没能侍候他，心里愧得慌。他出了一辈子的力，不容易啊……"

我眼窝酸酸地听着母亲的话，想起了很多往事——

我家房后有一条弯弯曲曲的胶河，沿着高高的窄窄的河堤向东北方向走七里左右路，就到了一片方圆数千亩的荒草甸子。每年夏天，爷爷都去那儿割草。离我们村二十里有部队一个马场，每年冬季都收购干青草喂马，价钱视草的质量而定。我爷爷的镰刀磨得快，割草技术高，割下来的草干净，不拖泥带水。晒草时又摊得薄，翻得勤，干草都是很新鲜的淡绿色，像植物标本一样鲜活，爷爷的干草向来卖最高的价钱。我至今还留恋在干草堆里打滚的快乐——尤其是秋天，夜晚凉凉爽爽，天上的颜色是墨绿，星星像宝石一样闪闪烁烁，松软的干草堆暖暖和和，干青草散发出沁人心脾的甜香味……

最早跟爷爷去荒草甸子割草，是刚过了七岁生日不久的一天。我们动身很早，河堤上没有行人。堤顶也就是一条灰白的小路，路的两边长满了野草，行人的脚压迫得它们很瑟缩，但依然是生气勃勃的。河上有雾，雾很重，但不均匀，一块白，一块灰，有时像炊烟，有时又像落下来的云朵。看不见河水，河水在雾下无声无息地流淌，间或有泼剌的响声，也许是因为鱼儿在水里动作吧。爷爷和我都不说话。爷爷的步子轻悄悄的，走得不紧不慢，听不到脚步声。小车轮子沙沙地响。有时候，车上没收拾干净的一根草梗会落在辐条之间，草梗轻轻地拨弄着车辐条，发出很细微的"噼噼噼噼""叮叮叮叮"的响声。我有时把脸朝着前方（爷爷用小车推着我），看着河堤两边的景致。高粱田、玉米田、谷子田。雾淡了些，仍然高高低低地缠绕着田野和田野里的庄稼。丝线流苏般的玉米缨儿，刀剑般的玉米叶儿，刚秀出的高粱穗儿，很结实的谷子尾巴，都在雾中时隐时现。很远，很近。清楚又模糊。河堤上的绿草叶儿上挂着亮晶晶的露水珠儿，在微微颤抖着，对我打着招呼。车子过去，露珠便落下来，河堤上留下很明显的痕迹，草的颜色也加深了。

雾越来越淡薄。河水露出了脸儿，是银白色的，仿佛不流动。灰蓝的天空也慢慢地明亮起来，东方渐渐发红，云彩边儿是粉红色的。太阳从挂满露珠的田野边缘上升起来，一点一点地。先是血一样红，没有光线，不耀眼。云彩也红得像鸡冠子。

天变得像水一样，无色，透明。后来太阳一下子弹出来，还是没有光线，也不耀眼，很大的椭圆形。这时候能看到它很快地往上爬，爬着爬着，像拉了一下开关似的，万道红光突然射出来，照亮了天，照亮了地，天地间顿时十分辉煌，草叶子的露珠像珍珠一样闪烁着。河面上躺着一根金色的光柱，一个拉长了的太阳。我们走到哪儿，光柱就退到哪儿。田野里还是很寂静，爷爷漫不经心地哼起歌子来。

　　一匹马踏破了铁甲连环
　　一杆枪杀败了天下好汉

曲调很古老。节拍很缓慢。歌声悲壮苍凉。坦荡荡的旷野上缓慢地爬行着爷爷的歌声，空气因歌声而起伏，没散尽的雾也在动。

　　一碗酒消解了三代的冤情
　　一文钱难住了盖世的英雄

从爷爷唱出第一个音节时，我就把头拧回来，面对着爷爷，双眼紧盯着他。他的头秃了，秃顶的地方又光滑又亮，连一丝细皱纹也没有。瘦得没有腮的脸是木木的，没有表情。眼睛是茫然的，但茫然的眼睛中间还有两个很亮的光点，我紧盯着这两个光点，似乎感到温暖。我想，他大概把我、把他自己、把车子、把这还没苏醒的田野全忘却了吧？他的走路、推车、歌唱都与他无关吧？我听到了自己的心跳声"咚咚咚咚"，像很远很远的树上有一个啄木鸟在凿树洞……

> 一声笑颠倒了满朝文武
> 一句话失去了半壁江山

爷爷唱的是什么，我不知道。但我从爷爷的歌唱中感受到一种很新奇很惶惑的情绪，很幸福又很痛苦。我感到陡然间长大了不少，童年时代就像消逝在这条灰白的镶着野草的河堤上。爷爷用他的手臂推着我的肉体，用他的歌声推着我的灵魂，一直向前走。

"爷爷，你唱的什么？"我捕捉着爷爷唱出的最后一个尾音，一直等到它变成一种感觉消逝在茵茵绿草叶梢上时，我才迷惘地问。

"瞎唱呗，谁知道它是什么……"爷爷说。

夜宿的鸟儿从草丛中飞起来，在半空中嘹亮地叫着。田野顷刻变得生气勃勃。十几只百灵在草甸子上空盘旋着鸣啭。秃尾巴鹌鹑在草丛中"哞——哞——"地鸣叫着。爷爷停下车子，说："孩子，下来吧。"

"到了吗，爷爷？"

"噢。"

爷爷把车子推到草地上，竖起来，脱下褂子蒙在车轱辘上，带着我向草甸子深处走去。爷爷带着我去找老茅草，老茅草含水少，干得快，牲口也爱吃。

爷爷提着一把大镰刀，我提着一柄小镰刀，在一片茅草前蹲下来。"看我怎么割。"爷爷做着示范给我看。他并不认真教我，比画了几下子就低头割他的草去了。他割草的姿势很美，动作富有节奏。我试着割了几下，很累，厌烦了，扔下镰刀，追鸟捉蚂蚱去了。草甸子里蚂蚱很多，我割草没成绩，捉蚂蚱很有成绩。中午，爷爷点起一把火，把干粮烤了烤，又烧熟了我捉的蚂蚱，蚂蚱满肚子子儿，好香。

迷蒙中，我感到爷爷在推我，睁眼爬起来一看，已是半下午了。吃过蚂蚱后，爷爷支起一个凉棚让我钻进去，我睡了一大觉，草甸子里夹杂着野花香气的热风吹得我满身是汗。爷爷已经把草捆成四大捆，全背到了河堤上，小车也推上了河堤。

"星儿，快起来，天不好，得快点儿走。"爷爷对我说。

不知何时——在我睡梦中茶色的天上布满了大块的黑云，太阳已挂到西半边，光线是橘红色，很短，好像射不到草甸子就没劲了。

"要下雨吗，爷爷？"

"灰云主雨，黑云主风。"

我帮着爷爷把草装上车，小车像座小山包一样。爷爷在车前横木上拴上一根细绳子，说："小驹，该抻抻你的懒筋了，拉车。"

爷爷弯腰上襻，把车子扶起来，我抻紧了拉绳，小车晃晃悠悠地前进了。河堤很高，坡也陡，我有点头晕。

"爷爷，您可要推好，别轱辘到河里去。"

"使劲儿拉吧，爷爷推了一辈子车，还没翻过一回呢。"

我相信爷爷说的是实话。爷爷的腿好，村里人都叫他

"蹦蹦"。

大堤弯弯曲曲，像条大蛇躺在地上。我们踩着蛇背走。这时是绿色的光线照耀着我，我低头看着自己的膝盖，也可以看到自己的肚脐。我偶尔回过头，从草捆缝隙里望望爷爷。爷爷眼泪汪汪地盯着我，我赶紧回过头，下死劲拉车。

走出里把路，黑云把太阳完全遮住了。天地之间没有了界限，一切都不发声，各种鸟儿贴着草梢飞，但不敢叫唤。我突然感到一种莫名的恐惧，回头看爷爷，爷爷的脸，还是木木的，一点表情也没有。

河堤下的庄稼叶子忽然动起来了，但没有声音。河里也有平滑的波浪涌起，同样没有响声。很高很远的地方似乎传来了世上没有的声音，跟着这声音而来的是天地之间变成紫色，还有扑鼻的干草气息、野蒿子的苦味和野菊花幽幽的药香。

我回头看爷爷，爷爷还是木木的，一点表情也没有。

我的小心儿缩得很紧，不敢说话，静静地等待着。一只长长的蚂蚱蹦到我的肚皮上，两只五色的复眼仇视地瞪着我。一只拳头大的野兔在堤下的谷子地里出没着。

"爷爷!"我惊叫一声。

在我们的前方，出现了一个黑色的、顶天立地的圆柱，圆柱飞速旋转着，向我们逼过来。紧接着传来沉闷如雷鸣的呼噜声。

"爷爷，那是什么?"

"风。"爷爷淡淡地说，"使劲拉车吧，孩子。"说着，他弯下了腰。

我身体前倾，双脚蹬地，把细绳拽得紧紧的。

我们钻进了风里。我听不到什么声音，只感到有两个大巴掌在使劲扇着耳门子，鼓膜嗡嗡地响。风托着我的肚子，像要把我扔出去。堤下的庄稼像接到命令的士兵，一齐倒伏下去。河里的水飞起来，红翅膀的鲤鱼像一道道闪电在空中飞。

"爷爷——！"我拼命地喊着。喊出的声音连我自己都没听到。肩头的绳子还是紧紧地绷着，这使我意识到爷爷的存在。爷爷在我就不怕，我把身体尽量伏下去，一只胳膊低下去，连接着胳膊的手死死抓住路边草墩。我觉得自己没有体重，只要一松手，就会化成风消失掉。

爷爷让我拉车，本来是象征性的事儿。那根拉车绳很细，它一下子绷断了。我扑倒在堤上。风把我推得翻筋斗。翻到河堤半腰上，我终于又伸出双手抓住了救命的草墩，把自己固定住了。我抬起头来看爷爷和车子。车子还挺在河堤上，车子后边是爷爷。爷爷双手攥着车把，脊背绷得像一张弓。他的双腿像钉子一样钉在堤上，腿上的肌肉像树根一样条条棱棱地凸起来。风把车子里半干不湿的茅草揪出来，扬起来，小车在哆嗦。

我揪着野草向着爷爷跟前爬。我看到爷爷的双腿开始颤抖了，汗水从他背上流下来。

"爷爷，把车子扔掉吧！"我趴在地上喊。

爷爷倒退了一步，小车猛然往后一冲，他脚忙乱起来，连连倒退着。

"爷爷！"我惊叫着，急忙向前爬。小车倒推着爷爷从我面前滑过去。我灵机一动，耸身扑到小车上。借着这股劲，爷爷又把腰煞下去，双腿又像生了根似的定住了。我趴在车梁上，激动地望着爷爷。爷爷的脸还是木木的，一点表情也没有。

刮过去的是大风。风过后，天地间静了一小会儿。夕阳不动声色地露出来，河里通红通红，像流动着冷冷的铁水。庄稼慢慢地直腰。爷爷像一尊青铜塑像一样保持着用力的姿势。

我从车上跳下来，高呼着："爷爷，风过去了！"

爷爷眼里突然盈出了泪水。他慢慢地放下车子，费劲地直起腰。我看到他的手指都蜷曲着不能伸直了。

"爷爷，你累了吧？"

"不累，孩子。"

"这风真大。"

"唔。"

风把我们车上的草全卷走了，不，还有一棵草夹在车梁的榫缝里。我把那棵草举着给爷爷看，一根普通的老茅草，也不知是红色还是绿色。

"爷爷，就剩下一棵草了。"我有点懊丧地说。

"天黑了，走吧。"爷爷说着，弯腰推起了小车。

我举着那棵草，跟着爷爷走了一会儿，就把它随手扔在堤下淡黄色的暮色中了。

"人老了，就像孩子一样，"母亲说，"大老远跑到东北洼，弄回来这么一棵草，还说：'等星儿回来让他认认，这是棵什么草，他学问大。'你认得出吗？"母亲说着把草递给我。

我把这棵草接过来，珍重地夹在相册里。夹草的那一页，正好镶着我的比我大六岁的未婚妻的照片。

（1984 年 9 月）

秋　水

　　我爷爷八十八岁那年春天一个天气晴朗的上午，村里人都见他坐着大马扎子倚在我家临街的菜园子墙上闭目养神。天晌午，母亲让我去叫爷爷回家吃饭。我跑到他身边，大声喊叫也不见应，用手推去，才发现他已不会动。飞快报告家里人，一齐拥出来，围上去，推拿呼叫，也终究不济事。爷爷死得非常体面，面色红润，栩栩如生，令人敬仰不止。村里人纷纷说我爷爷生前积下善功，才得这等仙死。我们全家都为爷爷的死感到荣耀。

　　据说，爷爷年轻时，拐着一个姑娘，从河北保定府逃到这里，成了高密东北乡最早的开拓者。那时候，高密东北乡还是蛮荒之地，方圆数十里，一片大涝洼，荒草没膝，水汪子相连，棕兔子红狐狸，斑鸭子白鹭鸶，还有诸多不识名的动物充斥洼地，寻常难有人来。我爷爷带着那姑娘来了。

　　那个姑娘很自然地就成了我的奶奶。他们是春天跑到这里来的。我奶奶从头上拔下金钗，腕上褪下玉镯，让爷爷拿到老远的地方卖了，换来农具和日用家什，到洼子中央一座莫名其妙的小土山上搭了一个窝棚。从此后就爷爷开荒，奶奶捕鱼，把一个大涝洼子的平静搅碎了。消息慢慢传出去，神话般谈论着大涝洼里有一对年轻夫妻，男的黑，魁梧；女的白，标致；还有一个不白不黑的小子……陆续便有匪种寇族迁来；设庄立屯，自成一方世界——这是后话。

我懂人事时，那座莫名其妙的小土山已被十八乡的贫下中农搬走了，洼地似乎长高，天雨日少，很难见到水，隔五六里就是一个村子。听爷爷辈的老人讲起这里的过去，从地理环境到奇闻轶事，总感到横生出鬼雨神风，星星点点如磷火闪烁，不知真耶？假耶？

……我爷爷和我奶奶开荒地种五谷，捕鱼虾猎狐兔，起初还有些提心吊胆，日子一多，便淡忘了。我爷爷说，大洼里无兵无官，天高皇帝远，就是蚊虫多得要命。阴雨天前，常常可见到一团团黑烟压着草梢和水面飞翔，伸手过去，能抓下一小把。为避蚊虫，爷爷和奶奶有时跳进水里去，只露出两个鼻孔出气。爷爷还说，潮湿的草中，每到晚间就放出幽幽绿光，连成一片，好像水在流动。泥沼里的螃蟹总是趁着磷光觅食，天明你去淤泥上看，密密麻麻全是蟹爪印。这些蟹子，长成了都如马蹄大。我甭说吃，连见也没见过这些大蟹。听爷爷讲过去的大涝洼子，令人神往神壮，悔不早生六十年。

夏去秋来，爷爷种的高粱晒红了米，谷子垂下了头，玉米干了缨，一个好年景绑到了手上。我父亲也在我奶奶腹中长得全毛全翅，就等着好日子飞出来闯荡世界。临收获前几天，突然燠热起来，花花绿绿的云罩在大涝洼子上，云团像炸群的牲口一样胡乱窜，水洼子里映出一团团匆匆移动的暗影。大雨滂沱，旬日不绝，整个涝洼子都被雨泡涨了，啰啰唆唆的雨声，犹犹豫豫的白雾，昼夜不绝不散。爷爷急躁得骂天骂地。奶奶一阵阵腹痛。奶奶对爷爷说："我怕是要生了。"爷爷说："生就生吧。这熊攘的天气，我恨不得捅它个窟窿。"爷爷正骂着，就见那太阳从云缝中钻出来，初时略有些朦胧，立即就射出两三束极强的白光，扫出了几道白天。爷爷跑出窝棚，兴奋地看着天，听涝洼里的雨声渐渐稀少起来，空中尚有少许银亮雨丝斜着飞。大洼子里积水成片，黄草绿草在水中疲劳地擎着头。雨声断绝，大洼子里一阵阵沉重的风响。我爷爷高高地望着他的庄稼，见高粱玉米尚好，脸上有了喜色。随着风响，无数的青蛙一齐鸣叫起来，整个洼子都在哆嗦。爷爷走进窝棚，跟奶奶说云开日出的事，奶奶说她肚子痛得一阵急似一阵，心里害怕。爷爷劝她："怕什么？瓜熟蒂落。"正说着话，听到四野里响起一阵怪声，隆隆如滚雷，把蛙鸣声挤到中间来。爷爷钻出棚去，见有黄色的浪涌如马头高，从四面扑过来，浪头一路响着，齐齐地触上了土山，洼子里顿时水深数米。青蛙好像全给灌死了。荒草没了顶，只有爷爷的高粱和玉米还没被淹没。又一会儿工夫，玉米和高粱也没了顶，八方望出去，满眼都是黄黄的水，再也见不到别的什么。爷爷长叹一声，钻进棚里。奶奶在草铺上呼呼叫叫，头发上滚满了草屑，白脸上透出灰色。"洪水漫上来了！"爷爷忧心忡忡地说。奶奶于是不再叫，爬起来，挪出棚子望望，立即钻进来，脸上失了色，五官有些挪位。半晌没说话，一张嘴，先放出两根哭声："嗷——嗷——完了，老三，咱活不出去了。"爷爷扶她躺在铺上，说："你是怎么啦？咱有什么好怕的？当初就说，能在一起过一天，死了也情愿，咱在一起过了多少个一天啦？水大没不了山，树高戳不破天，好好生你的孩子，我去看看水。"

我爷爷折了一根树枝，斜着往下走了几十步，把树枝插在乱伸舌头的水边上，又返回土山高顶看水。迎着阳光的一面只能望出去几箭远，便被水面泛起的耀眼的光芒挡住了；背光的一面，却可以望到眼的尽头。眼中全是浊污的黄水，不知从哪儿来，不知往哪儿去，一股一股的，撞上了土山，扭在一起，弄出一些大大小小的黑漩涡，时时可见一两只笨拙的蛤蟆直奔漩涡而去，进去了，就再也见不到出来。我爷爷插的那根树枝又被淹没了，这说明水还在急涨。望着这浩浩荡荡的世界，我爷爷也有些惶然。一会儿心里空隙极大，像一片寂寞的荒原；一会儿又满登登的，五脏六腑仿佛凝成一团。发着愣怔的工夫，水又涨了几寸，小土山越来越小，对比着一看，爷爷心里冷了。他仰天长叹一声，见着瓦蓝的天从云缝中大块大块地露出来，挂色的破云被流风驱赶着匆匆奔命。爷爷又在水边上插了一根树枝，松弛着脸回了窝棚，对双腿乱扑腾的奶奶说："你能给我生个儿子吗？"

傍晚时，爷爷又出棚看水。一天彩云照着水，红的红，黄的黄，云彩模糊地在浑水中漂。水位停在原来的地方，爷爷顿时松了心。这时，绕着小山周围的水面上，忽闪忽闪飞舞着成群结队的银灰色大鸟。爷爷不认识这种鸟。鸟的鸣叫声刁钻古怪，翅羽上涂着霞光。爷爷看到它们从水中衔上一条条白色的鱼，便感到肚里有些空，走进窝棚去生火做饭。奶奶满脸是汗，但也没忘了问水势。爷爷说水位开始下跌，让她安心生孩子。奶奶立即哭了，说："老三，我年纪大了，骨缝闭了，怕是生不下这个孩子来啦。"爷爷说："没有的事，你不要着急。"

柴草发潮，烧出满棚黑烟。暮色渐渐上来，暮色如烟，缓缓去笼罩水世界，水鸟齐着噪，一批批在小山上降落。奶奶顾不上吃饭，爷爷草草吃了几口，满肚里如塞了烂草，熬了半锅燕麦鱼片粥，终于冷成了团。是夜，奶奶仍不时发阵痛，呻吟声断断续续，我父亲有些固执，迟迟不肯落草。急得奶奶对我父亲说："孩子，你出来吧，别让娘受洋罪啦。"爷爷坐在草铺前，干着急帮不上忙，心里打着别种主意，说话总难成句，断断续续如同打嗝，干脆就不说话。浅黄的月色怯怯地上满了棚，染着我爷爷青青的头皮，染着我奶奶白白的身体。蟋蟀正在棚草上伏着，把翅膀摩得嚓嚓响。四处水声喧哗，像疯马群，如野狗帮，似马非马，似水非水，远了，近了，稀了，密了，变化无穷。我爷爷从草棚里望出去，见月光中亮出满山野鸟，白得有些耀眼。山上生着一些毛栗子树，东一棵西一棵，不像人工所为，树不大，尚未到结果的年龄，白天已见到叶子上落满了秋色，月下不见树叶，恍惚间觉得树上挂满了异果，枝枝杈杈都弯曲下坠，把叶子摇得窸窣响，细看才知树上也全是大鸟。爷爷和奶奶都有些麻木，不知何时入睡。

翌日清晨，见半锅冷粥已被老鼠舔得精光，棚内还有数十匹盈尺的饿鼠在穿梭般跑动。奶奶无心去顾群鼠，在铺上辗转反侧，脸上汗晞了，留下一道道痕迹。爷爷拿着棍子赶鼠，群鼠霸道凶恶，俱有跳梁之意，打死十几匹后，才悻悻地退出棚去，散到小山各处觅食。水鸟们已飞去水面捕鱼，山上树上留下了它们的羽毛粪便，白白黑黑斑驳一片。日头从黄水中初冒出来时，血红的一个大柿子，似乎戳一下就会流瘭。后来东半边水天一色，中间夹着个翻转的彻底红球。一会儿显出金色来，显出银色来，形状也由狼抗肥硕变得规矩玲珑。日小水天阔。我爷爷查看了一下水势，见昨天插下的树枝依然齐着水边，水已平头，不再见长，四周也没有了那些张狂的大浪，水如平镜，漩涡尚有，但都浅了。水上漂来许多杂物，一层层绕着土山。爷爷拿来一支长柄铁抓钩，脱了光膀子，挺着一坨坨肉，沿着水边打捞漂浮物。

箱、柜、房梁、木架、浮树、铁桶，各色杂物在爷爷身后排成了队。奶奶的叫声已不响亮，一阵阵传来。爷爷苦着脸，加紧干活，好像是要借此把心移开去。有些栗树被洪水淹了，参差不齐地露出大大小小的冠，叶子全是死色了。

奶奶已经精疲力竭，躺着，如一条出水的大鱼，时时做痉挛地一跳。见到爷爷进棚，她惨淡一笑，说："老三，你行行好，杀了我吧，我没了劲，生不下你的孩子啦。"

我爷爷攥住我奶奶的手用力一握，两个人眼里都盈出了泪水。爷爷说："二小姐，是我把你害了。我不该把你带到这里来。"奶奶的泪水流到脸上。奶奶说："你别叫我二小姐。"爷爷看着奶奶，想起了往事。奶奶又发作起来，一声声哭叫："老三……行行好……给我一刀吧……"爷爷说："二小姐，你不要往坏处想。你想想，我们能过到一块儿，是多么样的艰难。千万里路程，你一双小脚也走了过来，猫大个孩子你就生不下来他？"奶奶说："我实在是一丝丝劲也没有了。"爷爷说："你等等，我弄饭给你吃。"

爷爷粗手大脚地煮了半锅饭，盛满了两碗，一碗自己端着，一碗递给奶奶。奶奶躺着有气无力地摇头。爷爷恼起来，把一碗饭用力摔出棚去，吼道："好吧，要死大家一齐死！你死，孩子死，我也死！"说完，不再看奶奶，只看饥鼠在棚外如饿狼般争斗。奶奶用力一跃，坐起来，夺过一碗饭，用力吃起来，一边吃，一边任泪水在腮上流。爷爷伸出大手，感动地抚摸着奶奶的背。

这一天我奶奶发了三个昏，傍晚时，像死去一样直挺挺仰在铺上。爷爷守着奶奶，一身汗，满脸泪，傍晚时，深了眼窝长了胡子，心里是一个混沌世界。

暮色渐渐满了棚。土山上又飞来无数大鸟。

昨晚那样蟋蟀振翅发声，声声如泣如诉。

群鼠在棚外探头探脑，小眼睛光亮如炭。

一大道凄凉月光射进棚来，罩住了我的爷爷和奶奶。我爷爷是个剽悍的男子汉，在阳光里眯起那两只鹰隼样的黑眼，下巴落在双手里，身体弯曲成饿鹰状，端的一个穷途英雄。我奶奶长颈丰乳，修臂尖足，腹部高耸，腹中装着我父亲。我父亲出生时很有些气象，长成后却是个善良敦厚的农民。阳光从西边下去，月光从东边上来，包着我的爷爷和奶奶，他们像洗过一样地干净。老鼠们试试探探地进棚来，见我爷爷无动静，随即猖獗起来。棚中的一切，在我爷爷眼里，都模糊朦胧。月光中的奶奶，举手投足，似受伤的大鸟。水声与水鸟的唧啾声一浪浪袭来。交酉时了，我爷爷感到一阵凉气袭背，不由得打了一个寒战，定睛看时，只见从那道月光里，蠢蠢地爬进一个大物来。爷爷刚要发喊，就听得那物发出人声。女人声："大哥……救救我吧……"

爷爷慌忙起身，把一支宝贵的蜡烛点亮，跳动的火苗下，那个女人正趴着喘气。爷爷扶起她，让她坐在一个草墩上，那女人像泡软的泥巴，坐着，双肩耷拉，脖子向两边歪，一头黑发，披散开盖了肩，发间杂有乱草。她穿一身紫衣，紧贴住皮肉。长眉吊眼，高鼻阔嘴，双目分得很开。

"你是从哪里来的?"问过，爷爷立即知道问得糊涂，浑身透湿，自然是水上来的。女人也不回答，脑袋枕在肩上，侧身便倒。爷爷扶住她，听到她喃喃地说："……大哥，给我点东西吃……"

奶奶见到有人来，暂时忘了自己，将身子收拢一下，让爷爷把女人扶上铺，换了湿衣，披上件奶奶的衣服，躺在奶奶身旁。爷爷去锅里舀来一碗饭，用筷子挑着，一块块往那女人嘴里喂。那女人也不嚼，只管囫囵着咽，她的肚子里咕噜噜响，一碗饭，片刻就喂进去。爷爷又盛来一碗饭。女人折身坐起来，把衣服拉拉遮住身，接过碗筷，自己吃起来。爷爷和奶奶久未见人，初见如此虎狼般进饭，心里暗暗生怕，不知这女人是人是鬼。吃过第二碗，女人用眼恳求地盯着爷爷。爷爷又为她端来一碗饭。吃相渐见和善。吃完三碗，我奶奶喊："你不能再吃了！"女人吃惊地侧目看着我奶奶，这才发现棚中尚有女人，便放下碗不再吃。眼里黑黑地放出光彩，怔了一会儿，连声道着谢。爷爷又问了女人几句话，她支支吾吾不想回答，也就不再问。

奶奶又折腾开来。那女人一见奶奶的样子，立刻就明白了。她站起来，活动了几下腰腿，俯下身去摸了摸奶奶的肚子，那女人对着奶奶笑笑，也不说话，从草铺上抽出一把草，零零散散地撒在地上。接着像闪电一样，女人弯腰从湿衣包里掏出一支乌黑的橹子枪，一下子触在我爷爷的胸脯上。女人对着我奶奶厉声大喊："站起来！要不我就打死他！"我奶奶一骨碌从草铺上滚下来，站在女人面前。

"弯下腰，把我撒到地下的草捡起来，单棵单棵捡，捡一棵直一次腰。"女人命令道。我奶奶犹豫不决。女人说："捡不捡？不捡我就开枪啦。"她横眉立目，话出口如钢豆落进铜盆里，嘎嘣利落脆。橹子枪在烛光下一蹦一蹦地放光芒。

当时，我爷爷和我奶奶都像丢了魂魄，心里并不怎么害怕，鹘突蒙怔，犹如进梦。我奶奶弯下身子，一棵棵捡草，捡一棵送到锅台上，又捡一棵送到锅台上，起伏了四五十次，就见透明的羊水从腿间流下来。我爷爷渐渐醒神，炯炯地逼着女人，胸腔间出气粗重。女人侧目对我爷爷嫣然一笑，半个腮花红月圆，低声对我爷爷说："别动！"高声对我奶奶说："快捡！"

我奶奶终于把草捡完，哭着骂一句："妖精！"

女人把橹子枪收起来，高笑几声，说："别误会，我是医生。大哥，你找来刀剪净布，我给大嫂接生。"

我爷爷话都不会说了，以为女人是仙女下凡。急急忙忙找来刀剪杂物，又遵嘱刷锅烧水，锅盖上冒出腾腾蒸气。那女人出去涮净自己衣裤，用力拧干，就在月光中换衣。水烧开，女人换好衣进棚，对我爷爷说："你出去吧。"

我爷爷在月下站着，见半月下银光水面，时有透明岚烟浮游天地间，听着轻清水声，更生出虔诚心来，竟屈膝跪倒，仰头拜祝明月。

呱呱几声叫，从草棚中传出来。我父亲出世了，我爷爷满脸挂泪冲进草棚，见那女人正洗着手上血污。

"是个什么？"我爷爷问。

"男孩。"女人说。

我爷爷扑地跪倒，对女人说："大姐，我今生报不了您的恩情，甘愿来世变狗变马为您驱使。"

女人淡淡一笑，身子一歪，已经睡成一个死人。爷爷把她搬上铺，摸摸我奶奶，瞅瞅我父亲，轻飘飘走出窝棚。月亮已上到中天，水里传出大鱼的声音。

我爷爷循着水声去找大鱼，却见一个橙黄色的漂浮物，正一耸一耸地对着土山扑过来。爷爷吓了一跳，蹲下去，仔细地打量，见那物圆圆滑滑，哗哗啦啦撞得水响。愈来愈近，爷爷看到羊羔一样的白色和炭一样的黑色，黑推着白，把水面搅成银鳞玉屑。

我父亲降生后的第一个早晨，秋水包围的土山上很是热闹。草棚里站着我爷爷，躺着我奶奶，睡着我父亲，倚着女医生，蹭着一个黑衣人，坐着一个白衣姑娘。

我爷爷夜里看到的漂浮物是一个釉彩大瓮，瓮里盛着白衣姑娘，黑衣人推着瓮。

黑衣人个子短小，脸上少肉多骨，眼窝很深，白眼如瓷，双耳像扇子一样支棱着。他蹲着，鼻音重浊地说："老弟，有烟吗？我的烟全泡了汤了。"我爷爷摇摇头说："我有半年未闻到烟味了。"黑衣人打了一个呵欠，把脖子伸得很长，如一段黑木桩。在他黑木桩似的脖子上，套着两根黑黑的线绳子，顺着绳子往下看，便见腰里硬硬地别着家伙。黑衣人站起来，伸了个大懒腰，我爷爷眼珠发硬，不转地盯住黑衣人腰里那两支盒子炮，手心里黏黏地渗出汗水。黑衣人低头看看腰，龇出一嘴牙，很凶地一笑，说："兄弟，弄点饭给吃吧，四海之内，都是兄弟朋友。我在水里泡了两夜两天，都是为了她。"

黑衣人指指那个端坐的白衣姑娘。她身躯挺大，却是一张孩子的脸，五官生得靠，鼻梁如一条线，双唇红润小巧，双眼大大的，毫无光彩，从摸摸索索的手上，才知道她是盲人。盲姑娘穿一身白绸衣，怀抱着一个三弦琴，动作迟缓，悠悠飘飘，似梦幻中人。

我爷爷往锅里下了二升米、十条鱼，点上火，让白烟红火从灶口冲出来。黑衣人咳嗽一声，直着腰出了棚，从大瓮里拎出一条口袋，倒出一堆黄铜壳子弹，擦着子弹屁股，一粒粒往梭子里压。

那个自称医生的紫衣女人年纪不会过二十五，她死睡了一夜，这会儿神清气爽，两只手把黑发扭成辫，倚在棚边，冷冷地看着黑衣人的把戏。我爷爷忘不了她那支橹子枪的厉害，眼睛在她腰间巡睃，竟不见一点鼓囊凸出之状。一夜之间，山上出现这样三个人物，我爷爷也难免一颗心七上八下，烧着饭，猜着谜。奶奶体软无力，看一会儿，索性闭上眼睛。

紫衣女人款款地走到盲女面前，蹲下去，细声问："妹妹，你从哪里来？"

"你从哪里来……你从哪里来……"盲女重复着紫衣女人的话，忽然开颜一笑，腮上显出两个大大的酒窝来。

"你叫什么名字？"紫衣女人又细声问。

盲女依然不答，脸上显出甜透了的笑容来，仿佛进入了一个幸福美满的遥远世界。

我父亲响亮地哭起来，没有眼泪，也并不睁眼。奶奶喂他，哭声随即憋了。偶尔响一声柴草燃烧的噼啪，更使远处的水声深沉神秘。黑衣人全身沐着霞光，脸上脖子上如生了一层红锈。金黄的子弹闪闪烁烁，不时把棚里人的视线吸出去。

紫衣女人姗姗地走出去，到黑衣人身边，脸上露出似乎是羞怯之色，期期艾艾地问："大叔，这是什么？"

黑衣人抬头扫她一眼，狞笑着说："烧火棍。"

"通气吗？"她傻乎乎地问。

黑衣人手停颔扬，目光灼灼如云中电，尖缩的下巴上漾出兽般的笑纹，说："你吹吹看！"

紫衣女人怯生生地说："俺可不敢，吹到嘴里就拔不出来了。"

黑衣人满脸狐疑地看着她，匆匆收好枪弹，站起来，罗圈着腿，慢慢踱回棚里。棚里已溢出鱼饭的香气。

只有两只碗。盛满两碗饭，我爷爷双手端起一碗，敬到紫衣女人面前。我爷爷说："大姐，请用饭。穷家野居，没有好的给您吃。等洪水下去，我再想法谢您。"女人眯起眼，笑着把碗接过去，递给我奶奶，说："大嫂才是最辛苦的，你该去抓些鱼来，煨汤给她吃。"我奶奶泪眼婆娑地接过碗，嘴唇抖着，却说不出话，低下头时，将一颗泪珠落在我父亲脸上。我父亲睁开了两只黑眼，懒洋洋地看着光线中浮游的纤尘。

爷爷又端起一碗饭，看了一眼黑衣人，道着歉："大哥，委屈您等一会儿。"爷爷把碗往紫衣女人面前送。黑衣人从半空中伸出一只手，把饭碗托了过去，脸上透出冷笑来。爷爷压住不快，把懊恼变成咳嗽，一顿一顿地吐出来。

黑衣人抢过饭碗，自己并不吃。他蹲在盲女面前，左手端碗，右手持筷，挑起饭来，一坨一坨地往盲女嘴里捣。盲女双手搂着三弦琴，脖子伸得舒展，下巴微扬，像待哺的雏燕。她一边吃，一边用手指拨弄着琴弦卜嘞咚卜嘞咚地响。

连喂了盲女两碗饭，黑衣人微微气喘。举起衣袖给盲女擦净嘴，他转过身，把碗扔到紫衣女人面前，说："小姐，该您啦。"紫衣女人说："也许该让你先吃。"黑衣人说："无功无德，后吃也罢。"紫衣女人说："你当心走了火。"

爷爷对黑衣人讲紫衣女人昨晚的事，意在让他明白些事理。

黑衣人冷笑不止。爷爷问："你笑什么？你以为我在骗你？"黑衣人敛容答道："怎么敢！不过，也没有什么稀奇，人来世上走一遭，多多少少都有些绝活。"爷爷说："我就没绝活。"黑衣人说："有的，你会有的。没有绝活，你何必在这莽荡草洼里混世。"

黑衣人说着话，见有几匹大鼠闻到饭味，在棚外探头探脑。他嘴不停话，手伸进腰间，拖出一支盒子炮，叭叭两声脆响，枪口冒出蓝烟，棚内溢开火药味，有两匹鼠涂在棚口，白的红的溅了一圈。我奶奶惊得把碗扔了，我爷爷也瞠目。紫衣女人青眼逼视黑衣人。我父亲齁齁地睡觉。盲女卜嘚咚卜嘚咚地弹着弦子。我爷爷发作起来，吼道："你这人好没道理！"黑衣人大笑起来，摇摇晃晃起身，站在锅前，用一柄锅铲子挖着饭，旁若无人地吃起来。吃饱，半句客气话也没有，弯腰拍拍盲女的头，牵了她一只手，踉跄着出门去。把盲女安顿在阳光下晒着，从腰里拖出双枪，玩笑般射着土山周围水面上那些嬉戏觅食的大鸟。他每发必中，水面上很快浮起十几具鸟尸，红血一圈圈地散漫。群鸟惊飞，飞到极高极远处，仍有中弹者直直地坠落，砸红一块水面。

紫衣女人脸色灰白，渐渐地逼近了黑衣人。黑衣人不睬她，黑脸对着阳光，泛出钢铁颜色。他似念似唱，和着白衣盲女卜嘚咚卜嘚咚的弦子："绿蚂蚱。紫蟋蟀。红蜻蜓。白老鸹。蓝燕子。黄鹁鸰。""你一定是大名鼎鼎的老七！"紫衣女人说。"我不是老七。"黑衣人瞥她一眼，说。"不是老七哪有这等神枪？"黑衣人把双枪插进腰间，举起十指健全的双手说："你看看，我是老七吗？"他往水里射去一口痰，有小鱼儿飞快围上去。"干女儿，接着我唱的往下唱呀，"他对白衣盲女说，"唱呀，白老鸹。蓝燕子。黄鹁鸰——"

盲女微微笑，唱起来，童音犹存，天真动人："绿蚂蚱吃绿草梗。红蜻蜓吃红虫虫。紫蟋蟀吃紫荞麦。"

"你是说，老七七个指头？"紫衣女人问。

黑衣人说："七个指头是老七，十个指头不是老七。"

"白老鸹吃紫蟋蟀。蓝燕子吃绿蚂蚱。黄鹂鸽吃红蜻蜓。"

"你这样好枪法，在高密县要数第一。""我不如老七，老七能枪打飞蝇，我不能。""老七呢？""被我除了。"

"绿蚂蚱吃白老鸹。紫蟋蟀吃蓝燕子。红蜻蜓吃黄鹂鸽。"

阳光落满了土山。水鸟逃窜后，水面辉煌宁静，那些半淹的小栗树一动不动。紫衣女人搓搓手，不知从什么地方闪电般跳进手里一支橹子枪，对准黑衣人就搂了火，子弹打进黑衣人的胸膛。他一头栽倒，慢慢地翻过身，露出一个愉快的笑脸："……侄女……好样的……你跟你娘像一个模子脱的……"紫衣女人哭叫着："你为什么要害死我爹？"黑衣人用力抬起一个手指，指着白衣盲女，喉咙里响了一声，便垂手扑地，脑袋侧在地上。

来了一只黑毛大公鸡，伸着脖子叫："哽哽哽——喔——"盲女还在弹着弦子唱。

洪水开始落了。

我很小的时候，爷爷教给我一支儿歌：

　　绿蚂蚱。紫蟋蟀。红蜻蜓。

　　白老鸹。蓝燕子。黄鹂鸽。

　　绿蚂蚱吃绿草梗。红蜻蜓吃红虫虫。

　　紫蟋蟀吃紫荞麦。

白老鸹吃紫蟋蟀。蓝燕子吃绿蚂蚱。

黄鹌鸰吃红蜻蜓。

绿蚂蚱吃白老鸹。紫蟋蟀吃蓝燕子。

红蜻蜓吃黄鹌鸰。

来了一只大公鸡，伸着脖子叫“哽哽哽——

喔——”

（1985 年 4 月）

写给父亲的信

大：

　　自从家里安装了电话，再也没有给您写过信。最近刚写完了一部名叫《四十一炮》的小说，胡编乱造的故事，与家乡无关，更与村子里的叔叔大爷们无关。自从在《红高粱》里使用了村子里人的真实姓名惹得人家不高兴后，我汲取了教训，再也没有犯这种错误。今年春天北京闹"非典"，我们被封闭了三个月，憋得慌，很想回老家去，但听说从北京到山东的人，先要隔离半个月，怪麻烦的，只好罢了。我知道麦子已经收割完毕，家中已经吃上了用新麦子面粉蒸出的馒头了吧？我们在这里吃的面粉，都是陈年麦子磨的，其中还添加了增白剂什么的，白得发青，不好吃，没有麦子味。想起老家的馒头和大葱我就想家。北京的大葱也不好吃。北京管什么都不好吃。北京的大蒜也不够辣。这次闹"非典"，山东一例也没有，我坚信这是吃大蒜吃的。昨天高密的王大炮来了，扛来了半麻袋大蒜，紫皮，独头，辣得很过瘾，"后娘的拳头独头蒜"。他说前几天去看过您，说您身体很好，我们很高兴。中午包饺子给他吃，白菜猪肉馅一种，胡萝卜羊肉馅一种，都很饱满，煮出来白胖，小猪似的。捣了满满一白子蒜泥，我捣的，加了酱、醋、香油，味道真是好极了。

大，我们家那盘大石磨还有吗？千万保存好，别被人弄了去。将来找个石匠琢磨琢磨，支起来，买头小毛驴，拉着，磨新麦子。石磨磨出的面粉，比机器磨磨出的好吃。高密火车站前，有一家卖石磨火烧的，面特别硬，很好吃。但我知道他们使用的面不是用石磨磨的。将来咱们自己磨。还有那柄腰刀，可别当废铁给我卖了。我听俺爷爷说那刀是毛子扔下的，也许杀过人的。我前几年回家，跟俺二嫂子要那把刀，她说不知道让大藏到哪里去了。我记得咱家还有两把铁锏，很沉，就是秦琼使用的那种武器，后来就见不到了。听说是被一个表叔拿去了，还能找回来吗？大，您帮我安一把小锤吧，这里有核桃，我要用小锤砸核桃吃。

前几天父亲节，我写了一篇小文章，题目叫《父亲的严厉》，写得不好，但还是抄给您看看：

————

上世纪六十年代，父亲四十多岁，正是脾气最大、心情最不好的时候。在我们兄弟们的记忆中，他似乎永远板着脸。不管我们是处在怎样狂妄喜悦的状态，只要被父亲的目光一扫，顿时就浑身发抖，手足无措，大气也不敢再出一声了。父亲的严厉，在我们高密东北乡都是有名的。我十几岁的时候，经常撒野忘形，每当此时，只要有人在我身后低沉地说一声：你爹来了！我就会打一个寒战，脖子紧缩，目光盯着自己的脚尖，半天才能回过神来。村里的人都不解地问：你们弟兄们怕你们的爹怎么怕成这个样子？是啊，我们为什么怕父亲怕成了这个样子？父亲打我们吗？不，他从来没有打过我们。他骂我们吗？也不，他从来没有骂过我们。

他既不打你们，也不骂你们，那你们为什么那样怕他呢？是啊，我们也弄不明白为什么要这样怕父亲。我们弟兄们长大成人后，还经常在一起探讨这个问题，但谁也说不清楚。其实，不但我们弟兄们怕父亲，连我们的那些姑姑婶婶们也怕。我姑姑说，她们在一起说笑时，只要听到我父亲咳嗽一声，便都噤声敛容。用我大姑的话说就是：你爹身上有瘆人毛。

我父亲今年已经八十岁，是村子里最慈祥和善的老人。与我们记忆中的他判若两人。其实，自从有了孙子辈后，他的威风就没有了。用我母亲的话说就是：虎老了，不威人了。我大哥在外地工作，他的孩子我父母没有帮助带，但我二哥的女儿、儿子，我的女儿，都是在他的背上长大的。我的女儿马上就要大学毕业了，见了爷爷，还要钻到怀里撒娇。她能想象出当年的爷爷咳嗽一声，就能让爸爸屁滚尿流吗？

后来，母亲私下里对我们兄弟们说：你爹早就后悔了，说那些年搞阶级斗争，咱家是中农，是人家贫下中农的团结对象，他在外边混事，忍气吞声，夹着尾巴做人，生怕孩子在外边闯了祸，所以对你们没个好脸。母亲当然没说父亲要我们原谅的话，但我们听出了这个意思。但高密东北乡的许多人说，我们老管家之所以出了一群大学生、研究生，全仗着我父亲的严厉。如果没有父亲的严厉，我会成为一个什么样子的人，还真是不好说。

大，文章写得不好，您看了不要生气。今年春节我们会回去

过年，您能做点黄酒吗？用黍子米做，不要用地瓜。另外告诉俺
二嫂子，让她用酱包上几个地瓜放着，我好久没吃地瓜咸菜了。

三儿　拜上

（2003 年 7 月 14 日）

我 的 老 师

　　这是一个千万人写过、还将被千万人写下去的题目。用这个题目作文一般地都抱着感恩戴德的心情，当然我也不愿例外。但实际生活中学生有好有坏，老师也一样。在我短暂的学校生活中，教过我的老师有非常好的，也有非常坏的。当时我对老师的坏感到不可理解，现在自然明白了。

　　我五岁上学，这在城市里不算早，但在当时的农村，几乎没有。这当然也不是我的父母要对我进行早期教育来开发我的智力，主要是因为那时候我们村被划归国营的胶河农场管辖，农民都变成了农业工人，我们这些学龄前的儿童竟然也像城里的孩子一样通通地进了幼儿园，吃在那里睡也在那里。幼儿园里的那几个女人经常克扣我们的口粮，还对我们进行准军事化管理。饥肠辘辘是经常的，鼻青脸肿也是经常的。于是我的父母就把我送到学校里去，这样我的口粮就可以分回家里，当然也就逃脱了肉体惩罚。

　　我上学时还穿着开裆裤，喜欢哭，下了课就想往家跑。班里的学生年龄差距很大，最小的如我，最大的已经生了漆黑的小胡子。给我留下了印象的第一个老师是一个个子很高的女老师，人长得很清爽，经常穿一身洗得发了白的蓝衣服，身上散发着一股特别好闻的肥皂味儿。她的名字叫孟宪慧或是孟贤惠。我之所以记住了她，是因为一件很不光彩的事。那是这样一件事：全学校的师生都集中在操场上听校长做一个漫长的政治报告，我就站在校长的面前，仰起头来才能看到他的脸。那天我肚子不好，内急，想去厕所又不敢，将身体扭来扭去，实在急了，就说：校长我要去厕所……但他根本就不理我，就像没听到我说话一样。后来我实在不行了，就一边大哭着，一边往厕所跑去。一边哭一边跑还一边喊叫：我拉到裤子里了……我自然不知道我的行为带来的后果，后来别人告诉我说学生和老师都笑弯了腰，连校长这个铁面人都笑了。我只知道孟老师到厕所里找到我，将一大摞写满拼音字母的图片塞进我的裤裆里，然后就让我回了家。十几年之后，我才知道她与我妻子是一个村子里的人。我妻子说她应该叫孟老师姑姑，我问我妻子说你那个姑姑说过我什么坏话没有，我妻子说俺姑夸你呐！我问她夸我什么，我妻子严肃地说：俺姑说你不但聪明伶俐，而且还特别讲究卫生。

给我留下深刻印象的第二个老师也是个女的，她的个子很矮，姓于名锡惠，讲起话来有点外地口音。她把我从一年级教到三年级——我自己也闹不清楚上了几次一年级——从拼音字母教起，一直教到看图识字。三十多年过去了，我还经常回忆起她拖着长调教我拼音的样子。今天我能用微机写作而不必去学什么五笔字型，全靠着于老师教我的那点基本功。于老师的丈夫是个国民党的航空人员，听起来好像洪水猛兽，其实是个和蔼可亲的老人。他教过我的哥哥，我们都叫他李老师，村子里的人也都尊敬他。"文革"期间，兴起来往墙上刷红漆写语录，学校里那些造了反的老师，拿着尺子排笔，又是打格子，又是放大样，半天写不上一个字。后来把李老师拉出来，让他写，他拿起笔来就写，一个个端正的楷体大字跃然墙上，连那些"革命"的人也不得不佩服。于老师的小儿子跟我差不多大，放了学我就跑到他们家去玩，我对他们家有一种特别亲切的感情。后来我被剥夺了上学的权利，就再也不好意思到他们家去了。几十年后，于老师跟着他的成了县医院最优秀的医生的小儿子住在县城，我本来有机会去看她，但总是往后拖，结果等到我想去看她时，她已经去世了。听师弟说，她在生前，曾经看到过《小说月报》上登载过的我的照片和手稿，那时她已经病了很久，神志也有些不清楚，但她还是一眼就认出了我，师弟问她我的字写得怎么样，她说："比你写得强！"

第三个让我终生难忘的老师是个男的，其实他只教过我们半个学期体育，算不上"亲"老师，但他在我最臭的时候，说过我的好话。这个老师名叫王召聪，家庭出身很好，好像还是烈属，这样的出身在那个时代里，真是像金子一样闪闪发光。一般的人有了这样的家庭出身就会趾高气扬，目中无人，但人家王老师却始终谦虚谨慎，一点都不张狂。他的个子不高，但体质很好。他跑得快，跳得也高。我记得他曾经跳过了一米七十的横杆，这在一个农村的小学里是不容易的。因为我当着一个同学的面说学校像监狱，老师像奴隶主，学生像奴隶，学校就给了我一个警告处分；据说起初他们想把我送到公安局里去，但因为我年龄太小而幸免。出了这件事后，我就成了学校里有名的坏学生。他们认为我思想反动，道德败坏，属于不可救药之列，学校里一旦发生了什么坏事，第一个怀疑对象就是我。为了挽回影响，我努力做好事，冬天帮老师生炉子，夏天帮老师喂兔子，放了学自家的活儿不干，帮着老贫农家挑水，但我的努力收效甚微，学校和老师认为我是在伪装进步。一个夏天的中午——当时学校要求学生在午饭后必须到教室午睡，个大的睡在桌子上，个小的睡在凳子上，枕着书包或者鞋子。那年村子里流行一种木板拖鞋，走起来很响，我爹也给我做了一双——我穿着木拖鞋到了教室门前，看到同学们已经睡着了。我本能地将拖鞋脱下提在手里，赤着脚进了教室。这情景被王召聪老师看在眼里。他悄悄地跟进教室把我叫出来，问我进教室时为什么要把拖鞋脱下来，我说怕把同学们惊醒。他看了我一眼，什么也没说就走了。事后，我听人说，王老师在学校的办公会上，特别把这件事提出来，说我其实是个品质很好的学生。当所有的老师认为我坏得不可救药时，王老师通过一件小事，发现了我内心深处的良善，并且在学校的会议上为我说话。这件事，我什么时候想起来什么时候感动不已。后来，我辍学回家成了一个牧童，当我牵着牛羊在学校前的大街上碰到王老师时，心中总是百感交集，红着脸打个招呼，然后低下头匆匆而过。后来王老师调到县里去了，我也走后门到棉花加工厂里去做临时工。有一次，在从县城回家的路上，我碰到了骑车回家的王老师，他的自行车后胎已经很瘪，驮他自己都很吃力，但他还是让我坐到后座上，载我行进了十几里路。当时，自行车是十分珍贵的财产，人们爱护车子就像爱护眼睛一样，王老师是那样有地位的人，竟然冒着轧坏车胎的危险，载着我这样一个卑贱的人前进了十几里路，这样的事，不是一般的人能够做出来的。从那以后，我再也没见到过王老师，但他那张笑眯眯的脸和他那副一跃就翻过了一米七十横杆的矫健身影经常地在我脑海里浮现。

（2005 年）

马 的 眼 镜

　　1984 年解放军艺术学院创办文学系，徐怀中老师是首任主任，我是首届学员。我们是干部专修班，学制两年。怀中老师只担任了一年主任，便被调到总政文化部任职去了，但他确定的教学方针，以及他为这届学员所做的一切，却让我们一直牢记在心。今年三月初，文学系邀请怀中老师去讲课，因老人家年近九秩，怕他太累，便让我与朱向前学兄陪讲。讲座上，我忆起北京大学吴小如先生给我们讲课的事，虽寥寥数语，但引发了怀中师的很大感慨，于是，我就写下这篇文章，回忆往事，以防遗忘。

　　吴先生为我们讲课，应该是在 1984 年的冬季，前后讲了十几次。他穿着一件黑色呢大衣，戴一顶黑帽子，围一条很长的酱紫色的围巾。进教室后他脱下大衣解下围巾摘下帽子，露出头上凌乱的稀疏白发，目光扫过来，有点鹰隼的感觉。他目光炯炯，有两个明显的眼袋，声音洪亮，略有戏腔，一看就知道是讲台上的老将。因为找不到当年的听课笔记，不能准确罗列他讲过的内容。只记得他第一节讲杜甫的《兵车行》。杜诗一千多首，他先讲《兵车行》，应该是有针对性的，因为我们是军队作家班。这首诗他自然是烂熟于胸，讲稿在桌，根本不动，竖行板书，行云流水——后来才知道他的书法也可称"家"的——他的课应该是非常精彩的，他为我们讲课显然也是十分用心的，但由于我们当时都发了疯似的摽劲儿写作，来听他讲课的人便日渐减少。最惨的一次，偌大的阶梯教室里，只有五个人。

这也太不像话了，好脾气的怀中主任也有些不高兴了。他召集开会，对我们提出了温和的批评并进行了苦口婆心的劝说。下一次吴先生的课，三十五名学员来了二十多位，怀中主任带着系里的参谋干事也坐在了台下。吴先生一进教室，炯炯的目光似乎有点湿，他说："同学们，我并不是因为吃不上饭才来给你们讲课的！"这话说得很重，许多年后，徐怀中主任说："听了吴先生的话，我真是感到无地自容！"吴先生的言外之意很多，其中自然有他原本并不想来给我们讲课，是徐怀中主任三顾茅庐才把他请来的意思。那一课大家都听得认真，老先生讲得自然也是情绪饱满，神采飞扬。记得在下课前他还特意说：我读过你们的小说，发现你们都把"寒"毛写成了"汗"毛，当然这不能说你们错，但这样写不规范。接下来他引经据典地讲了古典文学中此字都写作"寒"。最后他说，我讲了这么多课，估计你们很快就忘了，但这个"寒"字请你们记住。

现在回想起来，吴先生让我们永远记住这个"寒"字，是不是有什么弦外之音呢？是让我们知道他寒心了吗？还是让我们知道自己知识的浅薄？

其实，我从吴先生的课堂里，还是受益多多的。他给我们讲庄子的《秋水》和《马蹄》，我心中颇多合鸣，听着他绘声绘色的讲演，我的脑海中便浮现出故乡一望无际的荒原上野马奔驰的情景，还有河堤决口、秋水泛滥的情景。后来，我索性以《马蹄》为题写了一篇散文，以《秋水》为名写了一篇小说。《马蹄》发表在1985年的《解放军文艺》上，《秋水》发表在1985年的

《莽原》上，这都是听了吴先生的课之后几个月的事儿。

这两篇作品对我来说都有非常重要的意义。《马蹄》表达了我的散文观，发表后颇受好评，还获得了当年的"解放军文艺"奖。《秋水》中，第一次出现了"高密东北乡"这个文学地理名称，从此，这个"高密东北乡"就成了我的专属文学领地。我在很长一段时间内都以为我是在《白狗秋千架》这篇小说中第一次写下了"高密东北乡"这几个字，在国内外都这样讲，后来，我大哥与高密的几位研究者纠正了我。《秋水》写了在一座被洪水围困的小土山上发生的故事，"我爷爷""我奶奶"这两个"高密东北乡"的重要人物出现了，土匪出现了，侠女也出现了，梦幻出现了，仇杀也出现了。应该说，《秋水》是"高密东北乡"的创世纪篇章，其重要意义不言自明。

吴先生讲庄子《秋水》篇那一课，就是只来了五个人那一课。那天好像还下着雪——我愿意在我的回忆中有吴先生摘下帽子抽打身上的雪花的情景。我们的阶梯教室的门正对着长长的走廊，门是两扇关不严但声响很大的弹簧门。吴先生进来后，那门就在弹簧的作用下"哐当"一声关上了。我们的阶梯教室有一百多个座位，五个听课人分散开，确实很不好看。我记得阶梯教室南侧有门有窗，外面是礼堂前的很大一片空场。因为我坐在第七排最南边的座位上，侧面便可见到窗外的风景，那天下雪的印象多半由此而来。我记得我不好意思看吴先生的脸，同学们不来上课造成的尴尬却要我们几个来上课的承受，这有点不公平，但世界上的事情就是这样。有一次学校组织学员去郊区栽树，有两位同学躲在宿舍里想逃脱，被我揭发了，从此这两人再也没跟我说过一句话。毕业十几年后，有一次在街上碰见了某一位，我热情地上前打招呼，他却一歪头过去了，让我落了一个大大的没趣。由此我想到，揭发别人，是一件得罪人最狠的事，但不揭发，心里又恨得慌，这也算做人之难吧。

虽然只有五个人听讲，但吴先生那一课却讲得格外地昂扬，好像他是赌着气讲。我当时也许想到了据说黑格尔讲第一课时，台下只有一个学生，他依然讲得慷慨激昂的事，而我们有五个人，吴先生应该满足了。

"秋水时至，百川灌河，泾流之大，两涘渚崖之间，不辨牛马。于是焉，河伯欣然自喜，以天下之美为尽在己……"先生朗声诵读，抑扬顿挫，双目烁烁，扫射着台下我们五个可怜虫，使我们感到自己就是目光短浅不可以语于海的井蛙、不可以语于冰的夏虫，而他就是虽万川归之而不盈、尾闾泄之而不虚，却自以为很渺小的北海。

讲完了课，先生给我们深深鞠了一躬，收拾好讲稿，穿戴好衣帽，走了。随着弹簧门"咣当"一声巨响，我感到这老先生既可敬又可怜，而我自己，则是又可悲又可耻。

因为当时我们手头都没有庄子的书，系里的干事便让我将《秋水》《马蹄》这两篇文章及注解刻蜡纸油印，发给每人一份。刻蜡纸时我故意地将《马蹄》篇中"夫加之以衡扼，齐之以月题"中"月题"的注释刻成"马的眼镜"，其意大概是想借此引逗同学发笑吧，或者也是借此发泄让我刻版油印的不满。我没想到吴先生还会去看这油印的材料，但他看了。他在下一课讲完时说："月题"，是马辔头上状如月牙、遮挡在马额头上的佩饰，不是马的眼镜。然后他又说——我感到他的目光盯着我说——"给马戴上眼镜，真是天才！"——我感到脸上发烧，也有点无地自容了。

毕业十几年后，有一次在北大西门外遇到了吴先生，他似乎老了许多，但目光依然锐利。我说：吴先生，我是军艺文学系毕业的莫言，我听过您的课。

他说：噢。

我说：我听您讲庄子的《秋水》《马蹄》，很受启发，写了一篇小说，题目叫《秋水》，写了一篇散文，题目叫《马蹄》。

他说：噢。

我说：我曾在刻蜡纸时，故意把"月题"解释成"马的眼镜"，这事您还记得吗？

此时，正有一少妇牵着一只小狗从旁边经过，那小狗身上穿着一件鲜艳的毛线衣。吴先生突然响亮地说：

"狗穿毛衣寻常事，马戴眼镜又何妨？"

（2017 年 3 月）

陪 考 一 日

7月6日晚，带着书、衣服、药品、食物等诸多在这三天里有可能用得着的东西，搭出租车去赶考。我们很有运气，女儿的考场排在本校，而且提前在校内培训中心定了一个有空调的房间，这样既是熟悉的环境，又免除了来回奔波之苦。信佛的妻子说，这是佛祖的保佑啊！我也说，是的，这是佛祖的保佑。坐在出租车上，看到车牌照上的号码尾数是575，心中暗喜，也许就能考575分，那样上个重点大学就没有问题了。车在路口等灯时，侧目一看旁边的车，车牌的尾数是268，心里顿时沉重起来。如果考268分那就糟透了。赶快看后边的车牌尾数，是629，心中大喜。但转念一想，女儿极不喜欢理科而学了理科，二模只模了540分，怎么可能考629？能考575就是天大的喜事了。

车过了三环路，看到一些学生和家长背包提篮地向几家为高考学生开了特价房间的大饭店拥去。虽说是特价，但每天还是要400元，而我们租的房间只要120元。在这样的时刻，钱是小事，关键的是这些大饭店距考场还有一段搭车不值、步行又嫌远的尴尬距离，而我们的房间距考场只有一百米！我心中满是感动，为了这好运气。

安顿好行李后，女儿马上伏案复习语文，说是"临阵磨枪，不快也光"。我劝她看看电视，或者到校园里转转，她不肯，一直复习到深夜十一点，在我的反复劝说下，才熄灯上床。上了床也睡不着，一会儿说忘了《墙头马上》是谁的作品，一会儿又问高尔基到底是俄国作家还是苏联作家。我索性装睡不搭她的话，心中暗暗盘算，要不要给她吃安定片。不给她吃怕折腾一夜不睡，给她吃又怕影响了脑子。终于听到她打起了轻微的鼾，不敢开灯看表，估计已是零点多了。

凌晨，窗外的杨树上，成群的麻雀齐声噪叫，然后便是喜鹊喳喳地大叫。我生怕鸟叫声把她吵醒，但她已经醒了。看看表，才四点多钟。这孩子平时特别贪睡，别说几声鸟叫，就是在她耳边放鞭炮也惊不醒，常常是她妈搬着她的脖子把她扳起来，一松手，她随即躺下又睡过去了。但现在几声鸟叫就把她惊醒了。拉开窗帘，看到外边天已大亮，麻雀不叫了，喜鹊还在叫。我心中欢喜，因为喜鹊叫是个好兆头。女儿洗了一把脸又开始复习，我知道劝也没用，干脆就不说什么了。离考试还有四个半小时，我很担心到上考场时她已经很疲倦了，心中十分着急。

早饭就在学校食堂里吃，这个平时胃口很好的孩子此时一点胃口也没有。饭后，劝她在校园里转转，刚转了几分钟，她说还有许多问题没有搞清楚，然后又匆匆上楼去复习。从七点开始，她就一趟趟地跑卫生间。我想起了我的奶奶。当年闹日本的时候，一听说日本鬼子来了，我奶奶就往厕所跑。解放后许多年了，我们恶作剧，大喊一声"鬼子来了！"我奶奶马上就脸色苍白，把提着裤子往厕所跑去。唉，这高考竟然像日本鬼子一样可怕了。

　　终于熬到了八点二十分,学校里的大喇叭开始广播考生须知。我送女儿去考场,看到从培训中心到考场的路上拉起了一条红线,家长只许送到线外。女儿过了线,去向她学校的带队老师报到。

　　八点三十分,考生开始入场。我远远地看到穿着红裙子的女儿随着成群的考生拥进大楼,终于消失了。距离正式开考还有一段时间,但方才还熙熙攘攘的校园内已经安静了下来,杨树上的蝉鸣变得格外刺耳。一位穿着黄军裤的家长仰脸望望,说:北京啥时候有了这玩意儿?另一位戴眼镜的家长说:应该让学校把它们赶走。又有人说:没那么玄乎,考起来他们什么也听不到的。正说着蝉的事,看到一个手提着考试袋的小胖子大摇大摆地走了过来。人们几乎是一起看表,发现离开考还有不到十分钟了。几个带队的老师迎着那小胖子跑过来,好像是责怪他来得太晚了。但那小胖子抬腕看看表,依然是不慌不忙地、大摇大摆地向考场走。家长们都被这个小子从容不迫的气度所折服。有的说,这孩子,如果不是个最好的学生,就是个最坏的学生。穿黄裤子的家长说,不管是好学生还是坏学生,他的心理素质绝对好,这样的孩子长大了可以当军队的指挥官。大家正议论着,就听到从学校大门外传来一阵低声的喧哗,于是都把身体探过红线,歪头往大门口望去,只见两个汉子架着一个身体瘦弱的男生,急急忙忙地跑了进来。那男生的腿就像没了骨头似的在地上拖拉着,脖子歪到一边,似乎支撑不了脑袋的重量。一个中年妇女——显然是母亲——紧跟在男孩的身后,手里拿着考试袋,还有毛巾药品之类的东西,一边小跑着,一边抬起胳膊擦着脸上的汗水与泪水。一群老师从考试大楼里跑出来,把男孩从那两个男人手里接应过去，那位母亲也被拦挡在考试大楼之外。红线外的我们，一个个都很感慨很同情的样子，有的叹气，有的低声咕哝着什么。我的觉悟不高，心中有对这个带病参加考试的男生的同情，但更多的是暗自庆幸，不管怎么说，我的女儿已经平平安安地坐在考场里，现在已经拿起笔来开始答题了吧。

考试正式地开始了，蝉声使校园里显得格外安静。我们这些住在培训中心的幸运家长，站在树荫里，看到那些聚集在大门外强烈阳光里的家长们，心中又是一番感慨。因为我们事先知道了培训中心对外营业的消息，因为我们花了每天120元钱，我们就可以站在树荫里看着那些站在烈日下的与我们身份一样的人，可见世界上的事情，绝对的公平是不存在的。譬如这高考，本身也存在着很多不公平，但它比当年的推荐工农兵大学生是公平得多了。对广大的老百姓的孩子来说，高考是最好的方式。任何不经过考试的方式，譬如保送，譬如推荐，譬如各种加分，都存在着暗箱操作的可能性。

有的家长回房间里去了，但大多数的家长还站在那里说话。话题飘忽不定，一会儿说天气，说北京成了非洲了，成了印度了，一会儿又说当年的高考是如何的随便，不像现在的如临大敌。学校的保安过来干涉，让家长们不要在校园内说话，家长们很顺从地散开了。

将近十一点半时，家长们都把着红线，眼巴巴地望着考试大楼。大喇叭响起来，说时间到了，请考生们立即停止书写，把卷子整理好放在桌子上。女儿的年级主任跑过来，兴奋地对我说：莫先生，有一道18分的题与我们海淀区二模卷子上的题几乎一样！家长们也随着兴奋起来。一位不知是哪个学校的带队老师说：行了，明年海淀区的教参书又要大卖了。

学生们从大楼里拥出来。我发现了女儿，远远地看到她走得很昂扬，心中感到有了一点底。看清了她脸上的笑意，心中更加欣慰。迎住她，听她说：感觉好极了，一进考场就感到心中十分宁静，作文写得很好，题目是"天上一轮绿月亮"。

下午考化学，散场时，大多数孩子都是喜笑颜开，都说今年的化学题出得比较容易，女儿自觉考得也不错。第一天大获全胜，赶快打电话往家报告喜讯。晚饭后，女儿开始复习数学，直至十一点。临睡前，她突然说：爸爸，下午的化学考卷上，有一道题，说"原未溶解……"我审题时，以为卷子印错，在"原未"的"未"字上用铅笔写了一个"来"字，忘记擦去了。我说这有什么关系？她突然紧张起来，说监考老师说，不许在卷子上做任何记号，做了记号的就当作弊卷处理，得零分。我说你这算什么记号？如果这也算记号，那作文题目是不是也算记号？另外，即便算记号，你知道谁来判你的卷子？她听不进我的话，心情越来越坏，说，我完了，化学要得零分了。我说，我说了你不信，你可以打电话问问你的老师，听听她怎么说。她给老师打通了电话，一边诉说一边哭。老师也说没有事。但她还是不放心。无奈，我又给山东老家在中学当校长的大哥打电话，让他劝说。她总算是不哭了，但心中还是放不下，说我们是在安慰她。我说：退一万步说，他们把我们的卷子当成了作弊卷，给了零分，我们一定要上诉，跟他们打官司。爸爸认识不少报社的人，可以借助媒体的力量，把官司打赢……

凌晨一点钟，女儿心事重重地睡着了。我躺在床上，暗暗地祷告着：佛祖保佑，让孩子一觉睡到八点，但愿她把化学卷子的事忘记，全身心地投入到明天的考试中去。明天上午考数学，下午物理，这两项都是她的弱项……

（2000 年 8 月）

第二辑

我记忆中的传奇人物

　　打开记忆的盒子，许多有趣的人与事便会慢慢浮现……

　　莫言的大盒子里充满宝藏，有一天一夜也讲不完的神奇故事：断指的猎人埋伏在高粱地里打野鸭，一次次失败，又一次次重新尝试；残疾的退伍军人失去对生活的信心，却偶遇用独臂打水的女孩，被她的勇敢和毅力鼓舞，重拾前行的勇气；黑孩跟着铁匠学打铁，卖力地拉着风箱，看到火光中出现了一个金色的红萝卜……

　　翻检自己的记忆，你一定也会找出许多闪光的碎片，一个个精彩绝伦的故事就是从这里开始的。快拿起纸和笔，别让记忆溜走，跟着莫言一起读书、写作，做一个快乐的讲故事的人吧！

老　枪

　　他用失去食指的右手把枪从右肩上摘下来时，一片金色的阳光罩住了他。太阳沿着一道平滑的弧线飞快地下落，田野里回荡着间歇错落的落潮般声响和时疏时密的荒凉气息。他小心翼翼地把枪放在生着斑驳铜钱绿苔的地上。落枪时看着潮湿的地面，心里感到很难受。这支长苗子紫木托土枪，弯弯曲曲地躺在湿漉漉的地上，夕阳照着枪旁一穗失落的高粱。高粱生出一大簇细密柔软的嫩黄色苗芽子。高粱苗芽把自己的影子投到黝黑的枪管和紫红的枪托上，枪管和枪托都变了颜色。他在解下腰间卡腰火药葫芦的同时，脱下了那件黑色的夹袄，露出了上身粗大的骨骼。他用夹袄把枪和火药葫芦包起来，放好，走上前三步，倾着身，伸出沐着沉重阳光的双臂，去搬动那一大丛高粱秸秆中的一捆。

　　秋天发了大水，数万亩涝洼地如海洋，高粱在水中擎着暗红色的头，一队队老鼠在高粱头上蹿跳着，如同灵活的飞鸟。收获高粱时，水齐到胸口，人们蹚着水，用筏子把高粱穗子运出去，从天而降的红翅鲤鱼和黑脊草鱼在生着绿色气根的高粱秸秆间横冲直撞，翠绿的鱼狗不时钻到水里去，又叼着银亮的小鱼从水里钻出来。八月，大水渐渐退了，露出了布满烂泥的道路，低凹处仍有水，形成了一个个大大小小的水汪子。砍下的高粱秸运不回去，就从水中拖出来，放在道路上或是水汪子边缘的高地上。美丽的阳光照着低洼原野，方圆几十里很少有村庄，一个个水汪子闪着亮，高粱丛好像炮楼群。

他背着明亮温暖的太阳和一个潲水的大洼子，把一捆捆高粱秸拖出来，在水汪子边缘上，垒成了一个四四方方半人高的掩体。他抱着枪跳进掩体坐下来，头顶齐着掩体的上沿，外边看不到他，但他从留下的洞眼里能清楚地看到这水汪子和水汪子中间那一块孤岛般的泥渚，也能看到玫瑰色的天空和棕色的大地。天显得很低，阳光红红地涂满水面，水汪子明亮辉煌地伸展进朦胧的暮色里去，边缘跳动着针刺样的光芒，像一圈温暖的睫毛。汪子中间那块现在变成了浅蓝色的泥渚上，一蓬蓬水草苍黄地肃立着。这块在四周流光包围中的泥渚似乎在轻轻漂动，四周越朦胧，积水越明亮，泥渚的漂动感越强，他感到它漂过来了，漂过来了，离他只有几步路，纵身就可跳过去。泥渚上还没有它们，他惶惑不安地再次望望天，想，是时候了，它们该来了。

他也不知道它们是从哪里来的。那天，拖了一下午高粱秸，队长说放工，几十个人便摇曳着长长的影子往家走，他跑到这儿来方便，突然看到了它们。当时，他感到好像被人打了一个窝心拳，心脏歇了一会儿才重跳。一大片落在泥渚上的野鸭子晃花了他的眼。一连十几个晚上，他都躲在高粱丛中观察它们，他看到它们总是在傍晚这时辰，嘎嘎地叫着，仿佛从天外飞来。降落前，它们很优雅地在汪子上空盘旋着，像一大团忽舒忽卷的灰绿云。它们拨弄着气流向泥渚降落时，每次都让他激动不已。他还从来没有发现有这么多的野鸭子集中在这么小的土地上，从来没有。

它们该来了还不来，还不来呢还是就不来了呢？他感到紧张，他甚至怀疑自己过去看到的是幻影，他一直不太相信这里竟会有这样一大群野鸭子。他听村里老人们多次讲过神鸭的故事，故事里的神鸭都是纯白的，但这群野鸭不是纯白的。头和颈上有着明丽的绿羽，脖子上围着白环，翅膀像两面蓝镜子，它们是公鸭子吧？遍体黄褐色，并点缀着暗褐色的斑点，它们是母鸭子吧？它们绝不是神鸭，它们在泥渚上留下了一片又一片绿色和褐色的小羽毛。看着羽毛，他沉沉地放下心，坐下，拎起包着枪和药葫芦的褂子，抖抖披起，立刻又暴露出弯弯曲曲的枪和油汪汪的卡腰葫芦。枪安稳平静地躺在秫秸上，枪身泛着暗红色的油光，这颜色很像铁锈，它曾经几度布满红锈，红锈把枪身咬得坑坑洼洼。但现在它没有锈，他用了两张砂纸把红锈打磨光了。它弯弯曲曲地躺着，如同一条冬眠的青蛇，他觉得它随时都会醒过来，飞起来，用钢铁的尾巴抽打得高粱秸秆噼噼地响。他伸手去摸枪的时候，第一个感觉是指尖冰冷，冷感上侵至胸肋，使他良久觳觫。太阳更快地下沉着，一边下沉一边变形，它变扁变平，好像一个半流质的球体落在平滑钢板上似的弯曲变形。它的下面是平面，那些呈球弧的表面异常紧张，终于踔了稀，汹涌的冰冷的红色流质曲曲折折地向四面八方流淌。水洼子宁静入玄，艳红的汁液从水面上慢慢下渗，水的下层红稠如汤汁，表面却是一层无色透明水，极亮极炫目。他忽然看到的竟是一只吊在一棵挺拔枯草上的金环蜻蜓，蜻蜓的巨大眼睛如两颗紫珍珠，左一转右一转地折射着光线。

他抓过枪，平放在腿上，枪身沿着腿与腹形成的直角伸到后面去，枪口在他的下巴下斜睨着南方浅薄灰白的天空。他从口袋里摸出一个细长的量管，揭开药葫芦的盖，往量管里装药。他把量管里的药倒进枪筒里，立刻就有很流畅的声音从枪口里发出来，接着，他从一个小铁盒里捏着一撮铁砂子塞进枪口，枪筒里有清脆的声音发出来。这时他从枪管下抽出长长的枪探子，用那疙瘩状的圆头，捣着枪筒里的火药和铁砂。他的心不规则地跳着，他战战兢兢，好像给一只睡眼蒙眬的老虎搔痒。他把三管火药三撮铁砂装进枪筒后，心里感到冷冰冰，额上有密密的冷汗渗出来。他的手哆嗦着，掏出早就准备好的棉絮团，把枪口堵了。这时他感到非常饿，浑身松软，顺手从地上撕掳出一条草根来，将将泥土，放进嘴里嚼着。他嚼着草，感到更饿，这时，就听到水汪子上方的天空中，响起了翅膀扇动空气的呼啸声。他必须立即完成最后一项准备工作，给枪装上一个引火帽。他把那翘着尾巴的枪机扳得仰起头来，露出了一个与枪筒相连的凸出物。凸出物的上部是一个圆圆的凹槽，凹槽中间有一个细细的洞眼。他仔细地剥开几层纸，把一个金黄色的引火帽按进凹槽里。引火帽里是黄色火药，只要枪机啄一下火帽，火帽就会爆炸，引燃枪筒里的火药，那时候，就会有一条火蛇从枪口奔出去，火蛇先细后粗，最后如一把铁扫帚。一切都是因为这支枪那么长久地挂在他家那堵像涂了黑釉子一样的山墙上，他无师自通地顿悟了这支枪的奥秘，他前天把红锈斑斑的枪摘下来擦洗时，竟感到十分熟练。

野鸭子来了。起初它们在百米高的空中扑扑棱棱地旋转着，忽高忽低，聚成一团，后来却一哄而散，从不同的方向扎到下边来，紧贴着通红透亮的水面飞翔。他跪起来，屏住呼吸，死死地盯着那一圈圈紫绛色光晕。他轻轻地把枪筒从高粱秸的缝隙中探出去，心怦怦地狂跳着。野鸭群还在团团旋转，圈子忽大忽小，仿佛连水汪子都跟着它们旋转。有时候,几只绿毛公鸭几乎要碰到他的枪口,他看到了它们明亮狡猾的黑眼睛和嫩绿色的嘴巴。太阳更大更扁,边缘发了黑,中间一点却如烧化了的铁,在窸窣地迸溅着火花。

鸭子忽然大叫起来,公鸭"嘎嘎嘎",母鸭"嘎嘎嘎",连成一大片。他兴奋得嘴唇都抖起来,他知道,它们就要降落了。连续十几天来,他仔细地观察着它们,知道它们鸣叫之后就要降落。从天空中出现它们的影子到现在,也不过是几分钟的光景,但他感觉到已过去很长很长时间,他的肠胃剧烈痉挛,他又一次感到饿。它们到底落下了,接近地面上,突然伸出绛紫色的腿,翅膀平伸开,雪白的尾巴像张开的羽扇,急促落地后,惯性使它们踉跄两三步。棕色的泥渚突然间变了颜色,花花绿绿的鸭羽上闪烁着无数个变色的太阳,鸭群载着阳光,穿梭般蹒跚着。

他悄悄地抬起枪来,枪托抵到肩头,枪口对准了那一群越聚越紧的野鸭。太阳又缺了一块,已经歪七扭八不成模样。野鸭子有的趴下去,有的站着,有的低飞一下又落下来。他想,是时候,该开枪了,但他没有开枪。他用手去摸索扳机时,突然感到极大的不方便,他痛苦地想到了自己的食指。它缺了两节,只剩下最后一节,像一根树桩子一样疤扭着蹲在中指和拇指之间。

他还是没扣扳机。因为,又一群野鸭从空中盘旋着落下来,也如一团旋转的彩云。泥渚上的野鸭全乱了,有的在地上跺脚,有的飞起来,不知是对同类的到来表示欢迎还是表示愤怒。他懊恼地看着乱纷纷的鸭群,轻轻地把枪抽了回来。太阳变成了尖尖的红薯形状，射出绿幽幽和紫灿灿的光线。那只金环蜻蜓被野鸭惊动，贴着水面飞过来，落在了他的掩体上。它用六只足抱住一个高粱叶，把长长的箍着金环的尾巴垂下来。他看到蜻蜓眼睛上那两个明亮的光点。鸭群渐渐收拢，平静，被鸭足点破的水面渐渐向四周扩散着同心圆，圆与圆碰撞，挤起一道道皱褶。

两群鸭合成了一群。他想，要是有一张大网，迅疾地罩过去……但是他知道自己没有网，他只有枪。他小心地摘下引火帽，拨开堵枪的棉絮团，又往枪口里倒了三次火药三次铁砂……又一次瞄着鸭群，他心里充满着古老的嗜血欲望，是这样一大群鸭，是这样一根细细的枪管……他再次悄悄退回，又将两筒药装进枪口，枪管差一点就要满了，他堵了枪口，托起枪来时，感到了枪的重量。抖抖的中指按住扳机，击发的一瞬间，他闭了一下眼。

枪机响了一声，机头啄在金黄色的引火帽上，枪未响。水汪子的圈子似乎在逐渐收缩，游荡于天地间的紫气愈来愈浓，红色愈来愈淡，水面亮度不减，但逐渐深邃起来。鸭子拥挤在一起，显得那么厚实、漂亮、温暖。鸭毛平软光洁绚丽，它们似乎都在用狡黠的眼睛轻蔑地盯着他的枪口，似乎在嘲笑他的无能。他取下引火帽，看了一下机头在火帽上留下的痕迹。鸭群里漾出了腥热的气息，鸭身相摩发出光滑柔软的声音。他把引火帽重新安进去，他不相信竟然有这等事，爹，奶奶，不都是一次击发成了功吗？

他又击发了一次，枪依然不响。他沮丧地坐下来。太阳像根油条一样横躺在地平线上，颜色也如油条的焦黄。水汪子缩得更小了，原野的边缘越来越模糊，已经看见了半块白色的月亮。在远处一蓬水草的茎上，有几个虫子在闪烁着绿色的光芒。鸭子把嘴插进翅膀里，嘲笑地望着他。它们离他是这样近，天愈暗它们离得愈近。他的肚子里热辣辣地难受，无数流油的熟鸭在他眼前飞动。他又连续扣动了十几次扳机，引火帽被机头啄得变了形，嵌在凹槽里拿不出来。他绝望了，像被剔了骨头一样歪在掩体上，高粱秸秆哗哗地响着。野鸭对他发出的声响不理不睬，不飞不叫，像一堆斑驳的卵石。太阳消失了，天地间的红丝绿线也跟着消失，显出灰白的原色来。蟋蟀和油铃子启动翅膀，发出持续不断互相渗透的叫声。他仰望着苜蓿花色的天穹，几乎要哭起来。他侧目看着枪，对它也充满了仇恨。

那半块月亮放出光明来，萤火虫悠闲地飞舞着，在他脸上画出一道道绿色的弧线。水汪子呈现出幽暗晦涩的钢灰色。天还没有黑透，他还能看到金环蜻蜓微绿的大眼。虫鸣声一阵紧似一阵，凝滞着湿气一团团升起来。他不再看那群鸭子了，他想着鸭子，又一次感到肠胃痉挛得厉害。

太阳总算熄灭了。西天边上只留下了一抹浅黄的温暖。半块月亮在西南仰角，洒下水一样的柔情来。水汪里升腾起的雾如一丛丛灌木，在雾的间隙里，忽隐忽现着野鸭，汪子里有大鱼泼水的声音。他如醉如痴地站起来，活动着麻木僵硬的关节。系上葫芦，背起枪，跨出掩体。为什么会打不响呢？他把枪甩下来，用手托着看，月亮照着枪，泛起蓝光。你怎么就不响呢？他想着，把枪机扳起，随随便便勾了一下。

沉闷钝重的爆炸声使秋天的原野上滚动起波浪，一团红光照亮了水汪子，照亮了野鸭子。铁块木屑四处飞溅着，野鸭子惊飞起来。他缓缓倒地，用着极大的劲想睁开眼，他似乎看到鸭子如石块般飘飘地坠在身边，坠在身上，堆成大丘，直压得他呼吸不畅。

（1985 年 4 月）

断　手

　　槐花大放，通乡镇的十里土路北侧那数千亩河滩林子里，扑出来一团团沉重的闷香。林子里除了槐就是桑，老春初夏，槐绿桑青，桑肥槐瘦。太阳刚冒红时，林子里很静，一只孤独的布谷鸟叫起来，声音传得远而长。林子背后是条河，河里流水拥挤流动时发出的响声穿过疏林土路，漫到路外扬花授粉的麦田里。一个穿军衣的黝黑青年站在土路上，对着那河滩林子里的一片槐树喊了一声：

　　"小媞！"

　　立刻就有一个红褂绿裤的大闺女从雪白的槐林中钻出来，黝黑青年用左手抻抻去了领章的军衣，又正正摘了帽徽的军帽，看着出现在面前的红绿大闺女。她把一头乌油油的发用一条白色小手绢系着，飘飘洒洒洋溢着风情，柳眼梅腮上凝着星星点点的羞涩。

　　"你躲躲闪闪的干什么呀？"他大声说着，用手摸摸胸前那两个红黄的徽章。闺女往后退一步，将身子半掩在槐林里，红了脸，说："你别大声嚷嚷好不好？""怕谁呢？""不怕谁，不愿意让人看见，你也不是不知道村里人那些臭嘴。""让他们说去，早晚也得让人知道。""苏社，咱俩可是什么事也没有！"她吊着眼说。"有什么事呢？今日登记，明日结婚，后日生孩子，有什么事呢?"他潇洒地说着。"谁跟你去登记?你这样胡说我就不跟你一道儿走了。""我不说了还不行?你还挺能拿架。"他用左手从口袋里提出一支烟,插进嘴里;用左手摸出一盒火柴,夹在右胳膊弯子里;用左手食指捅开火柴盒;用左手食指和拇指捏出一根火柴——小媞上前两步,右手从他左手里拔出火柴,左手从他右胳膊弯里抓过火柴盒。她点着火,烧着他嘴里的烟,水汪汪的眼看着他的脸说:"非要抽?"他举起右胳膊,衣袖匆匆滑下去,露出了——他的手没了——疤结的手腕。他阴沉沉地说:"当兵的,靠口烟撑着架子,那次打穿插,跑了两天两夜,干粮袋,水壶,全丢光了,到了集合点,一个个都瘫了。连长指导员副连长副指导员,还有一排长二排长三排长四排长,一人拿出一盒烟,全连分遍了,点上抽着,山坡上像烧窑一样,这才缓过劲来。紧接着眼见着敌人就上来了,绿压压的像苍蝇一样,我端着一挺轻机枪,来回扫着扇子面,越南鬼子像麦个子一样,横七竖八倒满了山坡……""你说的跟电影上演的一模一样。""电影,电影全是演屁,光坏人死,不死好人,打仗可不一样,我们一连人只剩下七个,还是缺胳膊少腿,打仗,打仗可不是闹着玩的。""别说了,上了路再说。我驮着你。"她从槐林里推出一辆自行车,车上缠满了花花绿绿的塑料纸,"上来吧。""还是我驮着你。"他把烟头吐在地上说。"俺可不敢,你是战斗英雄哩!"她说着,看着他淡淡地笑。他咧咧嘴,也笑了。

土路追着阳光前伸,苏醒的田野里充斥着生机勃勃的声响,一树树槐花从他脸前滑过去,从槐树的褐色树干里,他不时看到桑树的银灰色树干,桑林里响着小女孩和大女人的对话声,也如参差错落的桑槐,一闪就过去了,他渐渐地注意到了她的呼吸,注意到撑出去的双臂和从她腋下望得见的衣服皱褶。她的腰浑圆。槐林里溢出的香气浓浓淡淡，延伸出去断手的右胳膊，揽住了她的腰，他感到她哆嗦了一下。她用力蹬着车子，悄悄地说："你把手拿开。"车子嗖嗖地向前跑着，他用胳膊箍了她一下，说："不。""拿开手。"她扭着腰说。"我没有手！"他说着。"……没有手……也得拿开……求求你……"她带着哭腔说。车把子在她手下歪来扭去，终于钻进槐林里。车前轮撞在槐树上，车子猛一跳，歪倒。从地上爬起来，他和她对望着。他激动得脸色发绿，对着倚在槐树上的她说："动动你怎么啦？封建脑瓜子，你到城里去看看。""苏社，你别逼人……你是英雄，你为国有功，俺知道你好……可你知道人家怎么议论你？""议论我什么？""人家说你是个牛皮匠，说你连前线都没上。"他的脸色随即变灰了，手瑟瑟地抖着，说："谁说的？谁说的？我没上前线？我的手是被狗咬去的？""人家说你用手榴弹砸核桃，砸响了，把手炸掉了。""胡说！那里有核桃吗？那里没核桃。手榴弹放在火里都烧不响，砸核桃能砸响？就算是砸核桃砸响了，那我这些功劳牌子不是我自己铸的吧？""人家说你只得了一块三等的小功劳牌子，那一块是个纪念章。""纪念章你们谁有？谁有？拿出来我看看！"

他又重复着复杂的手续点火抽烟，她没帮他，却用肩头一下一下地往后撞着那棵槐树。树叶子和花串儿抖动着，响着。烟从他嘴里愤怒地喷出来。她说："你用不着生气，村里人的话，都是望风捕影地瞎传。我还忘了，你还没吃饭吧？"她把车子扶起来，从车兜里摸出一个小手绢包，他一眼看出包着的鸡蛋，立刻想到饿，听到她说："给你。"

"小媞，你相信他们说的？"他接过手巾包，怯怯地问。

"我当然不信，不过，你也得把尾巴夹一夹。今日去县城，我瞒着俺爹哩。俺爹说：'苏社不是正经人，你要离他远着点。'"

"好啊！你爹！"

"俺爹还说你擎着只断手，吃了东家吃西家，回家两个月了，连地也不下，像个兵痞子。"

"那么你呢，你也这样看我？"

"我对俺爹说，他为国为民落了残废，又是孤身一人，吃几顿饭算什么？"

"你爹怎么回你？"

"他说：'不是那几顿饭！'"

"你爹还说我什么？"

"就这些。"

"小媞，"他想了一下说，"今天我们就去县委，让他们给我安排个工作，你只要同意跟我好，我让他们也给你安排个工作，咱搬到县城里去住，躲着这些人远远的。"

"他们能安排你吗？"

"他们敢不安排！老子连手都丢在前线了。"

"我们就走吧。"她眼泪汪汪地说，"你不要动我，好好坐着，我求求你。"

"好吧，我不动你。"他轻蔑地说，"都八十年代啦。当兵的，什么世面没见过呀。人都会装正经，打起仗来，什么羞不羞的，在医院里，女护士给我系腰带，有个粉红脸儿叫小曹的，是地委书记的女儿呢，人家那个大方劲，哪像你。"

"你怎么不去找她！"

"你以为我找不到她？我不愿意呢。我们凯旋着回来，给我们写信的女大学生成百成千，都把彩色照片寄来，那信写的，一口一个'最亲爱的人'。"

小媞不说话了，自行车链条打着链瓦，当啷当啷响。那只不知疲倦的布谷鸟的叫声，渐渐地化在大气里。

又朦朦胧胧地听到了布谷鸟的叫声。越来越清晰、单调，离它越来越近。它好像一直没动窝儿，就这么叫着，太阳高挂东南，田野里暖烘烘的。小媞麻木地蹬着车子，听着飘浮不定的布谷声，她感到浑身松懈。跳下车，腿脚软得像没了筋骨。槐花的闷香漫上来，她的头微微发晕，支起车子，一手扶树，一手轻提着胸襟抖了几下，她出了一身汗。忽然想起什么似的，她踅着，进了槐林深处。槐树大多是茶碗口粗细，杆茎人头多高，树皮还光滑发亮，树冠不高也不太大，一片又一片的绿叶子承着阳光，闪闪烁烁地跳，槐花串串挂着，家蜂伴着野蜂飞，阳光下交汇着蜂鸣声……她在槐林深处蹲了一会儿，看见与槐林相接的桑林，看见桑林外河中流水泛起的亮光……她往外走，踩着湿润的沙地，沙地上生着一圈圈瘦弱的茅草，还有葛蔓萝藤，黄花地丁。四只拳头大小的褐色野兔，灵活地啃着野菜，见到她来，一哄儿散了，站在半箭之外，斑斑点点地望着她。灰山鹊拖着长长的尾巴，一起一伏地向前跃进。她眼里像蒙着一层雾，南风从树缝里歪歪曲曲地吹过来，钻进了她的身体。她摸出手帕揉揉眼，掐下一串齐着她额头的槐花，用牙齿摘着吃。槐花初入口是甜的，一会儿就变了味。她心里有点迷糊，便用削肩倚了树，慢慢地下滑，坐下，双腿平伸开，眯着眼，从花叶缝隙里看太阳。太阳是黑的。太阳是白的。太阳是绿的。太阳是红的。几个花瓣从她眼前落下来，老春槐花谢，想着刚才的事，想哭，一低头，就有两颗泪珠落在红褂子上……

路过乡镇时，看到街上热热闹闹，人们走来走去，脸上都带着笑。太阳光下坐着一位面如丝瓜的干老头，守着一个翠绿色的柳条筐，筐里是鲜红的大樱桃，不满。看到大樱桃，苏社用断腕捣了她一下，说："停车。"

樱桃老头半闭着左眼，大睁着右眼，看着苏社。苏社蹲在筐前，问老头："樱桃怎么卖？"

她扶着车子站在一边，看着他的脖子，看着老人的干脸。鲜红的樱桃好像在筐里跳。

"五毛一斤。"老头说。

苏社提起一个樱桃，举着看一会儿，一仰脖子，让樱桃掉进嘴里。他说："真甜。就是太贵了，老头，我是从前线回来的。云南省昆明市樱桃红了半条街，个儿大，水儿旺，才两毛钱一斤。"

"那是云南。"老人说。

"便宜点儿卖不卖？"他又提起一个樱桃，扔进嘴里。

老人用力看着他。

"一毛钱一斤卖不卖？"苏社往口里扔着樱桃说。

"走你的路吧！"

"一毛钱一斤，我全要了你的。"苏社往嘴里扔着樱桃说。

"走吧，苏社。"她在一边说。

樱桃老人脸上渐渐挂了颜色，两只眼全瞪圆。苏社又往樱桃筐里伸手，老人抓住了他的手。

"你干什么，老头？"苏社说，"噢，还不兴尝一尝吗？"

"你爹从来没有教育你。"老人说。

"你怎么开口骂人？"

"你拿一毛钱。"

"我不买。"

"拿一毛钱。"

"老头，真抠门呀！吃你几个破樱桃是瞧得起你。"

"拿一毛钱。"

行人一圈圈围上来，都不说话，表情各异地看着苏社和老人，也有用斜眼瞥一下小媞的，她的脸上泛热，轻轻说："走吧。"

"好吧，算我倒霉！"苏社从兜里抠搜了半天，夹出几个硬币来，扔在地上，"老财迷！"

他站起来。老人一探身，揪住了他的衣角。

"你想动打的吗？老头，我告诉你，动打的你可不是个儿，越南特工队都是练过飞檐走壁的，照样躺在我的枪口下。"

老人揪着他的衣角，不松手也不抬头。

有人说："算了，老人，放他走吧，他刚打仗回来呢。"

有人说："年轻人，你弯弯腰，拾起钱，递到他手里，给他个面子，借着坡，好下驴，他也好做买卖，你也好赶路。"

他弯腰捡起硬币，拍到老头手里，说："老子在前方为你们卖命，身上钻了这多窟窿，吃几个破烂樱桃还要钱。"

"小子，你别走！"老人说着，挽起裤腿来，把一条假腿从膝盖上摘下来，扔在苏社面前，吼一声，"小子，老子在朝鲜吃雪时，你还在你爹腿肚子里转筋呢！"

她从人缝里推车挤出来，上了车，逃命似的回来。

布谷声又响，她不知道是她的耳朵歇了一会儿还是布谷鸟歇了一会儿。

"娘——小野兔!"

她听到桑林里传出一个女孩清脆的喊叫声,便移动着眼往发声处看。她看到紫色的槐树干和灰色的桑树干,高抬眼,又看到满眼婆娑摇风的绿叶白花。

"乐乐,好好走,别让树撞着头。"一个女人的声音。

"娘,掉下一个小蜜蜂。"

"别动啊,被它蜇着!"

"它死了。"

"蜂死螫子不死哩。"

"蚂蚁要拖它。"

"别动它。"

"蚂蚁拖着它走了。"

"别动它们。"

她终于看到柔韧的桑枝在空中晃动,几片拳大的桑叶飘然落地,桑枝桑叶间,镶进蓝蓝黑黑的颜色,一个通红的孩子,像小鹿一样跳过去又跳过来。

"后生,你别狂,家去摘下那两块牌牌,找块破布包包搁起来,"樱桃老头指着苏社胸前的徽章说,"这种东西我家里有半斤。"

苏社咧咧嘴,不明哭笑。一直看着老人安装上假腿,拐起樱桃筐子,咯吱咯吱响着腿走了,众人面面相觑,都没得话说,羞答答地走散。撇下苏社一人戳着,在阳光下晒着满脸白汗珠,好半天才醒过神,转着圈喊小媞,声音又急又赖,像猫叫一样,满街都惊动了,走散的人又定住脚,从四面八方一齐回头看他,使他感到无趣,赶紧溜到墙边,背靠墙站住,心里顿时安定了不少，闭住嘴，腾出眼来找小媞。满街急匆匆走着人，也有自行车在人缝里钻，但都不是小媞。樱桃老头远远地坐在凉粉摊旁柳荫下，沙哑着嗓子喊："樱桃——樱桃——樱桃——"

反复想了还是决定先回村，想必小媞是早回了村。走着与槐林相傍的土路，见无边的麦浪从路南涌上来，到了路边却陡然消失，像马失了前蹄，像潮撞着堤岸。有一家人正给小麦喷药粉，一人背着汽油机；一人拉着长长的蛇皮形喷粉管，像拉鱼一样从麦穗上掠过去，在他们身后，留下一道道烟树。田野辽阔了就显得人少，看不到有多少人干活，庄稼却长得出奇地好。

一辆手扶拖拉机噗噗噗响着，从路上驰来。他想截车，便站到了路边，高高地举起无手的右胳膊。开车的是个戴墨镜的小伙子，坐得梆硬，像焊在拖拉机上的铁铸件，对他的示意连一点反应也没有。拖拉机飞快地开过去，黑烟和尘土把他逼进槐树林里去。

拖拉机走了好远，他才敢从林子里钻出来，沉重的受辱感使他的心一阵阵抽搐，断手的疤也隐隐作痛。也许是今年的第一只蛞蝼在林里干燥地叫起来，他对蛞蝼充满了仇恨，心里想着把它砸成肉酱的情况，人却在路上疲惫不堪地走。路上不断有自行车骑过去，骑车人连多看他一眼也不。他心里阴郁得没有一个亮点，不时地停下，按照动作顺序点火吸烟，终于吸光了烟，捏瘪烟盒，用力掷进树丛里。

从树丛里跳出一个红色的女孩，高举着一根桑条，像举着一面旗帜，满头缀着白花，浑身都是香气。"娘，解放军，一个解放军。"女孩喊。

"乐乐，慢着点跑，别摔倒磕破鼻子。"一个女人，背着一筐桑叶，从槐林里走出来，直到她放下筐子直起腰时，苏社才看清了她的脸。

"这不是苏社大兄弟吗？"女人问，"进城了吗？"

"……留嫚姐，"顿了一会儿才想起她的名字，他吭吭哧哧地说，"你采桑叶喂蚕？"

留嫚脸红红的，说："乐乐，这是你叔叔，你叔叔是英雄，快叫呀！"

女孩怯生生地叫了他一声，就缩到娘背后，偷偷打量着苏社。

留嫚用右手摸了一下女孩的头，笑着对苏社说："她见了生人就像见了猫的小耗子。"

女孩用两只清澈的眼睛看着他，他心里莫名其妙地感伤起来，他几乎把这个女人忘记了。两个月里，他差不多吃遍了全村，好像也没人提过她的事。正胡乱想着，就听到她说："我早就知道你回来了。你回来全村都高兴，都请你吃饭，你这个穷姐姐不敢去凑热闹，也实在没有什么能拿上桌的东西给你吃。"

他狼狈地笑着，说："我真不好意思，乡亲们尊重错了人。"

"那就是你谦虚了。"

"你嫁到哪村了？"他看着女孩问。

她平静地说："哪儿也没嫁。"

他不再问，指着桑叶筐说："我帮你背着吧。"

"不用。"她说。

她背着桑叶，弯着腰跟他一起走，女孩扯着她的衣角走在一侧。他看着她那条如同虚设的左胳膊，回忆起少年时一些残忍的行为。留嫚生来畸形，她的左臂短、小，像一条丝瓜挂在肩膀上。留嫚上过一年级，他和一些男孩子们经常欺负她，扯着她的残胳膊使劲拧。后来她就不上学了。

"兄弟，该成亲了吧？"她问。

"跟谁成亲？"他苦笑一声，说，"瘸爪子，没人要嫁给我。"

"你这个瘸爪子跟我这个瘸爪子可是不一样，"她愉快地笑着说，"你是光荣的瘸爪子，会有人嫁给你的。"

路很长，越走越累，便一齐住了声，大一步小一步地向前走。终于走到村头，天已正午，满街泛起黄光，她举起头来说："我家就在那儿，老地方。"她用下巴示意了一下，他看了一眼那排紧靠河堤被满村新建青砖红瓦房甩出去的草屋。它孤孤单单地坐在那儿。苏社回忆着在草屋周围曾有过的那一排排同样模样的草屋，心里乱糟糟的。她说："今日正好碰上你，大家都请你吃饭，我也该请。你别嫌弃，跟我走吧，家里正好还有一只被人打坏了脊梁的母鸡，就慰劳了你吧。"两道浑浊的汗水滞缓地在她颊上流，她的嘴略有点歪斜，鼻子两侧生着雀斑。女孩晒得黑黑的，双眼不大但非常明亮。

"留嫚姐，……我还有事，就不去了吧……"

"随你的方便，一个村住着，早晚会请到你。"她爽快地说着，拉着女孩往草屋走，他一直望着她们进了院子。

"小媞！"站在小媞家院门外，他大声喊。院子里静悄悄的，没有人说话，他把眼贴在门缝上，看到了小媞那辆花花绿绿的自行车支在院子里。想走，却又张嘴喊小媞，从门缝里，看到小媞的爹板着脸走过来。

他坐在她家炕下的长条凳上，看着她爹紧着嘴抽烟，身上似生了疥疮，坐不安稳，一提一提地耸肩仄屁股，没话找话地说："大伯，小媞还没回来?"老头把烟袋锅子在炕沿上叩着，死声丧气地说："你问我，我问谁!"苏社像打嗝似的顿了一下喉咙，心里顿时冷了。

"媞她娘，拾掇饭吃!"老头喊。

媞她娘从另一间屋里出来，说："急什么，媞出去还没回来。"

"吃了饭要干活! 麦子要浇水，要喷药，玉米要除草定苗，你当我是二流子，甩着袖子趿大鞋呀!"

"你看这熊脾气!"媞她娘对苏社说，"你可别见怪。"

媞她娘端上来一盘暄腾腾的馒头，一碗酱腌带鱼，一碟黄酱，一把嫩葱。"大侄子，一块儿吃吧。"她对苏社说。

"你大侄子早在县里吃饱了大鱼大肉，用得着你孝敬!"老头说。

苏社猛地站起来，手伸着，嘴张着，眼瞪着，一副吓人模样，然后他垂臂合嘴耷拉眼皮，脸青一阵白一阵。他慢慢又坐下，手在大腿上摸着，一会儿，缓缓站起来，咬着牙根，一字一顿地说："大伯，吃了你家几顿饭，我牢牢地记住了，你也牢牢地记着吧，我迟早会还你的。"转身他就走了，也不听老头老婆在背后说些什么。走着街，委屈浸泅上来，眼里簌簌地滚出两行泪，怕人看见，想擦，举起右手——马上火气填胸，不擦泪，飞跑回家，仰在炕上，哭着，死死活活地乱想。

哭了一阵，委屈和愤怒渐渐平息，心里恍恍惚惚，宛若在梦中，睁眼看着墙角上轻动着的小蛛网，耳边传来毛驴的叫声，窗外生动着大千世界，并没有什么变乱。于是爬起来，满意地看看村里给盖的新房和备齐的家具，心里又有些感动，饥饿和干渴袭上来，便挑了水桶去井边担水，见着街上的行人，觉得一阵阵脸热，怀着轰轰烈烈的念头与人打招呼，但都是极随便地应一声，并无惊讶之语，于是也就明白了自己。

井台上汪着些浑浊的水，两只黄色的白鸭用黑嘴搅着水，见到有人来，便摇摇摆摆地走到一边去。他从小惯用右手，左手笨拙软弱，连提个空桶都感到吃力。用扁担钩子钩着桶，慢慢往井里顺，整根扁担都进了井，他又大弯着腰，才看到水桶底触破了平静的井水，他的脸随着变成无数碎片，在井里荡漾着。

他别别扭扭地晃动着扁担，他总也打不到水，眼珠子都挤得发了胀，只好把空桶上上下下地提上来，直起腰，手扶着扁担，双眼望着极远的天。

"战斗英雄，打水呀?"一个不比小媞难看的姑娘挑着两只铁皮水桶轻盈地走过来。

他冷冷地瞅她一眼，没有说话，姑娘看着他那只断手，笑容立即从脸上褪去。她放下自己的扁担和桶，走上来拿他的扁担，她说："苏社哥，我来给你打。"

"滚开!"他突然发了怒，大声说，"不用来假充好人。我欠你们的情够多的了，欠不起了。"

姑娘被他抢白得眼泡里汪着泪，说："苏社，俺可是一片好心。"

"好心?老子在前方——"他忽然住了嘴，双肩垂下，挂着扁担，面色漠然，好像对着坟墓。

那姑娘匆匆打满两桶水，担起来，一溜歪斜地走了。她再也没有回来。他知道话说过了头，但也不后悔，对着井他垂下头，仔细端详着自己阴暗的脸……

他看到自己头朝下栽到井里，井水沉闷地响着，溅起四散的浪花去冲刷井壁，他挣扎着，身体慢慢下沉，井底冒上来一串串气泡……他漂到了水面上，仰着脸，望着圆圆的蓝天。蓝天里突然镶进了小媞美丽的脸，他笑嘻嘻地面对着她，听到她惊叫起来……全村人都围到了他身边，他躺在那儿，虽然死了，心里却充满了报复后的快感……几颗泪珠悄然无声地落到井里，砸破了水面，金黄的太阳照着他的脸，他的脸照亮了井水。

"兄弟。"

他听到有人喊，慌忙直起腰，用衣袖沾沾眼睛。

"家里没镜子吗？"留嫚笑着说，"你要跳井吗？"

"也许会跳呢！"他笑着回答。

"跳下去我可不捞你，"她说，"你挑水？"

"想挑，但挑不了，瘸爪子，不中用啦。"他直率地对她说。

"你不知道自己有多大本事。咱这种人，要想咱这种人的办法，你看着我怎么干。"她走到井边，跪下，用右手握着绳子，把一只瓦罐缓缓地顺进井里去，晃了两下绳子，井里传上来瓦罐进水的咕噜声。她用力把绳子往上提，提到胳膊不能上举为止，然后，把头伸过去，用嘴咬住了绳子。在很短暂的时间里，一瓦罐水是挂在她的嘴上的，趁着这机会，她把右手迅速地伸到井里抓住绳子，松了口，再把胳膊用力上举，再用嘴去咬住井绳……她那条像丝瓜一样的左胳膊随着身体起伏悠来荡去……她把满满一瓦罐水叼到井台上，站起来，喘着粗气说："就得这样干。"

他看着她那两片薄薄的嘴唇和细小的牙齿，问："你一直就是这样打水吗？"

她说："要不怎么办？前几年俺娘活着，她打水，她死了，我就打，人怕逼，逼着，没有过不了的河，没有吃不了的苦。"

"没人帮你打水？"

"一次两次行啊，可天长日久，即便人家无怨言，自己心里也不踏实，欠人一分情，十年不安生，能不求人就不求人。"

"娘，你怎么还不走呀！"女孩在远处急躁地喊。

"噢，乐乐，你先走，抓些桑叶给蚕宝宝撒上，娘帮叔叔提两罐水。"

"你可快些呀！"女孩喊一声，跳着走了。

留嫚提起那罐水，用膝盖帮着手，把水倒进苏社桶里。他伸手抓住绳子，看着她的脸，说："留嫚姐，让我来试试。"

"你要试试？也好，待几天我帮你纺根线绳子。"她把手松开。

他跪在井沿上，把瓦罐顺下井，打满水。当他把胳膊高举起来时，也学着她的样，伸出头，狠狠地咬住了绳子，在一瞬间，沉重的瓦罐挂在他的嘴上，他的牙根酸麻，脸上肌肉紧张，舌头尝到了绳子上又苦又涩的味儿。

他默默地坐着，看着她用一只手灵巧地擀面条。她家里有五间屋，一间灶房，一间卧房，三间蚕房。蚕都有虎口长了，满屋里响着蚕吃桑叶的声音。

"你打算怎么办？是种地还是去当干部？"她问。

"到哪里去当干部？我都不想活下去啦。"

"说得怪吓人的。"她咯咯地笑起来。

"娘，你笑什么？"女孩问。

"大人说话，小孩别插嘴。"她说，"就为断了只手？我也是一只手不是照样活吗？比比那些两只手都没了的，我们还是要知足。"

"话是这么说，可我总觉得不仗义。"

"想开点吧。"

她走到灶边烧火。女孩搂着脖子往她背上爬，她说："淘人虫，去找你叔叔玩去。"

女孩踅到他面前，他问："你叫什么名字？"

"乐乐。"

"噢，乐乐。"

"叔叔，你打死二百个鬼子？"

"……没有，乐乐，叔叔连一个鬼子也没打死。"

"娘说你打死二百个鬼子。"

"没有……"他避开了女孩的眼睛。

"叔叔，你的牌子。"女孩指着他胸前的徽章说。

"送给你了。"他把徽章摘下来给了女孩。

月亮升起来不久，女孩睡着了。留嫂把孩子塞进被窝，从她手里剥出徽章递给他。他说："不要了，留着给孩子耍吧。"她把徽章放到窗台上，说："你也不容易呀，动刀动枪的，还打死那么多人。"他讷讷半晌才说："你包了几亩地？""我没包地。我养蚕。这几年，全胳膊全腿的都跑出去捞大钱了，没人养蚕，满林的桑叶。去年我养了五张，今年养了六张。"

她起身去喂蚕，月光从窗棂间透进来，照着一张张银灰色的蚕箔。她撒了一层桑叶，屋子里立刻响起急雨般的声音。"今年蚕出得齐，我一个人，又要采桑又要喂，真够呛的，要雇人吧，又不方便，只好苦一点，熬到蚕上了簇就好了。"月光照着她的脸，显得清丽和婉，她觉察到他在注视她，便低眉顺目，说："我的乐乐眼见着就大了。"

他嗓子发哽，说不出话来。

留嫂说："兄弟，不是我撵你走，今晚上大月亮天，我要去采叶子，家里的叶子吃不到天亮呢。"

"我帮你去采。"

"不用，半夜三更的，叫人碰到说闲话——我倒不怕，怕坏了你的名誉呢。"

"不是有月亮吗?"

槐花像一簇簇粉蝶在月光下抖翅。桑叶子黑亮黑亮。河水流动声比白天大。

两人两只手，一会儿就采满了筐。从桑林到槐林，都被月亮照彻了。人在树下晃动着，好似笨拙的大鸟。

(1985 年 4 月于魏公村)

透明的红萝卜

一

　　秋天的一个早晨，潮气很重，杂草上、瓦片上都凝结着一层透明的露水。槐树上已经有了浅黄色的叶片，挂在槐树上的红锈斑斑的铁钟也被露水打得湿漉漉的。队长披着夹袄，一手里拃着一块高粱面饼子，一手里捏着一棵剥皮的大葱，慢吞吞地朝着钟下走。走到钟下时，手里的东西全没了，只有两个腮帮子像秋田里搬运粮草的老田鼠一样饱满地鼓着。他拉动钟绳，钟锤撞击钟壁，"嘡嘡嘡"响成一片。老老少少的人从胡同里涌出来，汇集到钟下，眼巴巴地望着队长，像一群木偶。队长用力把食物吞咽下去，抬起袖子擦擦被络腮胡子包围着的嘴。人们一齐瞅着队长的嘴，只听到那张嘴一张开——那张嘴一张开就骂："公社里这些×××的，今日抽两个瓦工，明日调两个木工，几个劳力全被他们给零打碎敲了。小石匠，公社要加宽村后的滞洪闸，每个生产队里抽调一个石匠，一个小工，只好你去了。"队长对着一个高个子宽肩膀的小伙子说。

　　小石匠长得很潇洒，眉毛黑黑的，牙齿是白的，一白一黑，衬托得满面英姿。他把脑袋轻轻摇了一下，一绺滑到额头上的头发轻轻地甩上去。他稍微有点口吃地问队长去当小工的人是谁，队长怕冷似的把膀子抱起来，双眼像风车一样旋转着，嘴里嘈嘈地说："按说去个妇女好，可妇女要拾棉花。去个男劳力又屈了料。"最后，他的目光停在墙角上。墙角上站着一个十岁左右的男孩子。孩子赤着脚，光着脊梁，穿一条又肥又长的白底带绿条条的大裤头子，裤头上染着一块块的污渍，有的像青草的汁液，有的像干结的鼻血。裤头的下沿齐着膝盖。孩子的小腿上布满了闪亮的小疤点。

"黑孩儿，你这个小××的还活着？"队长看着孩子那凸起的瘦胸脯，说，"我寻思着你该去见阎王了。打摆子好了吗？"

孩子不说话，只是把两只又黑又亮的眼睛直盯着队长看。他的头很大，脖子细长，挑着这样一个大脑袋显得随时都有压折的危险。

"你是不是要干点活儿挣几个工分？你这个熊样子能干什么？放个屁都怕把你震倒。你跟上小石匠到滞洪闸上去当小工吧，怎么样？回家找把小锤子，就坐在那儿砸石头子儿，愿意动弹就多砸几块，不愿动弹就少砸几块，根据历史的经验，公社的差事都是糊弄洋鬼子的干活。"

孩子慢慢地蹭到小石匠身边，扯扯小石匠的衣角。小石匠友好地拍拍他的光葫芦头，说："回家跟你后娘要把锤子，我在桥头上等你。"

孩子向前跑了。有跑的动作，没有跑的速度，两只细胳膊使劲甩动着，像谷地里被风吹动着的稻草人。人们的目光都追着他，看着他光着的背，忽然都感到身上发冷。队长把夹袄使劲扯了扯，对着孩子喊："回家跟你后娘要件褂子穿着，嗐，你这个小可怜虫儿。"

他跷腿蹑脚地走进家门。一个挂着两条清鼻涕的小男孩正蹲在院子里和着尿泥，看着他来了，便扬起那张扁乎乎的脸，挓挲着手叫："可……可……抱……" 黑孩弯腰从地上捡起一个浅红色的杏树叶儿，给后母生的弟弟把鼻涕擦了，又把粘着鼻涕的树叶像贴传单一样"叭唧"拍到墙上。对着弟弟摆摆手，他向屋里溜去，从墙角上找到一把铁柄羊角锤子，又悄悄地溜出来。小男孩又冲着他叫唤，他找了一根树枝，围着弟弟画了一个大大的圆圈，扔掉树枝，匆匆向村后跑去。他的村子后边是一条不算大也不算小的河，河上有一座九孔石桥。河堤上长满垂柳，由于夏天大水的浸泡，树干上生满了红色的须根。现在水退了，须根也干巴了。柳叶已经老了，橘黄色的落叶随着河水缓缓地向前漂。几只鸭子在河边上游动着，不时把红色的嘴插到水草中，"呱唧呱唧"地搜索着，也不知吃到什么没有。

孩子跑上河堤，已经累得气喘吁吁。凸起的胸脯里像有只小母鸡在打鸣。

"黑孩！"小石匠站在桥头上大声喊他，"快点跑！"

黑孩用跑的姿势走到小石匠跟前，小石匠看了他一眼，问："你不冷？"

黑孩怔怔地盯着小石匠。小石匠穿着一条劳动布的裤子，一件劳动布夹克式上装，上装里套一件火红色的运动衫，运动衫领子耀眼地翻出来，孩子盯着领口，像盯着一团火。

"看着我干什么？"小石匠轻轻拨拉了一下孩子的头，孩子的头像货郎鼓一样晃了晃。"你呀，"小石匠说，"生被你后娘给打傻了。"

　　小石匠吹着口哨，手指在黑孩头上轻轻地敲着鼓点，两人一起走上了九孔桥。黑孩很小心地走着，尽量使头处在最适宜小石匠敲打的位置上。小石匠的手指骨节粗大，坚硬得像小棒槌，敲在光头上很痛，黑孩忍着，一声不吭，只是把嘴角微微吊起来。小石匠的嘴非常灵巧，两片红润的嘴唇忽而噘起，忽而张开，从他唇间流出百灵鸟的婉转啼声，响，脆，直冲到云霄里去。

　　过了桥上了对面的河堤，向西走半里路，就是滞洪闸，滞洪闸实际上也是一座桥，与桥不同的是它插上闸板能挡水，拨开闸板能放洪。河堤的漫坡上栽着一簇簇蓬松的紫穗槐。河堤里边是几十米宽的河滩地，河滩细软的沙土上，长着一些大水落后匆匆生出来的野草。河堤外边是辽阔的原野，连年放洪，水里挟带的沙土淤积起来，改良了板结的黑土，土地变得特别肥沃。今年洪水不大，没有危及河堤，滞洪闸没开闸泄洪，放洪区里种植了大片的孟加拉国黄麻。黄麻长得像原始森林一样茂密。正是清晨，还有些薄雾缭绕在黄麻梢头，远远看去，雾下的黄麻地像深邃的海洋。

　　小石匠和黑孩悠悠逛逛地走到滞洪闸上时，闸前的沙地上已集合了两堆人。一堆男，一堆女，像两个对垒的阵营。一个公社干部拿着一个小本子站在男人和女人之间说着什么，他的胳膊忽而扬起来，忽而垂下去。小石匠牵着黑孩，沿着闸头上的水泥台阶，走到公社干部面前。小石匠说："刘副主任，我们村来了。"小石匠经常给公社出官差，刘副主任经常带领人马完成各类工程，彼此认识。黑孩看着刘副主任那宽阔的嘴巴。那构成嘴巴的两片紫色嘴唇碰撞着，发出一连串音节："小石匠，又是你这个滑头小子！你们村真×××会找人，派你这个笨篱捞不住的滑蛋来，够我淘的啦。小工呢？"

孩子感到小石匠的手指在自己头上敲了敲。

"这也算个人？"刘副主任捏着黑孩的脖子摇晃了几下，黑孩的脚跟几乎离了地皮。"派这么个小瘦猴来，你能拿动锤子吗？"刘副主任虎着脸问黑孩。

"行了，刘副主任，刘太阳。社会主义优越性嘛，人人都要吃饭。黑孩家三代贫农，社会主义不管他谁管他？何况他没有亲娘跟着后娘过日子，亲爹鬼迷心窍下了关东，一去三年没个影，不知是被熊瞎子舔了，还是被狼崽子吃了。你的阶级感情哪儿去了？"小石匠把黑孩从刘太阳副主任手里拽过来，半真半假地说。

黑孩被推搡得有点头晕。刚才靠近刘副主任时，他闻到了那张阔嘴里喷出了一股酒气。一闻到这种味儿他就恶心，后娘嘴里也有这种味。爹走了以后，后娘经常让他拿着地瓜干子到小卖铺里去换酒。后娘一喝就醉，喝醉了他就要挨打，挨拧，挨咬。

"小瘦猴！"刘副主任骂了黑孩一句，再也不管他，继续训起话来。

黑孩提着那把羊角铁锤，蔫儿不唧地走上滞洪闸。滞洪闸有一百米长，十几米高，闸的北面是一个和闸身等长的方槽，方槽里还残留着夏天的雨水。孩子站在闸上，把着石栏杆，望着水底下的石头，几条黑色的瘦鱼在石缝里笨拙地游动。滞洪闸两头连接着高高的河堤，河堤也就是通往县城的道路。闸身有五米宽，两边各有一道半米高的石栏杆。前几年，有几个骑自行车的人被马车搡到闸下，有的摔断了腿，有的摔折了腰，有的摔死了。那时候他当然比现在还小，但比现在身上肉多，那时候父亲还没去关东，后娘也不喝酒。他跑到闸上来看热闹，他来得晚了点，摔到闸下的人已被拉走了，只有闸下的水槽里还有几团发红发浑的地方。他的鼻子很灵，嗅到了水里漂上来的血腥味……

他的手扶住冰凉的白石栏杆，羊角锤在栏杆上敲了一下，栏杆和锤子一齐响起来。倾听着羊角铁锤和白石栏杆的声音，往事便从眼前消散了。太阳很亮地照着闸外大片的黄麻，他看到那些薄雾匆匆忙忙地在黄麻里钻来钻去。黄麻太密了，下半部似乎还有间隙，上半部的枝叶挤在一起，湿漉漉，油亮亮。他继续往西看，看到黄麻地西边有一块地瓜地，地瓜叶子紫勾勾地亮。黑孩知道这种地瓜是新品种，蔓儿短，结瓜多，面大味道甜，白皮红瓤儿，煮熟了就爆炸。地瓜地的北边是一片菜园，社员的自留地统统归了公，队里只好种菜园。黑孩知道这块菜园和地瓜都是五里外的一个村庄的，这个村子挺富。菜园里有白菜，似乎还有萝卜。萝卜缨儿绿得发黑，长得很旺。菜园子中间有两间孤独的房屋，住着一个孤独的老头，孩子都知道。菜园的北边是一望无际的黄麻。菜园的西边又是一望无际的黄麻。三面黄麻一面堤，使地瓜地和菜地变成一个方方的大井。孩子想着，想着，那些紫色的叶片，绿色的叶片，在一瞬间变成井中水，紧跟着黄麻也变成了水，几只在黄麻梢头飞蹿的麻雀变成了绿色的翠鸟，在水面上捕食鱼虾……

刘副主任还在训话。他的话的大意是，为了农业学大寨，水利是农业的命脉，八字宪法水是一法，没有水的农业就像没有娘的孩子，孩子活不了，活了也像那个瘦猴。（刘副主任用手指指着闸上的黑孩。黑孩背对着人群，他脊梁上有两块大疤癞，被阳光照得呼啦呼啦打闪电。）而且这个闸太窄，不安全，年年摔死人，公社革委会特别重视，认真研究后决定加宽这个滞洪闸。因此调来了全公社各大队共合二百余名民工。第一阶段的任务是这样的，姑娘媳妇半老婆子加上那个瘦猴（他又指指闸上的孩子，阳光照着大疤瘌，像照着两面小镜子），把那五百方石头砸成柏子养心丸或者是鸡蛋黄那么大的石头子儿。石匠们要把所有的石料按照尺寸剥磨整齐。这两个是我们的铁匠（他指着两个棕色的人，这两个人一个高，一个低，一个老，一个少），负责修理石匠们秃了尖的钢钻子之类。吃饭嘛，离村近的回家吃，离村远的到前边村里吃，我们开了一个伙房。睡觉嘛，离村近的回家睡，离村远的睡桥洞（他指指滞洪闸下那几十个桥洞）。女的从东边向西睡，男的从西边向东睡。桥洞里铺着麦秸草，暄得像钢丝床，舒服死你们这些××的。

"刘副主任，你也睡桥洞吗？"

"我是领导。我有自行车。我愿意在这儿睡不愿意在这儿睡是我的事，你别操心烂了肺。官长骑马士兵也骑马吗？好好干，每天工分不少挣，还补你们一斤水利粮，两毛水利钱，谁不愿干就滚蛋。连小瘦猴也得一份钱粮，修完闸他保证要胖起来……"

刘副主任的话，黑孩一句也没听到。他的两根细胳膊拐在石栏杆上，双手夹住羊角锤。他听到黄麻地里响着鸟叫般的音乐和音乐般的秋虫鸣唱。逃逸的雾气碰撞着黄麻叶子和深红或是淡绿的茎秆，发出震耳欲聋的声响。蚂蚱剪动翅羽的声音像火车过铁桥。他在梦中见过一次火车，那是一个独眼的怪物，趴着跑，比马还快，要是站着跑呢？那次梦中，火车刚站起来，他就被后娘的扫炕笤帚打醒了。后娘让他去河里挑水。笤帚打在他屁股上，不痛，只有热乎乎的感觉。打屁股的声音好像在很远的地方有人用棍子抽一麻袋棉花。他把扁担钩儿挽上去一扣，水桶刚刚离开地皮。担着满满两桶水，他听到自己的骨头"咯嘣咯嘣"地响。肋条跟胯骨连在了一起。爬陡峭的河堤时，他双手扶着扁担，摇摇晃晃。上堤的小路被一棵棵柳树扭得弯弯曲曲。柳树干上像装了磁铁，把铁皮水桶吸得摇摇摆摆。树撞了桶，桶把水洒在小路上，很滑，他一脚踏上去，像踩着一块西瓜皮。不知道用什么姿势他趴下了，水像瀑布一样把他浇湿了。他的脸碰破了，鼻子尖成了一个平面，一根草梗在平面上印了一个小沟沟。几滴鼻血流到嘴里，他吐了一口，咽了一口。铁桶一路欢唱着滚到河里去了。他爬起来，去追赶铁桶。两个桶一个歪在河边的水草里，一个被河水载着向前漂。他沿着水边追上去，脚下长满了四个棱的、被他和一班孩子们称之为"狗蛋子"的野草。尽管他用脚指头使劲扒着草根，还是滑到了河里。河水温暖，没到了他的肚脐。裤头湿了，漂起来，围在他的腰间，像一团海蜇皮。他呼呼隆隆蹚着水追上去，抓住水桶，逆着水往回走。他把两只胳膊挓挲开，一只手拖着桶，另一只手一下一下划着水。水很硬，顶得他趔趔趄趄。他把身体斜起来，弓着脖子往前用力。好像有一群鱼把他包围了，两条大腿之间有若干温柔的鱼嘴在吻他。他停下来，仔细体会着，但一停住，那种感觉顿时就消逝了。水面忽地一暗，好像鱼群惊惶散开。一走起来，愉快的感觉又出现了，好像鱼儿又聚拢过来。于是他再也不停，半闭着眼睛，向前走啊，走……

"黑孩儿!"

"黑孩儿!"

他猛然惊醒，眼睛大睁开，那些鱼儿又忽地消失了。羊角铁锤从他手中挣脱了，笔直地钻到闸下的绿水里，溅起了一朵白菊花一样的水花。

"这个小瘦猴，脑子肯定有毛病。"刘太阳上闸去，拧着黑孩的耳朵，大声说，"过去，跟那些娘们砸石子去，看你能不能从里边认个干娘。"

小石匠也走上来，摸摸黑孩凉森森的头皮，说："去吧，去摸上你的锤子来。砸几块，算几块，砸够了就要耍。"

"你敢偷奸磨滑我就割下你的耳朵下酒。"刘太阳张着大嘴说。

黑孩哆嗦了一下。他从栏杆空里钻出去，双手勾住最下边一根石杆，身子一下子挂在栏杆下边。

"你找死！"小石匠惊叫着，猫腰去扯孩子的手。黑孩往下一缩，身体贴在桥墩菱状突出的石棱上，轻巧地溜了下去。黑孩子贴在白桥墩上，像粉墙上一只壁虎。他哧溜到水槽里，把羊角锤摸上来，然后爬出水槽，钻进桥洞不见了。

"这小瘦猴！"刘太阳摸着下巴说，"这个小瘦猴！"

黑孩从桥洞里钻出来，畏畏缩缩地朝着那群女人走去。女人们正在笑骂着。话很脏，有几个姑娘夹杂在里边，想听又怕听，脸儿一个个红扑扑的，像鸡冠子花。男孩黑黑地出现在她们面前时，她们的嘴一下子全封住了。愣了一会儿，有几个咬着耳朵低语，看着黑孩没反应，声音就渐渐大了起来。

"瞧瞧，这个可怜样儿！都什么节气了还让孩子光着。"

"不是自己养出来的就是不行。"

"听说他后娘在家里干那行呢……"

黑孩转过身去，眼睛望着河水，不再看这些女人。河水一块红一块绿，河南岸的柳叶像蜻蜓一样飞舞着。

一个蒙着一条紫红色方头巾的姑娘站在黑孩背后，轻轻地问："哎，小孩，你是哪个村的？"

黑孩歪歪头，用眼角扫了姑娘一下。他看到姑娘的嘴上有一层细细的金黄色的茸毛，她的两眼很大，但由于眼睫毛太多，毛茸茸的，显出一副睡眼惺忪的样子。

"小孩，你叫什么名字？"

黑孩正和沙地上一棵老蒺藜作战，他用脚指头把一个个六个尖或是八个尖的蒺藜撕下来，用脚掌去捻。他的脚像骡马的硬蹄一样，蒺藜尖一根根断了，蒺藜一个个碎了。

姑娘愉快地笑起来："真有本事，小黑孩，你的脚像挂着铁掌一样。哎，你怎么不说话？"姑娘用两个手指戳着孩子的肩头说："听到了没有，我问你话呢！"

黑孩感觉到那两个温暖的手指顺着他的肩头滑下去，停到他背上的伤疤上。

"哎，这，是怎么弄的？"

孩子的两个耳朵动了动。姑娘这才注意到他的两耳长得十分夸张。

"耳朵还会动，哟，小兔一样。"

黑孩感觉到那只手又移到他的耳朵上，两个指头在捻着他漂亮的耳垂。

"告诉我，黑孩儿，这些伤疤，"姑娘轻轻地扯着男孩的耳朵把他的身体调转过来，黑孩齐着姑娘的胸口。他不抬头，眼睛平视着，看见的是一些由红线交叉成的方格，有一条梢儿发黄的辫子躺在方格布上。"是狗咬的？生疮啦？上树拉的？你这个小可怜……"

黑孩感动地仰起脸来，望着姑娘浑圆的下巴。他的鼻子吸了一下。

"菊子，想认个干儿吗？"一个脸盘肥大的女人冲着姑娘喊。

黑孩的眼睛转了几下，眼白像灰蛾儿扑棱。

"对，我就叫菊子，前屯的，离这儿十里，你愿意说话就叫我菊子姐好啦。"姑娘对黑孩说。

"菊子，是不是看上他了？想招个小女婿吗？那可够你熬的，这只小鸭子上架要得几年哩……"

"臭老婆，张嘴就喷粪。"姑娘骂着那个胖女人。她把黑孩牵到像山岭一样的碎石堆前，找了一块平整的石头摆好，说："就坐在这儿吧，靠着我，慢慢砸。"她自己也找了一块光滑石头，给自己弄了个座位，靠着男孩坐下来。很快，滞洪闸前这一片沙地上，就响起了"噼噼啪啪"的敲打石头声。女人们以黑孩为话题议论着人世的艰难和造就这艰难的种种原因，这些"娘儿们哲学"里，永恒真理羼杂着胡说八道，菊子姑娘一点都没往耳里入，她很留意地观察着孩子。黑孩起初还以那双大眼睛的偶然一瞥来回答姑娘的关注，但很快就像入了定一样，眼睛大睁着，也不知他看着什么，姑娘紧张地看着他。他左手摸着石头块儿，右手举着羊角锤，每举一次都显得精疲力竭，锤子落下时好像猛抛重物一样失去控制。有时姑娘几乎要惊叫起来，但什么也没发生，羊角铁锤在空中划着曲里拐弯的轨迹，但总能落到石头上。

黑孩的眼睛本来是专注地看着石头的，但是他听到了河上传来了一种奇异的声音，很像鱼群在嘬喋，声音细微，忽远忽近，他用力地捕捉着，眼睛与耳朵并用，他看到了河上有发亮的气体起伏上升，声音就藏在气体里。只要他看着那神奇的气体，美妙的声音就逃跑不了。他的脸色渐渐红润起来，嘴角上漾起动人的微笑。他早忘记了自己坐在什么地方在干什么，仿佛一上一下举着的手臂是属于另一个人的。后来，他感到右手食指一阵麻木，右胳膊也不由自主地抽搐了一下。他的嘴里突然迸出了一个音节，像哀叫又像叹息。低头看时，发现食指指甲盖已经破成好几瓣，几股血从指甲破缝里渗出来。

"小黑孩，砸着手了是不？"姑娘耸身站起，两步跨到孩子面前蹲下，"亲娘哟，砸成了什么样子？哪里有像你这样干活的？人在这儿，心早飞到不知哪国去了。"

姑娘数落着黑孩。黑孩用右手抓起一把土按在砸破的手指上。

"黑孩儿，你昏了？土里什么脏东西都有！"姑娘拖起黑孩向河边走去，孩子的脚板很响地扇着油光光的河滩地。在水边上蹲下，姑娘抓住孩子的手浸到河水里。一股小小的黄浊流在孩子的手指前形成了。黄土冲光后，血丝又渗出来，像红线一样在水里抖动，孩子的指甲像砸碎的玉片。

"痛吗？"

他不吱声。这时候他的眼睛又盯住了水底的河虾，河虾身体透亮，两根长须冉冉飘动，十分优美。

姑娘掏出一条绣着月季花的手绢，把他的手指包起来。牵着他回到石堆旁，姑娘说："行了，坐着耍吧，没人管你，冒失鬼。"

女人们也都停下了手中的锤子，把湿漉漉的目光投过来，石堆旁一时很静。一群群绵羊般的白云从青蓝蓝的天上飞奔而过，投下一团团稍纵即逝的暗影，时断时续地笼罩着苍白的河滩和无可奈何的河水。女人们脸上都出现一种荒凉的表情，好像寸草不生的盐碱地。待了好长一会儿，她们才如梦初醒，重新砸起石子来，锤声寥落单调，透出了一股无可奈何的情绪。

黑孩默默地坐着，目不转睛地看着手绢上的红花儿。在红花旁边又有一朵花儿出现了，那是指甲里的血渗出来了。女人们很快又忘了他，"嘎嘎咕咕"地说笑起来。黑孩把伤手举起来放在嘴边，用牙齿咬开手绢的结儿，又用右手抓起一把土，按到伤指上。姑娘刚要开口说话，却发现他用牙齿和右手又把手绢扎好了。她长长地叹了一口气，举起锤子，沉重地打在一块酱红色的石片上。石片很坚硬，石棱儿像刀刃一样，石棱与锤棱相接，碰出了几个很大的火星，大白天也看得清。

中午，刘副主任骑着辆乌黑的自行车从黑孩和小石匠的村子里蹿出来。他站在滞洪闸上吹响了收工哨。他接着宣布，伙房已经开伙，离家五里以外的民工才有资格去吃饭。人们匆匆地收拾着工具。姑娘站起来。孩子站起来。

"黑孩儿，你离家几里?"

黑孩不理她，脑袋转动着，像在寻找什么。姑娘的头跟着黑孩的头转动，当黑孩的头不动了时，她也把头定住，眼睛向前望，正碰上小石匠活泼的眼睛，两人对视了几十秒钟。小石匠说："黑孩儿，走吧，回家吃饭，你不用瞪眼，瞪眼也是白瞪眼，咱俩离家不到二里，没有吃伙房的福分。"

"你们俩是一个村的?"姑娘问小石匠。

小石匠兴奋地口吃起来，他用手指指村子，说他和黑孩就是这村人，过了桥就到了家。姑娘和小石匠说了一些平常但很热乎的话。小石匠知道了姑娘家住前屯，可以吃伙房，可以睡桥洞。

姑娘说，吃伙房愿意，睡桥洞不愿意。秋天里刮秋风，桥洞凉。姑娘还悄悄地问小石匠黑孩是不是哑巴。小石匠说绝对不是，这孩子可灵性哩，他四五岁时说起话来就像竹筒里晃豌豆，咯嘣咯嘣脆。可是后来，话越来越少，动不动就像尊小石像一样发呆，谁也不知道他寻思着什么。你看看他那双眼睛吧，黑洞洞的，一眼看不到底。姑娘说看得出来这孩子灵性，不知为什么我很喜欢他，就像我的小弟弟一样。小石匠说，那是你人好心眼儿善良。

小石匠、姑娘、黑孩，不知不觉落到了最后边，他和她谈得很热乎，恨不得走一步退两步。黑孩跟在他俩身后，高抬腿、轻放脚，那神情和动作很像一只沿着墙边巡逻的小公猫。在九孔桥上，刚刚在紫穗槐树丛里耽误了时间的刘太阳骑着车子"嘎嘎啦啦"地赶上来，桥很窄，他不得不跳下车子。

"你们还在这儿磨蹭？黑猴，今天上午干得怎么样？噢，你的爪子怎么啦？"

"他的手让锤子打破了。"

"小石匠，你今天中午就去找你们队长，让他趁早换人，出了人命我可担不起。"

"他这是工伤，你忍心撵他走？"姑娘大声说。

"刘副主任，咱俩多年的老交情了，你说，这么大个工地，还多这么个孩子？你让他瘸着只手到队里去干什么？"小石匠说。

"瘦猴儿，"刘太阳沉吟着说，"给你调个活儿吧，给铁匠炉拉风匣，怎么样？会不会？"

孩子求援似的看看小石匠，又看看姑娘。

"会拉，是不是黑孩儿？"小石匠说。

姑娘也冲着他鼓励地点点头。

二

黑孩在铁匠炉上拉风箱拉到第五天,赤裸的身体变得像优质煤块一样乌黑发亮;他全身上下,只剩下牙齿和眼白还是白的。这样一来,他的眼睛就更加动人,当他闭紧嘴角看着谁的时候,谁的心就像被热铁烙着一样难受。他的鼻翼两侧的沟沟里落满煤屑,头发长出有半寸长了,半寸长的头发间也全是煤屑。现在,全工地的男人女人们都叫他"黑孩儿",他谁也不理,连认真看你一眼也不。只有菊子姑娘和小石匠来跟他说话时,他才用眼睛回答他们。昨天中午,工地上的人们全去吃饭了,铁匠师傅的一把小锤和一个淬火用的新水桶被人偷走了。刘太阳在滞洪闸上大骂了半个小时。他分派给黑孩一个新任务:每天中午放工吃饭后,留在工地看守工具,午饭由铁匠师傅从伙房里带来。刘副主任说,便宜黑孩这个狗小子一顿午饭。

人全走了,喧闹了一上午的工地静得很。黑孩走出桥洞,在闸前的沙地上慢慢地踱步。他倒背着胳膊,双手捂着屁股,蹙着眉毛,额头上出现三道深深的皱纹。他翻来覆去地数着桥洞,从两片嘴唇间"叭儿叭儿"地吐出一个个小泡泡儿。在第七个桥墩前,他站住了,然后双腿夹住桥墩的菱状石棱,一耸一耸地往上爬。爬到半截时,他滑了下来,肚皮上擦破了一大块,渗出一层血珠来。他弯腰抓起一把土,按到肚子上。然后倒退几步,抬起手掌打着眼罩,看着桥墩与桥面相接处那道石缝,他放心了。

很快地他又走到了妇女们砸石子的地方,他曾经坐过的那块石头没有了。他很准地找到了菊子姑娘的座位,他认识她那把六棱石匠锤。他坐在姑娘的座位上，不断地扭动着身体，变换着姿势，一直等调整到眼睛跟第七个桥墩上那条石缝成一条直线时，才稳稳地坐住，双眼紧盯着石缝里那个东西……

那天中午，他早早地跑到滞洪闸下，在西边第一个桥洞里蹲下来。他眼睛一遍遍地抚摸红炉、铁钳、大锤、小锤、铁桶、煤铲，甚至每块煤，甚至每块煤渣。快到上工时间了，他右手拿起煤铲，捅开了压住火的红炉，左手用力一拉风箱，煤烟和着煤灰飞起来，迷了眼睛，他使劲揉着，眼眶处充血发了紫。风箱里新勒了鸡毛，很沉，他一只手拉起来有些吃力。右手食指被碰了一下。看手指时才想起那条包着伤指的手绢。手绢已经不白了，月季花还是鲜红的。他转了一个念头，走出桥洞，四下打量着。在第七个桥墩前，他解下手绢用口叼着，费力地爬上去，把手绢塞到石缝里……三捅两戳，火灭了。他的额上沁出一层汗珠。这时桥洞外响起踢踢踏踏的脚步声，他惶恐地倒退着，一直退到脊背贴着凉凉的石壁。黑孩看到一个短腿的青年弯着腰走进桥洞，那姿势好像要证明桥洞很低他人很高。黑孩咧了咧嘴。短腿青年看着被捅灭的火炉和拉出半截的风箱，又看看紧贴石壁站着的他，骂一声："小狗崽子！你来折腾什么？火也捅灭了，风匣也拉歪了，欠揍的小混蛋。"黑孩听到头上响起一阵风声，感到有一个带棱角的巴掌在自己头皮上扇过去，紧接着听到一个很脆的响，像在地上摔死一只青蛙。

"滚出去砸你的石头子儿，小混蛋！"青年人骂着。

黑孩这才知道这就是小铁匠。小铁匠的脸上布满密集的粉刺疙瘩，鼻子像牛犊的鼻子一样，扁扁的，平平的，上边布满汗珠。黑孩看到小铁匠麻利地清理炉膛。又看着他从桥洞的角上抓过一把金黄的麦秸塞到炉膛里，点燃，轻轻地拉几下风箱，麦秸先冒出又轻又白的烟，紧跟着蹿出火苗。小铁匠铲了一铲湿漉漉的煤，薄薄地撒在正在燃烧的麦秸上，拉风箱的手一直不停。又撒了一层煤。又撒了一层煤。炉里蹿起焦黄的烟，烟里夹带着呛鼻子的煤味。小铁匠用铁铲尖儿把炉中煤一戳，几缕强劲有力的暗红色的火苗蹿了出来，煤着了。

黑孩兴奋地"噢"了一声。

"你还不滚，小混蛋！"

一个又高又瘦的老头子慢吞吞地走进桥洞，问小铁匠："不是压住火了吗？怎么又生？"他的语声沉闷，声音像是从胸膈以下发出来的。

"被这个小混蛋给捅灭了。"小铁匠抬起煤铲指指黑孩。

"你让他拉吧。"老头说。他把一块蛋黄色的油布围在腰间，把两块蛋黄色的油布绑在脚脖子上护住了脚面。油布上布满了火星烧成的洞洞眼眼。黑孩知道这就是老铁匠了。

"让他拉风匣，你专管打锤，这样你也轻松一点。"老铁匠说。

"让这么个毛孩子拉风匣？你看他瘦得那个猴样，在火炉边还不给烤成干柴棍儿！"小铁匠不满意地嘟哝着。

刘太阳一步闯进来，翻着眼皮说："怎么啦？不是你说的要个拉火的吗？"

"要拉火的不要他！刘副主任，你看看他瘦得那个样子，恐怕连煤铲都拿不动，你派他来干什么？臭杞摆碟凑样数！"

"我知道你小子的鬼心眼子。你想要个大姑娘来给你拉火是不是？挑个最漂亮的，让那个蒙着紫红色方头巾的来？美得你这个狗蛋！黑孩儿，拉风箱吧。"刘太阳冲着小铁匠说，"你好好教教他！"

黑孩畏畏缩缩地走到风箱前站定，目光却期待什么似的望着老铁匠的脸。孩子发现，老铁匠的脸色像炒焦了的小麦，鼻子尖像颗熟透了的山楂。他走上前来，教给黑孩一些烧火的要领。黑孩的耳朵抖动着，把老铁匠的话儿全听进去了。

刚开始拉火时，他手忙脚乱，满身都是汗水，火焰烤得他的皮肤像针尖刺着一样疼痛。老铁匠面部没有表情，僵硬犹如瓦片，连看也不看他一眼。黑孩咬着下嘴唇，不断地抬起黑胳膊擦着流到眼睛上边的汗水。他的鸡胸脯一起一伏，嘴和鼻孔像风箱一样"呼哧呼哧"喷着气。

小石匠送来磨秃的钢钻待修，看着黑孩那副样子，说："能不能挺住？挺不住就吱声，还去砸你的石头子儿。"

黑孩连头都没抬。

"这倔种！"小石匠把钢钻扔在地上，走了。但很快他又折了回来，和菊子姑娘一起。菊子把方头巾扎在脖子上，整个脸显得更加完整。

桥洞里的小铁匠忽然感到眼前一亮，使劲咽了一口唾液，又用肥厚的舌头舔了舔干裂的嘴唇。他的两只眼睛不比黑孩的眼睛小，但右眼里有一个鸭蛋皮色的"萝卜花"遮盖了瞳孔。天长日久地用左眼看东西，养成了脑袋往右歪的习惯。他的头枕在右肩上，左眼里射出一道灼热的光，直盯着姑娘红扑扑的脸膛。十八磅的大铁锤头朝下站在他的两腿间，他手扶锤把子，像拄着一根拐棍。

炉中烟火升腾，黑烟夹带着火星直冲到桥面上，又愤怒地反扑下来。孩子的脸笼罩在烟雾里，他咳嗽着，胸脯里"咝咝"地响。老铁匠冷冷地看了黑孩一眼，从磨得油亮的皮口袋里掏出烟袋，慢吞吞地装上烟，就着炉火点燃，把两股白色烟喷进黑色烟里，鼻孔里两撮黑毛抖动着，他从烟雾里漠然地看了一眼桥洞口的小石匠和菊子，这才对黑孩说："少加煤，撒匀一点。"

孩子急促地拉着风箱，瘦身子前倾后仰，炉火照着他汗湿的胸脯，每一根肋巴条都清清楚楚。左胸脯的肋条缝中，他的心脏像只小耗子一样可怜巴巴地跳动着。

老铁匠说："拉长一点，一下是一下。"

菊子姑娘看到黑孩的下唇流出深红的血，眼睛里顿时充满泪水。她喊道："黑孩儿，不给他们干了。走，回去跟我砸石子儿。"她走到风箱前，捏住了黑孩那两条干柴棍一样的细胳膊。黑孩拼命挣扎着，喉咙里呜呜地响着，像一条要咬人的小狗。他身体很轻，姑娘架着他的胳膊把他端出了桥洞，他粗糙的脚趾划着地面，地上的碎石片儿哗哗地响着。

"黑孩儿，咱不给他们干了，你顶不住烟熏火燎，你这么瘦，流光了汗，就烤成锅巴啦。还是跟姐姐去砸石子儿轻松。"一边说着，一边把他放下，用一只手拖着他往石堆那边走。她的胳膊粗壮有力，手很大很柔软，捏着黑孩的手腕，像捏着一条小山羊腿。黑孩打着坠，脚后跟哗哗啦啦犁着地上的碎石片。"小傻瓜，小拗种，好好跟我走。"姑娘停住脚，回头对他说着，手用力捏捏他的腕子，"看看你这小狗腿，我要一用劲，保准捏碎了，那么重的活你怎么干得了？"黑孩恨恨地盯了她一眼，猛地低下头，在姑娘胖胖的手腕上狠狠地咬了一口。她"哎哟"了一声，松开手，黑孩转身跑回了桥洞。

黑孩的牙齿十分锋利，姑娘的手腕上被咬出了两排深深的牙印。他的犬齿是两个锥牙儿，这两个锥牙在姑娘腕上钻出了两个流血的小洞。小石匠关切地走上前去，掏出一条皱巴巴的手绢要给姑娘包扎。她推开他，眼睛也不看他，弯腰从地上抓起一把土，按在伤口上。

"有病菌！"小石匠吃惊地叫喊。

姑娘走回乱石堆前，寻着自己的座位坐下来，呆呆地瞅着河水上层出不穷的波纹，一块石头儿也不砸。

"看看，又傻了一个。"

"黑孩儿八成会使魔法。"

女人们咬着耳朵低语。

"黑孩儿，你给我滚出来！狗崽子，狗咬吕洞宾，不识好人心。"小石匠骂着往铁匠炉所在的桥洞里走。

一股脏乎乎、热烘烘的水泼出来，劈头盖脸蒙住了小石匠。小石匠对得正，桥洞里瞄得准，半桶水几乎没浪费一滴。他柔软的黄头发上，劳动布夹克衫上、大红运动衫翻领上，沾满了铁屑和煤灰，脏水像小溪一样从头往脚流。

"瞎了狗眼了！"小石匠大骂着冲进桥洞，"谁干的？说，谁干的？"

没有人搭理他。桥洞里黑烟散尽，炉火正旺，紫红色的老铁匠用一把长长的铁钳子把一根烧得发白透亮的钢钻子从炉里夹出来，钻子尖上"噼噼"地爆着耀眼的钢花。老铁匠把钻子放在铁砧上，用小叫锤敲了一下铁砧的边缘，铁砧清脆地回答着他。他的左手操着长把铁钳，铁钳夹着钻子，钻子按着他的意思翻滚着；右手的小叫锤很快地敲着钢钻。他的小锤敲到哪儿，独眼小铁匠的十八磅大铁锤就打到哪儿。老铁匠的小锤像鸡啄米一样迅疾，小铁匠的大锤一步不让，桥洞里习习生出热风。在惊心动魄的锻打声中，钢钻子火星四溅，火星溅到老铁匠和小铁匠围腰护脚的油布上，"嗞嗞"地冒着白色的烟。火星也飞到了黑孩裸露的皮肤上，他咧着嘴，龇出两排雪白的小狼牙齿。钢火在他肚皮上烫起几个大燎泡，他一点都没有痛的表情，眼睛里跳动着心荡神迷的火苗，两个瘦削的肩头耸起来，脖子使劲缩着，双臂交叠在胸前，手捂着下巴和嘴巴，挤得鼻子上满是皱纹。

秃钻子被打出了尖，颜色暗淡下来——先是殷红，继而是银白。地下落着一层灰白的铁屑，铁屑引燃了一根草梗，草梗悠闲地冒着袅袅的白烟。

"谁泼了我？"小石匠盯着小铁匠骂。

"老子泼的，怎么着？"小铁匠遍体放光，双手拄着锤把，优雅地歪着头，说。

"你瞎眼了吗？"

"瞎了一个。老爹泼水你走路，碰上了算你运气。"

"你讲理不讲？"

"这年头，拳头大就有理。"小铁匠捏起拳头，胳膊上的肉隆起来。

"来吧，独眼龙！老子今天把你这只狗眼也打瞎。"小石匠怒气冲冲地靠了前，老铁匠好像无意地往前跨了一步，撞了他一下。小石匠猛然觉得老人那双深深地眍䁖着的眼窝里射出了一股物质，好像暗示着什么，他顿时感到浑身肌肉松弛。老铁匠微微扬起脸，极随便地哼唱了一句说不出是什么味道的戏文或是歌词来。

恋着你刀马娴熟通晓诗书少年英武，
跟着你闯荡江湖风餐露宿吃尽了世上千般苦。

老铁匠只唱了这一句，声音戛然而止，听得出他把一大截悲怆凄楚的尾音咽进了肚子。老铁匠又看了小石匠一眼，低下头去给刚打出尖的钻子淬火。淬火前，他将起右手衣袖，把手伸进水桶里试着水温，他的小臂上有一个深紫色的伤疤，圆圆的，中间凸出，尽管这个伤疤不像一只眼睛，但小石匠却觉得这个紫疤像一只古怪的眼睛盯着自己。他撇了一下嘴，恍恍惚惚像中了魔怔，飘飘地出了桥洞，红炉这边，一下午没见到他的影子。

……孩子的眼睛酸了，头皮也晒得发烫。他从姑娘的座位上站起来，踱回到铁匠炉边。桥洞里很暗，他摸摸索索地坐在老铁匠的马扎上，什么都不想的时候，双手便火烧火燎地痛起来，他把手放在凉森森的石壁上，赶快去想过去的事情。

三天前，老铁匠请假回家拿棉衣和铺盖，他说人老了腿值钱，不愿天天往家跑，在红炉边絮个铺，冻不着的。（黑孩抬眼看看老铁匠的铺。桥洞的北边已经用闸板堵起来了。几缕亮光从板缝里漏进来，斜照着老铁匠那件油晃晃的棉袄和那条狗毛脱落的皮褥子。）老师傅回了家，小铁匠成了一洞之主。那天上午进桥洞来，他挺着胸，凸着肚，好颜好色地说："黑孩儿，生火，老东西回家了，咱们俩干。"

黑孩看着他。

"瞪什么眼，兔崽子！你瞧不起老子是不？老子跟着老东西已经熬了整三年啦，他那点把戏我全知道。"小铁匠说。

黑孩懒洋洋地生起火来。小铁匠得意地哼着什么。他把几支头天没来得及修的钢钻插进炉膛烧着。黑孩把火拉得很旺，照着自己的黑脸透出红来。小铁匠忽然笑起来，说："黑孩儿，你小子冒充老红军准行，浑身是疤。"

孩子使劲拉火。

"这几天怎么也不见你那个干娘来看你啦？你咬了她一口，把她得罪啦，狗儿子。她的胳膊什么味儿？是酸的还是甜的？你好口福。"

黑孩提起长钳，夹起一根烧透了的钢钻扔到砧子上。

"哟，儿子，好快！"小铁匠抄起一把比大锤小比小锤大的中锤，一手掌钳，一手抡锤，狠狠地打起来。黑孩呆呆地看着。小铁匠一身好力气，铁锤要得出神入鬼，打出的钢钻尖儿棱角分明，像支削好的铅笔。黑孩很悲哀地看着老铁匠那把小叫锤儿。小铁匠用铁钳夹着打好的钢钻到桶边淬火，他淬火的动作跟老铁匠一模一样。黑孩背过脸，又去看那把躺在砧子旁边的小叫锤，小叫锤的木把儿像老牛的角尖一样又光又滑。

小铁匠好马快刀，一会儿工夫就修好十几支钢钻。他得意地坐在师傅的马扎上卷烟。卷好烟，插进嘴。吩咐黑孩夹过一块通红的炭给他点着。

"儿子，看到了吧？没有老梆子我们照样干！"

小铁匠正得意着，刚才拿走钻子的石匠们找他来了。

"小铁匠，你淬的什么鸟火？不是崩头就是弯尖，这是剥石头，不是打豆腐。没有弯弯肚子，别吞镰头刀子。等你师傅回来吧，别拿着我们的钢钻练功夫。"

石匠们把那十几支坏钻子扔在地上。走了。小铁匠脸变了色，咋呼着黑孩拉火烧钻子。一会儿工夫他又把钻子打好，淬好，亲自抱着送到工地上。他前脚进了桥洞，石匠们后脚就跟来了。坏钻子扔在地上，脏话扔在小铁匠头上："去你的，别耍我们的大头了，看看你淬的火！全崩了尖啦！"

黑孩看看小铁匠，嘴角上漾出两道纹来，谁也不知道他是高兴还是难过。小铁匠把工具摔得"噼哩咔啦"响，蹲到地上，呼呼地吐闷气。他抽了一支烟，那只独眼骨碌碌地转着，射出迷茫暴躁的光线，两条大蝌蚪一样的眉毛急遽地扭动着。他扔掉烟屁股，站起来，说：

"就不信羊不吃蒿子！黑孩，拉火再干！"

黑孩无精打采地拉着风箱，动作一下比一下迟缓。小铁匠催他，骂他，他连头都不抬。钻子又烧好了。小铁匠草草打了几锤，就急不可耐地到桶边淬火。这次他改变了方式，不是像老铁匠那样一点点地淬，而是把整个钻子一下插到水里。桶里的水吱吱地叫着，一股白气绞着麻花冲起来。小铁匠把钢钻提起来，举到眼前，歪着头察看花纹和颜色。看了一阵，他就把这支钻子放在砧子上，用锤轻轻一敲，钢钻断成两半。他沮丧地把锤子扔到地上，把那半截钻子用力甩到桥洞外边去。坏钻子躺在洞前石片上，怎么看都难受。

"去把那根钻子捡回来！"小铁匠怒冲冲地吩咐黑孩。黑孩的耳朵动了动，脚却没有动。他的屁股上挨了一脚，肩膀上被捅了一钳子，耳边响起打雷一样的吼声："去把钻子捡回来。"

黑孩垂着头走到钻子前，一点一点弯下腰去，伸手把钻子抓起来。他听到手里"嗞嗞啦啦"地响，像握着一只知了。鼻子里也嗅到炒猪肉的味道。钻子沉重地掉在地上。

小铁匠一愣，紧接着大笑起来："兔崽子，老子还忘了钻子是热的，烫熟了猪爪子，啃吧!"

黑孩走回桥洞，一眼也不看小铁匠，把烫熟了皮肉的手淹到水桶里泡了泡，又慢悠悠走出桥洞。他弯下腰去，仔细地端详着那半截钢钻子。钢钻是银灰色的，表面粗糙，有好多小颗粒。地上的湿土在钢钻下冒着白气，那白气很细，若有若无。他更低地俯下身去，屁股高高地翘起来，大裤头全褪到屁股上，露出比小腿颜色略浅的大腿。他的一只手撸在背上，一只手从肩前垂下去，慢慢地接近钢钻，水珠沿着指尖滴下去，钢钻子哧啦一声响。水珠在钻子上跳动着，叫着，缩小着，变成一圈波纹，先扩大一下，立即收缩，终于消逝了。他的指尖已经感到了钢钻的灼热，这种灼热感一直传导到他心里去。

"你在那儿干什么，冒充走资派吗?"小铁匠在桥洞里喊他。

他一把攥住钢钻，哆嗦着，左手使劲抓着屁股，不慌不忙走回来。小铁匠看到黑孩手里冒出黄烟，眼像风瘫病人一样喝斜着叫："扔、扔掉!"他的嗓子变了调，像猫叫一样。"扔掉呀，你这个小混蛋!"

黑孩在小铁匠面前蹲下，松开手，抖了两抖，钻子打了两滚儿躺在小铁匠脚前。然后就那么蹲着，仰望着小铁匠的脸。

小铁匠浑身哆嗦起来："别看我，狗小子，别看我。"他拧过脸去。黑孩站起来，走出桥洞……他记得他走出桥洞后望了一会儿西天，天上连一丝云彩也没有，只有半个又白又薄的月亮，像一块小小的云……

他想得很累，耳朵里有蜜蜂的叫声。从马扎子上起来，走到老铁匠的铺前躺下来。头枕着棉袄，眼皮不知不觉合上了。他感到有一个人在抚摸自己的脸，抚摸自己的手，痛，他忍着。有两滴沉甸甸的水珠落下来，一滴落在两片唇间，他咽下了；一滴打到鼻尖上，鼻子被砸得酸溜溜的。

"黑孩儿，黑孩儿，醒醒，吃饭啦。"

他觉得鼻子酸得厉害，匆忙爬起来，看着姑娘。有两股水儿想从眼窝里滚出来，他使劲憋住，终于让水儿流进喉咙。

"给你。"姑娘解开那条紫红色头巾。头巾里包着两个窝窝头。一个窝窝头的眼里塞着一根腌黄瓜，一个窝窝头眼里栽着一根大葱。一根长长的梢儿发黄的头发沾在窝窝头上。姑娘用两个指头拈起头发，轻轻一弹，头发落地时声音很响，黑孩听到了。

"吃吧，你这条小狗！"姑娘摸着他的脖子说。

黑孩咬葱咬黄瓜咬窝窝头，一边咀嚼一边看姑娘。

"手是怎么烫的？是不是独眼龙使坏？还咬我吗？看看你的狗牙多快。"

孩子的耳朵使劲呼扇着，左手举起窝窝头，右手举起大葱腌黄瓜，遮住了脸。

三

夜里，莫名其妙地下了一场雷阵雨。清晨上工时，人们看到工地上的石头子儿被洗得干干净净，沙地被拍打得平平整整。闸下水槽里的水增了两拃，水面蓝汪汪地映出天上残余的乌云。天气仿佛一下子冷了，秋风从桥洞里穿过来，和着海洋一样的黄麻地里的窸窣之声，使人感到从心里往外冷。老铁匠穿上了他那件亮甲似的棉袄，棉袄的扣子全掉光了，只好把两扇襟儿交错着掩起来，拦腰捆上一根红色胶皮电线。黑孩还是只穿一条大裤头子，光背赤足，但也看不出他有半点瑟缩。他原来扎腰的那根布条儿不知是扔了还是藏了，他腰里现在也扎着一节红胶皮电线。他的头发这几天像发疯一样地长，已经有二寸长，头发根根竖起，像刺猬的硬毛。民工们看着他赤脚踩着石头上积存的雨水走过工地，脸上都表现出怜悯加敬佩的表情来。

"冷不冷？"老铁匠低声问。

黑孩惶惑地望着老铁匠，好像根本不理解他问话的意思。"问你哩！冷吗？"老铁匠提高了声音。惶惑的神色从他眼里消失了，他垂下头，开始生火。他左手轻拉风箱，右手持煤铲，眼睛望着燃烧的麦秸草。老铁匠从草铺上拿起一件油腻腻的褂子给黑孩披上。黑孩扭动着身体，显出非常难受的样子。老铁匠一离开，他就把褂子脱下来，放回到铺上去。老铁匠摇摇头，蹲下去抽烟。

"黑孩儿，怪不得你死活不离开铁匠炉，原来是图着烤火暖和哩，人小心眼儿不少。"小铁匠打了一个百无聊赖的呵欠，说。

工地上响起哨子声，刘副主任说，全体集合。民工们集合到闸前向阳的地方，男人抱着膀子，女人纳着鞋底子。黑孩偷觑着第七个桥墩上的石缝，心里忐忑不安。刘副主任说，天就要冷，因此必须加班赶，争取结冰前浇完混凝土底槽。从今天起每晚七点到十点为加班时间，每人发给半斤粮，两毛钱。谁也没提什么意见。二百多张脸上各有表情。黑孩看到小石匠的白脸发红发紫，姑娘的红脸发灰发白。

当天晚上，滞洪闸工地上点亮了三盏汽灯。汽灯发着白炽刺眼的光，一盏照耀石匠们的工场，一盏照着妇女们砸石子儿的地方。妇女们多数有孩子和家务，半斤粮食两毛钱只好不挣。灯下只围着十几个姑娘。她们都离村较远，大着胆子挤在一个桥洞里睡觉，桥洞两头都堵上了闸板，只在正面留了个洞，钻进钻出。菊子姑娘有时钻桥洞，有时去村里睡（村里有她一个姨表姐，丈夫在县城当临时工，有时晚上不回家睡，表姐就约她去做伴）。第三盏汽灯放在铁匠炉的桥洞里，照着老年青年和少年。石匠工场上锤声叮当，钢钻子啃着石头，不时迸出红色的火星。石匠们干得还算卖劲，小石匠脱掉夹克衫，大红运动衣像火炬一样燃烧着。姑娘们围灯坐着，产生许多美妙联想。有时嘎嘎大笑，有时窃窃私语，砸石子的声音零零落落。在她们发出的各种声音的间隙里，充填着河上的流水声。菊子放下锤子，悄悄站起来，向河边走去。灯光把她的影子长长地投在沙地上。"当心光棍子把你捉去。"一个姑娘在菊子身后说。菊子很快走出灯光的圈子。这时她看到的灯光像几个白亮亮的小刺球，球刺儿伸到她面前停住了，刺尖儿是红的、软的。后来她又迎着灯光走上去。她忽然想去看看黑孩在干什么，便躲避着灯光，闪到第一个桥墩的暗影里。

她看到黑孩像个小精灵一样活动着，雪亮的灯光照着他赤裸的身体，像涂了一层釉彩。仿佛这皮肤是刷着铜色的陶瓷橡皮，既有弹性又有韧性，撕不烂也扎不透。黑孩似乎胖了一点点，肋条和皮肤之间疏远了一些。也难怪么，每天中午她都从伙房里给他捎来好吃的。黑孩很少回家吃饭，只是晚上回家睡觉，有时候可能连家也不回——姑娘有天早晨发现他从桥洞里钻出来，头发上顶着麦秸草。黑孩双手拉着风箱，动作轻柔舒展，好像不是他拉着风箱而是风箱拉着他。他的身体前倾后仰，脑袋像在舒缓的河水中漂动着的西瓜，两只黑眼睛里有两个亮点上下起伏着，如萤火虫幽雅地飞动。

小铁匠在铁砧子旁边以他一贯的姿势立着，双手拄着锤柄，头歪着，眼睛瞪着，像一只深思熟虑的小公鸡。

老铁匠从炉子里把一支烧熟的大钢钻夹了出来，黑孩把另一支坏钻子捅到大钢钻腾出的位置上。烧透的钢钻白里透着绿。老铁匠把大钢钻放到铁砧上，用小叫锤敲敲砧子边，小铁匠懒洋洋地抄起大锤，像抡麻秆一样抡起来，大锤轻飘飘地落在钢钻子上，钢花立刻光彩夺目地向四面八方飞溅。钢花碰到石壁上，破碎成更多的小钢花落地，钢花碰到黑孩微微凸起的肚皮，软绵绵地弹回去，在空中划出一个个漂亮的半圆弧，坠落下去。钢花与黑孩肚皮相撞以及反弹后在空中飞行时，空气摩擦发热发声。打过第一锤，小铁匠如同梦中猛醒一般绷紧肌肉，他的动作越来越快，姑娘看到石壁上一个怪影在跳跃，耳边响彻"咣咣咣咣"的钢铁声。小铁匠塑铁成形的技术已经十分高超，老铁匠右手的小叫锤只剩下干敲砧子边的份儿。至于该打钢钻的什么地方，小铁匠是一目了然。老铁匠翻动钢钻，眼睛和意念刚刚到了钢钻的某个需要锻打的部位，小铁匠的重锤就敲上去了，甚至比他想的还要快。

姑娘目瞪口呆地欣赏着小铁匠的好手段，同时也忘不了看着黑孩和老铁匠。打得最精彩的时候，是黑孩最麻木的时候（他连眼睛都闭上了，呼吸和风箱同步），也是老铁匠最悲哀的时候，仿佛小铁匠不是打钢钻而是打他的尊严。

钢钻锻打成形，老铁匠背过身去淬火，他意味深长地看了小铁匠一眼，两个嘴角轻蔑地往下撇了撇。小铁匠直勾勾地看着师傅的动作。姑娘看到老铁匠伸出手试试桶里的水，把钻子举起来看了看，然后身体弯着像对虾，眼瞅着桶里的水，把钻子尖儿轻轻地、试试探探地触及水面，桶里水"咝咝"地响着，一股很细的蒸气蹿上来，笼罩住老铁匠的红鼻子。一会儿，老铁匠把钢钻提起来举到眼前，像穿针引线一样瞄着钻子尖，好像那上边有美妙的画图，老头脸上神采飞扬，每条皱纹里都溢出欣悦。他好像得出一个满意答案似的点点头，把钻子全淹到水里，蒸气轰然上升，桥洞里形成一个小小的蘑菇烟云。汽灯光变得红殷殷的，一切全都朦胧晃动。雾气散尽，桥洞里恢复平静，依然是黑孩梦幻般拉风箱，依然是小铁匠公鸡般冥思苦想，依然是老铁匠如枣者脸如漆者眼如屎壳郎者臂上疤痕。

老铁匠又提出一支烧熟的钢钻，下面是重复刚才的一切，一直到老铁匠要淬火时，情况才发生了一些变化。老铁匠伸手试水温。加凉水。满意神色。正当老铁匠要为手中的钻子淬火时，小铁匠耸身一跳到了桶边，非常迅速地把右手伸进了水桶。老铁匠连想都没想，就把钢钻戳到小伙子的右小臂上。一股烧焦皮肉的腥臭味儿从桥洞里飞出来，钻进姑娘的鼻孔。

小铁匠"嗷"地号叫一声，他直起腰，对着老铁匠恶狠狠地笑着，大声喊："师傅，三年啦！"

老铁匠把钢钻扔在桶里，桶里翻滚着热浪头，蒸气又一次弥漫桥洞。姑娘看不清他们的脸了，只听到老铁匠在雾中说："记住吧！"

没等烟雾散尽她就跑了，她使劲捂住嘴，有一股苦涩的味儿在她胃里翻腾着。坐在石堆前，旁边一个姑娘调皮地问她："菊子，这一大会儿才回来，是跟着大青年钻黄麻地了吗？"她没有回腔，听凭着那个姑娘奚落。她用两个手指捏着喉咙，极力不让自己发出声音。

收工的哨声响了。三个钟头里姑娘恍惚在梦幻中。"走吧,菊子。"她们招呼着她。她坐着不动,看着灯光下憧憧的人影。

"菊子,"小石匠板板正正地站在她身后说,"你表姐让我捎信给你,让你今夜去做伴,咱们一道走吗?"

"走吗?你问谁呢?"

"你怎么啦?是不是冻病啦?"

"你说谁冻病啦?"

"说你哩!"

"别说我。"

"走吗?"

"走。"

石桥下水声响亮,她站住了。小石匠离她只有一步远。她回过头去,看到滞洪闸西边第一个桥洞还是灯火通明,其他两盏汽灯已经熄灭。她朝滞洪闸工地走去。

"找黑孩儿吗?"

"看看他。"

"我们一块去吧,这小混蛋,别迷迷糊糊掉下桥。"

菊子感觉到小石匠离自己很近了,似乎能听到他"怦怦"的心跳声。走着,走着。她的头一倾斜,立刻就碰到小石匠结实的肩膀,她又把身子往后一仰,一只粗壮的胳膊便把她揽住了。她的心像鸽子一样乱扑棱,脚不停地朝着闸下走,走进亮圈前,她把他的手移开。

"黑孩儿!"她叫。

"黑孩儿!"他也叫。

小铁匠用只眼看着她和他，腮帮子抽动一下。老铁匠坐在自己的草铺上，双手端着烟袋，像端着一杆盒子炮。他打量了一下深红色的菊子和淡黄色的小石匠，疲惫而宽厚地说："坐下等吧，他一会儿就来。"

……黑孩提着一只空水桶，沿着河堤往上爬。收工后，小铁匠伸着懒腰说："饿死啦。黑孩儿，提上桶，去北边扒点地瓜，拔几个萝卜来，我们开夜餐。"

黑孩睡眼迷蒙地看看老铁匠。老铁匠坐在草铺上，像只羽毛凌乱的败阵公鸡。

"瞅什么？狗小子，老子让你去你尽管去。"小铁匠腰挺得笔直，脖子一抻一抻地说。他用眼扫了一下瘫坐在铺上的师傅。胳膊上的烫伤很痛，但手上愉快的感觉完全压倒了臂上的伤痛，那个温度可是绝对地舒适绝对地妙。

黑孩拎起一只空水桶，踢踢踏踏往外走。走出桥洞，仿佛"呼通"一声掉下了井，四周黑得使他的眼睛里不时迸出闪电一样的虚光，他胆怯地蹲下去，闭了一会眼睛，当他睁开眼睛时，天色变淡了，天空中的星光暖暖地照着他，也照着瓦灰色的大地……

河堤上的紫穗槐枝条交叉伸展着，他用一只手分拨着枝条，仄着肩膀往上走。他的手捋着湿漉漉的枝条和枝条顶端一串串结实饱满的树籽，微带苦涩的槐枝味儿直往他面上扑。他的脚忽然碰到一个软绵绵热乎乎的东西，脚下响起一声"唧喳"，没及他想起这是只花脸鹌，这只花脸鹌就蒙头转向地飞起来，像一块黑石头一样落到堤外的黄麻地里。他惋惜地用脚去摸花脸鹌适才趴窝的地方，那儿很干燥，有一簇干草，草上还留着鸟儿的体温。

站在河堤上，他听到姑娘和小石匠喊他。他拍了一下铁桶，姑娘和小石匠不叫了。这时他听到了前边的河水明亮地向前流动着，村子里不知哪棵树上有只猫头鹰凄厉地叫了一声。后娘一怕天打雷，二怕猫头鹰叫。他希望天天打雷，夜夜有猫头鹰在后娘窗前啼叫。槐枝上的露水把他的胳膊濡湿了，他在裤头上擦擦胳膊。穿过河堤上的路走下堤去。这时他的眼睛适应了黑暗，看东西非常清楚，连咖啡色的泥土和紫色的地瓜叶儿的细微色调差异也能分辨。他在地里蹲下，用手扒开瓜垄儿，把地瓜撕下来，"叮叮当当"地扔到桶里。扒了一会儿，他的手指上有什么东西掉下，打得地瓜叶儿哆嗦着响了一声。他用右手摸摸左手，才知道那个被打碎的指甲盖儿整个儿脱落了。水桶已经很重，他提着水桶往北走。在萝卜地里，他一个挨一个地拔了六个萝卜，把缨儿拧掉扔在地上，萝卜装进水桶……

"你把黑孩儿弄到哪儿去了？"小石匠焦急地问小铁匠。

"你急什么？又不是你儿子！"小铁匠说。

"黑孩儿呢？"姑娘两只眼盯着小铁匠一只眼问。

"等等，他扒地瓜去了。你别走，等着吃烤地瓜。"小铁匠温和地说。

"你让他去偷？"

"什么叫偷？只要不拿回家去就不算偷！"小铁匠理直气壮地说。

"你怎么不去扒？"

"我是他师傅。"

"狗屁！"

"狗屁就狗屁吧！"小铁匠眼睛一亮，对着桥洞外骂道，"黑孩儿，你去哪里扒地瓜？是不是到了阿尔巴尼亚？"

黑孩歪着肩膀，双手提着桶鼻子，趔趔趄趄地走进桥洞，他浑身沾满了泥土，像在地里打过滚一样。

"哟，我的儿，真够下狠的了，让你去扒几个，你扒来一桶！"小铁匠高声地埋怨着黑孩，说，"去，把萝卜拿到池子里洗洗泥。"

"算了，你别指使他了。"姑娘说，"你拉火烤地瓜，我去洗萝卜。"

小铁匠把地瓜转着圈子垒在炉火旁，轻松地拉着火。菊子把萝卜提回来，放在一块干净石头上。一个小萝卜滚下来，沾了一身铁屑停在小石匠脚前，他弯腰把它捡起来。

"拿来，我再去洗洗。"

"算了，光那五个大萝卜就尽够吃了。"小石匠说着，顺手把那个小萝卜放在铁砧子上。

黑孩走到风箱前，从小铁匠手里把风箱拉杆接过来。小铁匠看了姑娘一眼，对黑孩说："让你歇歇哩。闲着手痒痒？好吧，给你，这可不怨我，慢着点拉，越慢越好，要不就烤煳了。"

小石匠和菊子并肩坐在桥洞的西边石壁前。小铁匠坐在黑孩后边。老铁匠面南坐在北边铺上，烟锅里的烟早烧透了，但他还是双手捧烟袋，双肘支在膝盖上。

夜已经很深了，黑孩温柔地拉着风箱，风箱吹出的风犹如婴孩的鼾声。河上传来的水声越加明亮起来，似乎它既有形状又有颜色，不但可闻，而且可见。河滩上影影绰绰，如有小兽在追逐，尖细的趾爪踩在细沙上，声音细微如同毳毛纤毫毕现，有一根根又细又长的银丝儿，刺透河的明亮音乐穿过来。闸北边的黄麻地里，"泼喇喇"一声响，麻秆儿碰撞着，摇晃着，好久才平静。全工地上只剩下这盏汽灯了，开初在那两盏汽灯周围寻找过光明的飞虫们，经过短暂的迷惘之后，一齐麇集到铁匠炉边来，为了追求光明，把汽灯的玻璃罩子撞得"哗哗啪啪"响。小石匠走到汽灯前，捏着汽杆，"噗唧噗唧"打气。汽灯玻璃罩破了一个洞，一只蝼蛄猛地撞进去，炽亮的石棉纱罩撞掉了，桥洞里一团黑暗。待了一会儿，才能彼此看清嘴脸。黑孩的风箱把炉火吹得如几片柔软的红绸布在抖动，桥洞里充溢着地瓜熟了的香味。小铁匠用铁钳把地瓜挨个翻动一遍。香味越来越浓，终于，他们手持地瓜红萝卜吃起来。扒掉皮的地瓜白气袅袅，他们一口凉，一口热，急一口，慢一口，咯咯吱吱，唏唏溜溜，鼻尖上吃出汗珠。小铁匠比别人多吃了一个萝卜两个地瓜。老铁匠一点也没吃，坐在那儿如同石雕。

"黑孩儿，回家吗？"姑娘问。

黑孩伸出舌头，舔掉唇上残留的地瓜渣儿，他的小肚子鼓鼓的。

"你后娘能给你留门吗？"小石匠说，"钻麦秸窝儿吗？"

黑孩咳嗽了一声。把一块地瓜皮扔到炉火里，拉了几下风箱，地瓜皮卷曲，燃烧，桥洞里一股焦煳味。

"烧什么你？小杂种，"小铁匠说，"别回家，我收你当个干儿吧，又是干儿又是徒弟，跟着我闯荡江湖，保你吃香的喝辣的。"

小铁匠一语未了，桥洞里响起凄凉亢奋的歌唱声。小石匠浑身立时爆起一层幸福的鸡皮疙瘩，这歌词或是戏文他那天听过一个开头。

　　恋着你刀马娴熟，通晓诗书，少年英武，跟着你闯荡江湖，风餐露宿，受尽了世上千般苦——

　　老头子把脊梁靠在闸板上，从板缝里吹进来的黄麻地里的风掠过他的头顶，他头顶上几根花白的毛发随着炉里跳动不止的煤火轻轻颤动。他的脸无限感慨，腮上很细的两根咬肌像两条蚯蚓一样蠕动着，双眼恰似两粒燃烧的炭火。

　　……你全不念三载共枕，一片恩情，当作粪土。奴为你夏夜打扇，冬夜暖足，怀中的香瓜，腹中的火炉……你骏马高官，良田万亩，丢弃奴家招赘相府，我我我我是苦命的奴呀……

　　姑娘的心高高悬着，嘴巴半张开，睫毛也不眨动一下地瞅着老铁匠微微仰起的表情无限丰富的脸和他细长的脖颈上那个像水银珠一样灵活地上下移动着的喉结。凄婉哀怨的旋律如同秋雨抽打着她心中的田地，她正要哭出来时，那旋律又变得昂扬壮丽浩渺无边，她的心像风中的柳条一样飘荡着，同时，有一种麻酥酥的感觉从脊椎里直冲到头顶，于是她的身体非常自然地歪在小石匠肩上，双手把玩着小石匠那只厚茧重重的大手，眼里泪光点点，身心沉浸在老铁匠的歌里，意里。老铁匠的瘦脸上焕发出夺目的光彩，她仿佛从那儿发现了自己像歌声一样的未来……

　　小石匠怜爱地用胳膊揽住姑娘。小铁匠坐在黑孩背后，但很快他就坐不住了，他听到老铁匠像头老驴一样叫着，声音刺耳，难听。一会儿，他连驴叫声也听不到了。他半蹲起来，歪着头，左眼几乎竖了起来，目光像一只爪子，在姑娘的脸上撕着，抓着。小铁匠的肚子里燃起了火，火苗子直冲到喉咙，又从鼻孔里、嘴巴里喷出来。他感到自己蹲在一根压缩的弹簧上，稍一松神就会被弹射到空中，与滞洪闸半米厚的钢筋混凝土桥面相撞，他忍着，咬着牙。

黑孩双手扶着风箱杆儿，炉中的火已经很弱了，一绺蓝色火苗和一绺黄色火苗在煤结上跳跃着，有时，火苗儿被气流托起来，离开炉面很高，在空中浮动着，人影一晃动，两个火苗又落下去。孩子目中无人，他试图用一只眼睛盯住一个火苗，让一只眼黄一只眼蓝，可总也办不到，他没法把双眼视线分开。于是他懊丧地从火上把目光移开，左右巡睃着，忽然定在了炉前的铁砧上。铁砧踞伏着，像只巨兽。他的嘴第一次大张着，发出一声感叹（感叹声淹没在老铁匠高亢的歌声里）。黑孩的眼睛原本大而亮，这时更变得如同电光源。他看到了一幅奇特美丽的图画：光滑的铁砧子，泛着青幽幽蓝幽幽的光，泛着青蓝幽幽光的铁砧子上，有一个金色的红萝卜。红萝卜的形状和大小都像一个大个阳梨，还拖着一条长尾巴，尾巴上的根根须须像金色的羊毛。红萝卜晶莹透明，玲珑剔透。透明的、金色的外壳里包孕着活泼的银色液体。红萝卜的线条流畅优美，从美丽的弧线上泛出一圈金色的光芒。光芒有长有短，长的如麦芒，短的如睫毛，全是金色。……老铁匠的歌唱被推出去很远很远，像一个小蝇子的嗡嗡声。他像个影子一样飘过风箱，站在铁砧前，伸出了沾满泥土煤屑、挨过砸伤烫伤的小手，小手抖抖索索……当黑孩的手就要捉住小萝卜时，小铁匠猛地蹿起来，他踢翻了一个水桶，水汩汩地流着，渍湿了老铁匠的草铺。他一把将那个萝卜抢过来，那只独眼充着血："你也配吃萝卜？老子肚里着火，嗓里冒烟，正要它解渴！"小铁匠张开牙齿焦黑的大嘴就要啃那个萝卜。黑孩以少有的敏捷跳起来，两只细胳膊插进小铁匠的臂弯里，身体悬空一挂，又嘟噜滑下来，萝卜落到了地上。小铁匠对准黑孩的屁股踢了一脚，黑孩一头扎到姑娘怀里，小石匠大手一翻，稳稳地托住了他。

老铁匠停下了嘶哑的歌喉，慢慢地站起来。姑娘和小石匠也站起来。六只眼睛一起瞪着小铁匠。黑孩头很晕，眼前的一切都在转动。使劲晃晃头，他看到小铁匠又拿着萝卜往嘴里塞。他抓起一块煤渣投过去，煤渣擦着小铁匠腮边飞过，碰到闸板上，落在老铁匠铺上。

"看我打死你！"小铁匠咆哮着。

小石匠跨前一步，说："你要欺负孩子？"

"把萝卜还给他！"姑娘说。

"还给他？老子偏不。"小铁匠冲出桥洞，扬起胳膊猛力一甩，萝卜带着飕飕的风声向前飞去，很久，河里传来了水面的破裂声。

黑孩的眼前出现了一道金色的长虹，他的身体软软地倒在小石匠和姑娘中间。

四

那个金色红萝卜砸在河面上，水花飞溅起来。萝卜漂了一会儿，便慢慢沉入水底。在水底下它慢慢滚动着，一层层黄沙很快就掩埋了它。从萝卜砸破的河面上，升腾起沉甸甸的迷雾，凌晨时分，雾积满了河谷，河水在雾下伤感地呜咽着。几只早起的鸭子站在河边，忧悒地盯着滚动的雾。有一只大胆的鸭子耐不住了，蹒跚着朝河里走。在蓬生的水草前，浓雾像帐子一样挡住了它。它把脖子向左向右向前伸着，雾像海绵一样富于伸缩性，它只好退回来，"呷呷"地发着牢骚。后来，太阳钻出来了，河上的雾被剑一样的阳光劈开了一条条胡同和隧道，从胡同里，鸭子们望见一个高个子老头儿挑着一卷铺盖和几件沉甸甸的铁器，沿着河边往西走去了。老头的背驼得很厉害，担子沉重，把他的肩膀使劲压下去，脖子像天鹅一样伸出来。老头子走了，又来了一个光背赤脚的黑孩子。那只公鸭子跟它身边那只母鸭子交换了一个眼神，意思是说：记得吧？那次就是他，水桶撞翻柳树滚下河，人在堤上做狗趴，最后也下了河拖着桶残水，那只水桶差点没把麻鸭那个臊包砸死……母鸭子连忙回应：是呀是呀是呀，麻鸭那个讨厌家伙，天天追着我说下流话，砸死它倒利索……

黑孩在水边慢慢地走着，眼睛极力想穿透迷雾，他听到河对岸的鸭子在"呷呷呷呷，嘎嘎嘎嘎"地乱叫着。他蹲下去，大脑袋放在膝盖上，双手抱住凉森森的小腿。他感觉到太阳出来了，阳光晒着背，像在身后生着一个铁匠炉。夜里他没回家，猫在一个桥洞里睡了。公鸡啼鸣时他听到老铁匠在桥洞里很响地说了几句话，后来一切归于沉寂。他再也睡不着，便踏着冰凉的沙土来到河边。他看到了老铁匠伛偻的背影，正想追上去，不料脚下一滑，摔了一个屁股蹲儿，等他爬起来时，老铁匠已经消逝在迷雾中了。现在他蹲着，看着阳光把河雾像切豆腐一样分割开，他望见了河对岸的鸭子，鸭子也用高贵的目光看着他。露出来的水面像银子一样耀眼，看不到河底，他非常失望。他听到工地上吵嚷起来，刘太阳副主任响亮地骂着："铁匠炉里出了鬼了，老混蛋连招呼都不打就卷了铺盖，小混蛋也没了影子，还有没有组织纪律性？"

"黑孩儿！"

"黑孩儿！"

"那不是黑孩儿吗？瞧，在水边蹲着。"

姑娘和小石匠跑过来，一人架着一只胳膊把他拉起来。

"小可怜，蹲在这儿干什么？"姑娘伸手摘掉他头顶上的麦秸草，说，"别蹲在这儿，怪冷的。"

"昨夜里还剩下些地瓜，让独眼龙给你烤烤。"

"老师傅走了。"姑娘沉重地说。

"走了。"

"怎么办？让他跟着独眼？要是独眼折磨他呢？"

"没事，这孩子没有吃不了的苦。再说，还有我们呢，谅他不敢太过火的。"

两个人架着黑孩往工地上走，黑孩一步一回头。

"傻蛋，走吧，走吧，河里有什么好看的？"小石匠捏捏黑孩的胳膊。

"我以为你让老猫叼了去了呢！"刘太阳冲着黑孩说。他又问小铁匠："怎么样你？把老头挤对走了，活儿可不准给我误了。淬不出钻子来我剜了你的独眼。"

小铁匠傲慢地笑笑，说："请看好吧，刘头。不过，老头儿那份钱粮可得给我补贴上，要不我不干。"

"我要先看看你的活。中就中，不中你也滚蛋！"

"生火，干儿。"小铁匠命令黑孩。

整整一个上午，黑孩就像丢了魂一样，动作杂乱，活儿毛糙，有时，他把一大铲煤塞到炉里，使桥洞里黑烟滚滚；有时，他又把钢钻倒头儿插进炉膛，该烧的地方不烧，不该烧的地方反而烧化了。"你的心到哪儿去啦？"小铁匠恼怒地骂着。他忙得满身是汗，绝技在身的兴奋劲儿从汗珠缝里不停地流溢出来。黑孩看到他在淬火前先把手插到桶里试试水温，手臂上被钢钻烫伤的地方缠着一道破布，似乎有一股臭鱼烂虾的味道从伤口里散出来。黑孩的眼里蒙着一层淡淡的云翳，情绪非常低落。九点钟以后，阳光异常美丽，阴暗的桥洞里，一道光线照着西壁，折射得满洞辉煌。小铁匠把钢钻淬好，亲自拿着送给石匠师傅去鉴定。黑孩扔下手中工具，蹑手蹑脚溜出桥洞，突然的光明也像突然的黑暗一样使他头晕眼花。略微迟疑了一下，他便飞跑起来，只用了十几秒钟，他就站在河水边缘上了。那些四个棱的狗蛋子草好奇地望着他，开着紫色花朵的水芡和擎着咖啡色头颅的香附草贪婪地嗅着他满身的煤烟味儿。河上飘逸着水草的清香和鲢鱼的微腥，他的鼻翅扇动着，肺叶像活泼的斑鸠在展翅飞翔。河面上一片白，白里掺着黑和紫。他的眼睛生涩刺痛，但还是目不转睛，好像要看穿水面上漂着的这层水银般的亮色。后来，他双手提起裤头的下沿，试试探探下了水，跳舞般向前走。河水起初只淹到他的膝盖，很快淹到大腿，他把裤头使劲卷起来，两半葡萄色的小屁股露了出来。这时候他已经立在河的中央了，四周的光一齐往他身上扑，往他身上涂，往他眼里钻，把他的黑眼睛染成了坝上青香蕉一样的颜色。河水湍急，一股股水流撞着他的腿。他站在河的硬硬的沙底上，但一会儿，脚下的沙便被流水掏走了，他站在沙坑里，裤头全湿了，一半贴着大腿，一半在屁股后飘起来，裤头上的煤灰把一部分河水染黑了。沙土从脚下卷起来，抚摸着他的小腿，两颗琥珀色的水珠挂在他的腮上，他的嘴角使劲抽动着。他在河中走动起来，用脚试探着，摸索着，寻找着。

"黑孩儿！黑孩儿！"

他听到小铁匠在桥洞前喊叫着。

"黑孩儿，想死吗？"

他听到小铁匠到了水边，连头也不回，小铁匠只能看到他青色的背。

"上来呀！"小铁匠挖起一块泥巴，对准黑孩投过去，泥巴擦着他的头发梢子落到河水里，河面上荡开椭圆形的波纹。又一坨泥巴扔过来，正打着他的背，他往前扑了一下，嘴唇沾到了河水。他转回身，"呼呼隆隆"地蹚着水往河边上走。黑孩遍身水珠儿，站在小铁匠面前。水珠儿从皮肤上往下滚动，一串一串的，"嘟噜噜"地响。大裤头子贴在身上。小铁匠举起那只熊掌一样的大巴掌刚要扇下去，忽然觉得心脏让猫爪子给剐了一下子，黑孩的眼睛直盯着他的脸。

"快去拉火。师傅我淬出的钢钻，不比老家伙差。"他得意地拍拍黑孩的脖颈。

铁匠炉上暂时没有活儿，小铁匠把昨夜剩下的生地瓜放在炉边烤着。黄麻地里的风又轻轻地吹进来了。阳光很正地射进桥洞。小铁匠用铁钳翻动着烤出焦油的地瓜，嘴里得意地哼着，小铁匠忽然记起似的对黑孩说："快点，拔两个萝卜去，拔回来赏你两个地瓜。"黑孩的眼睛猛然一亮，小铁匠从他肋条缝里看到他那颗小心儿使劲地跳了两下，正想说什么没及开口，孩子就像家兔一样跑走了。

黑孩爬上河堤时，听到菊子姑娘远远地叫了他一声。他回过头，阳光捂住了他的眼。他下了河堤，一头钻出黄麻地。黄麻是散种的，不成垅也不成行，种子多的地方黄麻秆儿细如手指，铅笔；种子少的地方，麻秆如镰柄，手臂。但全都是一样高矮。他站在大堤上望麻田时，如同望着微波荡漾的湖水。他用双手分拨着粗粗细细的麻秆往前走，麻秆上的硬刺儿扎着他的皮肤，成熟的麻叶纷纷落地。他很快就钻到了和萝卜地平行着的地方，拐了一个直角往西走。接近萝卜地时，他趴在地上，慢慢往外爬。很快他就看到了满地墨绿色的萝卜缨子。萝卜缨子的间隙里，阳光照着一片通红的萝卜头儿。他刚要钻出黄麻地，又悄悄地缩回来。一个老头正在萝卜垄里爬行着，一边爬一边从口袋里往外掏着麦粒，一穴一穴地点种在萝卜垄沟中间。骄傲的秋阳晒着他的背，他穿着一件白布褂儿，脊沟溻湿了，微风扬起灰尘，使汗溻的地方发了黄。黑孩又膝行着退了几米远，趴在地上，双手支起下巴，透过麻秆的间隙，望着那些萝卜。萝卜田里有无数的红眼睛望着他，那些萝卜缨子也在一瞬间变成了乌黑的头发，像飞鸟的尾羽一样耸动不止……

一个红脸膛汉子从地瓜地里大步走过来，站在老头背后，猛不丁地说："哎，老头，你说昨天夜里遭了贼?"

老头手忙脚乱地爬起来，垂着手回答："遭了，偷了六个萝卜，缨子留下了，地瓜八墩，蔓子留下了。"

"怕是让修闸的那些人偷去了，加点小心，中饭晚点回去吃。"

"我听着啦，队长。"老头儿说。

黑孩和老头一起，目送着红脸汉子走上大堤。老头坐在萝卜地里，面对着孩子。黑孩又惶乱地往后退出一节，这时，密密麻麻的黄麻把他的视线遮住了。

"黑孩儿!"

"黑孩儿!"

姑娘和小石匠站在大堤上，对着黄麻地喊着。他们背对着正晌的太阳，阳光照着散工的人群。

"我看到他钻到黄麻地里，我还以为他去撒尿拉屎了呢!"姑娘说。

"独眼龙难道又欺负他了?"小石匠说。

"黑孩儿!"

"黑孩儿!"

姑娘和小石匠的男女声二重喊贴着黄麻梢头像燕子一样滑翔，正在黄麻梢头捕食灰色小蛾的家燕被惊吓得高飞，好一会儿才落下来。小铁匠站在桥洞前边，独眼望着这并膀站着的男女，感到肚子越胀越大。方才姑娘和小石匠来找黑孩，那语气那神态就像找他们的孩子。"等着吧，你们!"他恨恨地低语着。

"黑孩儿! 黑孩儿!"姑娘说，"他怕是钻到黄麻地里睡着了。"

"去看看吗?"小石匠乞求地看着姑娘。

"去吗? 去吧。"

两个人拉着手下了堤，钻到黄麻地里。小铁匠尾追着冲上河堤，他看到黄麻叶子像波浪一样翻滚着，黄麻秆子"唰啦啦"地响着，一男一女的声音在喊叫黑孩，声音像从水里传上来的一样……

黑孩趴累了，舒了一口气，翻了一个身，仰面朝天躺起来。

他的身下是干燥的沙土，沙上铺着一层薄薄的黄麻落叶。他后脑勺枕着双手，肚子很瘪地凹陷着，一个带着红点的黄叶飘飘地落下来，盖住了他满是煤灰的肚脐。他望着上方，看到一缕粗一缕细的蓝色光线从黄麻叶缝中透下来，黄麻叶片好像成群的金麻雀在飞舞。成群的金麻雀有时又像一簇簇的葫芦蛾，蛾翅上的斑点像小铁匠眼中那个棕色的萝卜花一样愉快地跳动。

"黑孩儿！"

"黑孩儿！"

熟悉的声音把他从梦幻中唤醒，他坐起来，用手臂摇了一下身边那棵粗大的黄麻。

"这孩子，睡着了吗？"

"不会的，我们这么大声喊。他肯定是溜回家去了。"

"这小东西……"

"这里真好……"

"是好……"

声音越来越低，像两只鱼儿在水面上吐水泡。黑孩身上像有细小的电流通过，他有点紧张，双膝跪着，扭动着耳朵，调整着视线，目光终于通过了无数障碍，看到了他的朋友被麻秆分割得影影绰绰的身躯。一时间静极了的黄麻地里掠过了一阵小风，风吹动了部分麻叶，麻秆儿全没动。又有几个叶片落下来，黑孩听到了它们振动空气的声音。他很惊异很新鲜地看到一根紫红色头巾轻飘飘地落到黄麻秆上，麻秆上的刺儿挂住了围巾，像挑着一面沉默的旗帜，那件红格儿上衣也落到地上。成片的黄麻像浪潮一样对着他涌过来。他慢慢地站起来，背过身，一直向前走，一种异样的感觉猛烈冲击着他。

五

一连十几天，姑娘和小石匠好像把黑孩忘记了，再也不结伴到桥洞里来看望他。每当中午和晚上，黑孩就听到黄麻地里响起百灵鸟婉转的歌唱声，他的脸上浮起冰冷的微笑，好像他知道这只鸟在叫着什么。小铁匠是比黑孩晚好几天才注意到百灵鸟的叫声的。他躲在桥洞里仔细观察着，终于发现了奥秘：只要百灵鸟叫起来，工地上就看不见小石匠的影子，菊子姑娘就坐立不安，眼睛四下打量，很快就会扔下锤子溜走。姑娘溜走后一会儿，百灵鸟就歇了歌喉。这时，小铁匠的脸色就变得更加难看，脾气变得更加暴躁。他开始喝起酒来。黑孩每天都要走过石桥到村里小卖部给他装一瓶地瓜烧酒。

这天晚上，月光皎皎如水，百灵鸟又叫起来了。黄麻地里的熏风像温柔的爱情扑向工地。小铁匠攥着酒瓶子，把半瓶烧酒一气灌下去，那只眼睛被烧得泪汪汪的。刘太阳副主任这些天回家娶儿媳妇去了，工地上人心涣散，加夜班的石匠们多半躺在桥洞里吸烟，没有钻子要修理，炉火半死不活地跳动着。

"黑孩儿……去，给老子拔几个萝卜来……"酒精烧着小铁匠的胃，他感到口中要喷火。

黑孩像木棍一样立在风箱边上，看着小铁匠。

"你，等着老子揍你吗？去……"

黑孩走进月光地，绕着月光下无限神秘的黄麻地，穿过花花绿绿的地瓜地，到了晃动着沙漠蜃影的萝卜地。等他提着一个萝卜走回桥洞时，小铁匠已经歪在草铺上呼呼地睡了。黑孩把萝卜放在铁砧子上，手颤抖着拨亮炉火，可再也弄不出那一蓝一黄升腾到空中的火苗，他变换着角度，瞅那个放在铁砧子上的萝卜，萝卜像蒙着一层暗红色的破布，难看极了，孩子沮丧地垂下头。

这天夜里，黑孩没有睡好。他躺在一个桥洞里，翻来覆去地打着滚。刘副主任不在，民工们全都跑回家去睡觉。桥洞里只剩下一层薄薄的麦秸草。月光斜斜地照进桥洞，桥洞里一片清冷光辉，河水声，黄麻声，小铁匠在最西边桥洞里发出的鼾声，以及其他一些莫名其妙的声音，一齐钻进了他的耳朵。石头上的麦草闪闪烁烁，直扎着他的眼睛。他把所有的麦秸草都收拢起来，堆成一个小草岭，然后钻进去，风还是能从草缝里钻进来，他使劲蜷缩着，不敢动了。他想让自己睡觉，可总是睡不着。他总是想着那个萝卜，那是个什么样的萝卜呀。金色的，透明。他一会儿好像站在河水中，一会儿又站在萝卜地里，他到处找呀，到处找……

第二天早晨，太阳还没出来，月亮还没完全失去光彩，成群的黑老鸹惊慌失措地叫着从工地上空掠过，滞洪闸上留下了它们脱落的肮脏羽毛。东边的地平线上，立着十几条大树一样的灰云，枝杈上挂满了破烂的布条。黑孩从桥洞里一钻出来就感到浑身发冷，像他前些日子打摆子时寒战上来一样滋味。刘副主任昨天回来了，检查了工地上的情况，他非常生气，大骂了所有的民工。所以今天人们来得都很早，干活也卖力，工地上的锤声像池塘里的蛙鸣连成一片。今天要修的钢钻很多，小铁匠的工作态度也非常认真，活儿干得又麻利又漂亮。来换钢钻的石匠们不断地夸奖他，说他的淬火功夫甚至超过了老铁匠，淬出的钢钻又快又韧，下下都咬石头。

太阳两竿子高的时候，小石匠送来两支钢钻待修。这是两支新钻，每支要值四五块钱。小铁匠瞥瞥神采焕发的小石匠，独眼里射出一道冷光。小石匠没觉察到小铁匠的表情，幸福的眼睛里看到的全是幸福。黑孩感到心里害怕：他看出小铁匠要作弄小石匠了。小铁匠把那两支钢钻烧得像银子一样白，草草地在砧子上打出尖儿，然后一下子浸到水里去……

小石匠提着钢钻走了，小铁匠嘴上滑过一个得意的笑容，他对着黑孩眨眨眼，说："孙子，也配使老子淬出的钻子？儿子，你说他配吗？"黑孩缩在角落里，使劲打着哆嗦。一会儿，小石匠回到铁匠炉边，他把两支钻子扔到小铁匠跟前，骂道："独眼龙，你这是淬的什么火？"

"孙子，叫唤什么？"小铁匠说。

"睁开你那只独眼看看！"

"这是你的钻子不好。"

"放屁，你这是成心作弄老子。"

"作弄你又怎么着？爷们看着你就长气！"

"你、你，"小石匠气得脸色煞白，说，"有种你出来！"

"老子怕你不成！"小铁匠撕下腰间扎着的油布，光着背，像只棕熊一样踱过去。

小石匠站在闸前的沙地上，把夹克衫和红运动衣脱下来，只穿一件小背心。他身材高大，面孔像个书生，身体壮得像棵树。小铁匠脚上还扎着那两块防烫的油布，脚掌踩得地上尖利的石片欻欻地响，他的臂长腿短，上身的肌肉非常发达。

"文打还是武打？"小铁匠不屑一顾地说。

"随你的便。"小石匠也不屑一顾地说。

"你最好回家让你爹立个字据，打死了别让我赔儿子。"

"你最好回家先钉口棺材。"

骂着阵，两个人靠在了一起。黑孩远远地蹲着，一直没停地打着哆嗦。他看到，小铁匠和小石匠最初的交锋很像开玩笑。小石匠卷着舌头啐了小铁匠一脸唾沫，小铁匠扬起长臂，把拳头捅过去，小石匠一退，这一拳打空了。又啐。又一拳。又退。闪空。但小石匠的第三口唾沫没进出唇，肩头上就被小铁匠猛捅了一拳，他的身体不由自主地转了一圈。

人们惊叫着围拢上来，高喊着："别打了，别打了。"但没有人上前拉架。后来，连喊声也没有了，大家都睁大眼，屏住气，看着这两个身段截然不同的小伙子比试力气。菊子姑娘脸色灰白，使劲地抓住她身边一个姑娘的肩头。当她的情人吃了小铁匠的铁拳时，她就低声呻唤着，眼睛像一朵盛开的墨菊。

决斗还难分高低，你打我一拳，我也打你一拳，小石匠个头高，拳头打得漂亮潇洒，但显然有点飘，有点花哨，力量不很足，小铁匠动作稍慢一点，但出拳凶狠扎实，被他蒙上一拳，小石匠就要转一个圈。后来，小铁匠头上挨了一拳，有点晕头转向，小石匠趁机上前，雨点般的拳头打得小铁匠的身体嘭嘭地响。小铁匠一猫腰，钻进了小石匠腋下，两只长臂像两条鳗鱼一样缠住了小石匠的腰，小石匠急忙夹住小铁匠的头，两个人前进，后退，后退，又前进，小石匠支持不住，仰面朝天摔在沙地上。

人群里爆发了一阵欢呼。

小铁匠站起来，吐吐口中的血沫子，歪着头，像只斗胜的公鸡。

小石匠爬起来，向着小铁匠扑过去。一白一黑两个身体又扭在一起。这次小石匠把身体伏得很低，保护着自己的下三路不让小铁匠得手，四只胳膊紧紧地纠缠着，有时候，小石匠把小铁匠撩起来，转着圈抡动，但并不能把小铁匠摔出去。小石匠气喘吁吁，满身都是汗水，小铁匠却连一个汗珠都没掉。小石匠体力不支，步伐错乱，眼前出现重影，稍一懈怠，手臂便被拨开，小铁匠抱住他的腰，箍得他出气不匀，他再次仰天倒地。

第三个回合小石匠败得更惨，小铁匠一个癞狗钻裆把他扛起来，摔出去足有两米远。

菊子姑娘哭着扑上去，扶起了小石匠。在菊子姑娘的哭声中，小铁匠脸上的喜色顿时消逝，换上了满面凄凉。他呆呆地站着。小石匠爬起来，拨开菊子的手，抓起一把沙土，对准小铁匠的脸打上去。沙土迷住了小铁匠的独眼，他像野兽一样嗥叫着，使劲搓着眼睛。小石匠趁机扑上去，卡着小铁匠的脖子把他按倒，拳头像擂鼓一样对着小铁匠的脑袋乱打……

这时候，从人们的腿缝里，钻出了一个黑色的影子。这是黑孩。他像只大鸟一样飞到小石匠背后，用他那两只鸡爪一样的黑手抓住小石匠的腮帮子使劲往后扳，小石匠龇着牙，咧着嘴，"噢噢"地叫着，又一次沉重地倒在沙地上。

小铁匠挣扎着坐起来，两只大手摸起地上的碎石片儿，向着四周抛撒。"畜生！狗！"骂声和着石头片儿，像冰雹一样横扫着周围的人群，人们慌乱地躲闪着。菊子姑娘突然惨叫了一声。小铁匠的手像死了一样停住了。他的独眼里的沙土已被泪水冲积到眼角上，露出了瞳孔。他朦胧地看到菊子姑娘的右眼里插着一块白色的石片。他怪叫一声，捂着眼睛，躺在地上痛苦地扭动着。

黑孩听到姑娘的惨叫，便松开了自己的手。他的手指把小石匠的腮帮子抓出两排染着煤灰的血印。趁着人们慌乱的时候，他悄悄地跑回桥洞，蹲在最黑暗的角落上，牙齿"得得"地打着战，偷眼望着工地上乱纷纷的人群。

六

第二天，滞洪闸工地上消失了小石匠和菊子姑娘的影子，整个工地笼罩着沉闷压抑的气氛。太阳像抽风般颤抖着，一股股肃杀的秋风把黄麻吹得像大海一样波浪起伏，一群群麻雀惊恐不安地在黄麻梢头噪叫。风穿过桥洞，扬起尘土，把半边天都染黄了。一直到九点多钟，风才停住，太阳也慢慢恢复正常。

刚娶完儿媳妇回来的刘太阳副主任碰上了这些事，心里窝着一腔火，他站在铁匠炉前，把小铁匠骂得狗血淋头，并扬言要抠出他那只独眼给菊子姑娘补眼。小铁匠一声不吭，黑脸上的粉刺疙瘩一粒粒憋得通红，他大口喘着气，大口喝着酒。石匠们不知被什么力量催动着，玩儿命地干活，钢钻子磨秃了一大批，堆在红炉旁等着修理。小铁匠像大虾一样蜷曲在草铺上，咕咕地灌着酒，桥洞里酒气扑鼻。

刘副主任发火了，用脚踹着小铁匠骂："你害怕了？装孙子了？躺着装死就没事了？滚起来修钻子，这样也许能将功补过。"

小铁匠把手中的酒瓶向上抛起来，酒瓶在桥面上砰然撞碎，碎玻璃掺着烧酒落了刘副主任一头。小铁匠跳起来，一路歪斜跑出去，喊着："老子怕什么，老子天都不怕，死都不怕，还怕什么？"他爬上滞洪闸，继续高叫着："我谁都不怕！"他的腿碰到了石栏杆，身子歪歪扭扭，桥下有人喊："小铁匠，当心掉下桥。""掉下桥？"他哈哈大笑起来，笑着攀上石栏杆，一松手，哆哆嗦嗦地站在石栏杆上。桥下的人都中了魔，入了定，呼吸也不敢用力。

小铁匠双臂挓挲开，一上一下起伏着，像两只羽毛丰满的翅膀。他在窄窄的石栏杆上走起来，身体晃来晃去。他慢走变成快走，快走变成小跑，桥下的人捂住眼睛，又松手露出眼睛。

小铁匠一起一伏晃晃悠悠地在石栏杆上跑着，栏杆下乌蓝的水里映出他变了形的身影。他从西头跑到东头，又从东头跑回来，一边跑一边唱起来："南京到北京，格里隆格里格隆，里格隆，里格隆，南京到北京……"

几个大胆的石匠跑上闸去，把小铁匠拖了下来。他拼命挣扎着，骂着："别管我，老子是杂技英豪，那些大妞在电影上走绳子，老子在闸上走栏杆，你们说，谁厉害……"几个人累得气喘吁吁，总算把他弄回桥洞里。他像块泥巴一样瘫在铺上，嘴里吐着白沫，手撕着喉咙，哭叫着："亲娘哟，难受死了，黑孩儿，好徒弟，救救师傅吧，去拔个萝卜来……"

人们突然发现，黑孩穿上了一件包住屁股的大褂子，褂子是用崭新的、又厚又重的小帆布缝的。这种布非常结实，五年也穿不破。那条大裤头子在褂子下边露出很短的一截，好像褂子的一个花边。黑孩的脚上穿着一双崭新的回力球鞋，由于鞋子太大，只好紧紧地系住鞋带，球鞋变得像两条丑陋的胖头鲇鱼。

"黑孩儿，听到了吗？你师傅让你去干什么？"一个老石匠用烟袋杆子戳着黑孩的背说。

黑孩走出桥洞，爬上河堤，钻进黄麻地。黄麻地里已经有了一条依稀可辨的小径，麻秆儿都向两边分开。走着走着，他停住脚。这儿一片黄麻倒地、像有人打过滚。他用手背揉揉眼睛，抽泣了一声，继续向前走。走了一会，他趴下，爬进萝卜地。那个瘦老头不在，他直起腰，走到萝卜地中央，蹲下去，看到萝卜垄里点种的麦子已经钻出紫红的锥芽，他双膝跪地，拔出了一个萝卜，萝卜的细根与土壤分别时发出水泡破裂一样的声响。黑孩认真地听着这声响，一直追着它飞到天上去。天上纤云也无，明媚秀丽的秋阳一无遮拦地把光线投下来。黑孩把手中那个萝卜举起来，对着阳光察看。他希望还能看到那天晚上从铁砧上看到的奇异景象，他希望这个萝卜在阳光照耀下能像那个隐藏在河水中的萝卜一样晶莹剔透，泛出一圈金色的光芒。但是这个萝卜使他失望了。它不剔透也不玲珑，既没有金色光圈，更看不到金色光圈里包孕着的活泼的银色液体。他又拔出一个萝卜，又举到阳光下端详，他又失望了。以后的事情就变得很简单了。他膝行一步。拔两个萝卜。举起来看看。扔掉。又膝行一步，拔，举，看，扔……

看菜园的老头子眼睛像两滴混浊的水，他蹲在白菜地里捉拿钻心虫儿。捉一个用手指捏死，再捉一个还捏死。天近中午了，他站起来，想去叫醒正在看院屋子里睡觉的队长。队长夜里误了觉，白天村里不安宁，难以补觉，看院屋子里只能听到秋虫浅吟，正好睡觉。老头儿一直起腰，就听到脊椎骨"叭哽叭哽"响。他恍然看到阳光下的萝卜地一片通红，好像遍地是火苗子。老头打起眼罩，急步向前走，一直走到萝卜地里，他才看得那遍地通红的竟是拔出来的还没有完全长成的萝卜。

"作孽啊!"老头子大叫一声。他看到一个孩子正跪在那儿,举着一个大萝卜望太阳。孩子的眼睛是那么大,那么亮,看着就让人难受。但老头子还是不客气地抓住他,扯起来,拖到看园屋子里,叫醒了队长。

"队长,坏了,萝卜,让这个小熊给拔了一半。"

队长睡眼惺忪地跑到萝卜地里看了看,走回来时他满脸杀气。对着黑孩的屁股他狠踢了一脚,黑孩半天才爬起来。队长没等他清醒过来,又给了他一耳巴子。

"小兔崽子,你是哪个村的?"

黑孩迷惘的眼睛里满是泪水。

"谁让你来搞破坏?"

黑孩的眼睛清澈如水。

"你叫什么名字?"

黑孩的眼睛里满是惊恐。

"你爹叫什么名字?"

两行泪水从黑孩眼里流下来。

"是个小哑巴。"

黑孩的嘴唇轻轻嚅动着。

"队长,行行好,放了他吧。"瘦老头说。

"放了他?"队长笑着说,"是要放了他。"

队长把黑孩的新褂子、新鞋子、大裤头子全剥下来,团成一堆,扔到墙角上,说:"回家告诉你爹,让他来给你拿衣裳。滚吧!"

黑孩转身走了。老头子看着这个一丝不挂的男孩,抽抽搭搭地哭起来。

　　黑孩钻进了黄麻地，像一条鱼儿游进了大海。扑簌簌黄麻叶儿抖，明晃晃秋天阳光照。

　　黑孩——黑孩——

（1985 年初）

我再也写不出这样的小说了

　　1984 年初冬的一个早晨，我在解放军艺术学院的宿舍里做了一个梦。梦到一片辽阔的萝卜地，萝卜地中央有一个草棚，从那草棚里走出了一个身穿红衣的丰满姑娘。她手持一柄鱼叉，从地里叉起一个红萝卜，高举着，迎着初升的红太阳，对着我走来。这时起床的号声响了。我久久地沉浸在这个辉煌的梦境里，心里涌动着激情。当天上午，我一边听着课，一边在笔记本上写这个梦境。一周后，写出了草稿。又用了一周誊抄清楚。这算不算小说？小说可不可以这样写？我拿不准，但我隐约地感觉到这篇稿子里有一种跟我从前的所有作品都不一样的东西。我以前的作品里都没有"我"，这篇小说里写的几乎全是"我"。这不仅仅是指这篇作品是在一个梦境的基础上构思，而且更重要的是，这篇作品第一次调动了我的亲身经历，毫无顾忌地表现了我对社会、人生的看法，写出了我童年记忆中的对自然界的感知方式。

　　那时候我们同学、朋友之间还有互相看作品提意见的习惯。我把稿子给我们系里的业务干事刘毅然，让他帮我把把关。他看完后很兴奋地对我说："很棒，这不仅是一篇小说，还是一首长诗！"刘毅然说他已经把稿子转给了徐怀中主任，他说主任一定会喜欢这篇小说。过了几天，我在走廊里遇到徐主任，他肯定了这篇小说，说写得很有灵气。徐主任的夫人——总政歌舞团的于增湘老师说她也看了这篇小说。她说小说里那个黑孩子让她很感动。

我看到，徐怀中主任把我原来的题目《金色的红萝卜》改成了《透明的红萝卜》。当时，我对这处改动并不以为然。我觉得"金色"要比"透明"辉煌。但几年之后，我明白了主任的改动是多么高明。

不久后，创刊不久的《中国作家》决定发表这篇小说，责任编辑是萧立军。徐主任召集我们几个同学，座谈了这篇小说。座谈发言由我整理成文字。1985年3月，《中国作家》第二期发表了这篇小说和座谈纪要。不久，在华侨大厦，《中国作家》主编冯牧先生主持召开了《透明的红萝卜》研讨会。汪曾祺、史铁生、李陀、雷达、曾镇南等诸位先生参加了会议并对这篇小说给予了肯定。这样，《透明的红萝卜》就成了我的"成名作"。前年，因为编文集，我又重读了这篇小说。虽然能从中看出许多笨句和败笔，但我也知道，我再也写不出这样的小说了。

（2005 年）

我小说中的人物及原型

　　我写了近百篇小说，塑造了数百个人物。小说是语言的艺术，结构的艺术，但更是塑造人物的艺术。每个人物，几乎都有原型。但时间有限，只能解析几个我认为比较主要的、比较有意思的，与大家分享。

　　首先我要讲的是我的成名之作《透明的红萝卜》里那个黑孩子。这个黑孩子姓名年龄都不详。他皮肤很黑，瘦骨伶仃，脑袋很大，耳朵很薄，眼睛很亮。写他时，我不到三十岁，是个青年，现在我已是老人，但现在，六十岁的人好像还是年富力强的中年人。我自己感觉我还不老，对未来的生活，对未来的创作，还充满着希望和梦想。那个黑孩子，年龄被文字冻结了。他永远不会长大，更不会变老。在小说中，他一句话也没说。我刚开始写这篇小说时，并没想把他写成一个哑巴。事实上他也不是一个哑巴。我原来的设想是让他在小说中只说一句话，但写到最后我也没想出该让他说句什么话。那就一句也不说了。尽管他没说一句话，但他在小说中，用他的行动，用他的眼神，用他的感觉说了很多话。他有着鲜明的爱憎，他知道谁是好人谁是坏人。他有着超人的忍受痛苦、忍受侮辱的能力，他可以在寒冷的天气里赤裸着上身，只穿一条短裤。他可以用手攥住烧红的铁钻子，任凭灼热的铁器烫得他的皮肉滋滋作响；

旁观者吓得目瞪口呆，他却浑然不觉，坦然自若。他有着奇异的想象力和丰富细微的感觉，他能够听到头发落地的声音，能够看到光线如何穿过黑暗。他能在物质匮乏、人心冷漠的时代里，感受到爱的温度。当然，更重要的是，他还具有把自己的爱，用自己的方式表达出来的能力。

有一些研究者认为，小说中的黑孩子的原型就是我，但我不同意这个判断。尽管这部小说调动了我的童年经验，尽管我也曾在桥梁工地上像黑孩子一样为一个铁匠当过助手，尽管在我的故乡还保留着这座石头和钢筋水泥堆砌而成的建筑，但黑孩子的原型的确不是我。那么，这个黑孩子是否有原型呢？原型是有的，但不是一个孩子，而是一群孩子，是一群与我同时代的孩子。我们是时代的产物，我们是一群用自己顽强的生命力战胜了苦难的孩子，我们也是一群围绕着熊熊的炉火，用劳动和坚毅创造了自己的生活的孩子。

现在，中国的四家电视台，正在热播着根据我的小说《红高粱》改编的长达六十集的电视连续剧。尽管有人热捧有人狂批，但收视率屡创新高。为什么一个陈旧的故事，还能吸引这么多的观众？我想除了名演员、名导演的号召力之外，最主要的还是剧中人物，不论主角配角，都是性格鲜明、栩栩如生。他们能够让观众从剧中人物的生活联想到自己的生活，能够让观众从剧中人物的命运联想到自己的命运，能够让观众从剧中人物联想到现实生活中的人物，从而使一部历史剧与当下生活产生了密切联系。

电视剧《红高粱》是从小说《红高粱》改编而来，剧中增添了一些小人物，但主要角色还是基本上忠实于小说原著的。所以，电视剧《红高粱》的成功，再一次证明了小说《红高粱》的成功。

小说中有一个主要人物，民国时期的高密县长曹梦九，在电视剧中，改名为朱豪三。改名的原因是吸取了我写小说时的教训。我在小说中，使用了好几个人物原型的真实姓名。我原本想先借用他们的名字，等小说写好后再想个新名字替换，但小说写好后我发现换不了了，无论换成什么名字，都感到不合适。小说出版后，这几个人物原型很不高兴，他们找到我父亲，质问道："我们两家关系一直很好，还沾亲带故，你儿子为什么在小说里把我写成那个样子？"我父亲先是替我向他们道歉，又劝他们不必当真。我父亲说："天下重名重姓的人很多，你们何必对号入座呢？譬如说，他小说的第一句就说'我父亲这个土匪种'，难道他这样写我就成了土匪种了吗？"改编电视剧时，我们生怕这个民国时期的高密县长的后代找上门来，于是就改成了"朱豪三"。这是让我感到遗憾的一件事，因为我感到"朱豪三"远不如"曹梦九"响亮、亲切。我想我们高密县的观众会跟我有同样的感受。

现实生活中的曹梦九是小说中人物"曹梦九"的原型。小说中的大多数人物都是在其原型人物的基础上大量虚构，唯有曹梦九，基本上是将他的传奇故事，原封不动地搬进了小说。

曹梦九是行伍出身，是当时的山东省主席韩复榘的把兄弟。但是高密是赌博盛行、毒品泛滥、匪患猖獗之地。曹来到高密，禁赌、禁毒、剿匪，提倡孝道，兴办教育，令高密风气为之一新。尽管他作风粗野，不讲民主，动辄脱下鞋子打人，在剿匪中误杀了一些罪不当诛的人，但他在高密历史上留下了美名。电视剧《红高粱》把这位小说中的次要人物塑造成主角，给观众留下了深刻的印象。我听家乡人说，他们一边看电视，一边将曹梦九与高密历届领导比较。在中国，情况就是这样。如果某地曾出现过一位杰出的地方官，他的继任者是很难干的。

小说中，我诉诸笔墨、付诸情感最多的自然首推"我奶奶"。用晚辈的口吻讲述前辈故事的小说比比皆是，但描述到前辈人物内心感受时总是受到限制。而我用"我奶奶""我爷爷"这样的人称，就极其主观地将历史与当代、前人与后人融为一体。我仿佛是穿行在历史与当代生活中的游鱼，仿佛是钻进了前辈心中的虫子，获得了极大的叙事自由。这种写法在二十世纪八十年代的中国小说界，的确令人们耳目一新。当然，我后来听人说，这种写法早已有之，并不是我的首创。我想，这无关紧要，因为我从来也没说过这是我的首创，重要的是，我用这种方式，酣畅淋漓地讲述了一个故事。

小说中的"我奶奶"姓戴，名叫九莲。我真正的奶奶也姓戴，但她跟她那个时代的大多数女性一样，没有自己的名字。她是位勤劳善良的农村妇女，一辈子勤俭节约，养儿育女；左邻右舍，无人说她一点不好处。尽管如此，我也得承认，我真正的奶奶是小说中"我奶奶"的原型之一，因为我奶奶手很巧，会剪窗花，还会接生。

小说中"我奶奶"的另一位人物原型是我的一位堂姑，她是我爷爷的亲侄女。她由我大爷爷做主，许配给一户富裕人家。很快就有消息传来，说那男人已患上麻风病。在当时的乡村，麻风是一种令人闻之色变的病，人人避之如蛇蝎猛兽。我堂姑听到这消息，自然不愿嫁，但封建礼教的约束下，订婚契约就是卖身契约。我堂姑最终还是跟麻风病人成了亲。一个如花似玉的漂亮姑娘，与一个麻风病人同床共枕，这样的情景，让人想起来就不寒而栗。我小的时候，经常见到这位堂姑，她四十多岁时就得了严重的心脏病，嘴唇发紫，愁容满面。我母亲经常对我们感叹：你姑这一辈子真是不容易啊……

"我奶奶"的另一位原型，是我的一位堂婶，她是我大爷爷的儿媳妇。1947 年，她结婚不久，我堂叔就跟随国民党的军队去了台湾。我堂婶回她娘家居住，但没有改嫁。后来她生了两个儿子，我大爷爷一直不认这两个孩子，但她每逢过年过节，都带着孩子来给爷爷奶奶磕头。我这位堂婶细腰高个，一表人才，尽管生活在那样的环境里，但她一直保持着风度和尊严。对人们的非议，对公公婆婆的冷眼，她视若不见，该说就说，该笑就笑。她的头发永远梳理得一丝不乱，她的衣裳永远干干净净。她现在已经九十多岁，依然健康地活着。

我的家族中这三位女性亲人，她们的生活、命运、抗争、顽强、忍耐，让我感动，让我感叹，让我认识到女性之不幸与女性之伟大。小说中的"我奶奶"就是在这三个原型的基础上，添加了我的想象，塑造而成。

我的另一部小说《丰乳肥臀》，是风格与《红高粱》相近的家族历史小说。小说中有一个名叫"鸟儿韩"的人物，在抗日战争期间，被日本军队捉了劳工，押送到日本北海道煤矿挖煤。他逃出煤矿，在深山密林中，与鸟兽为伴，生活了十三年。1958 年，他被日本猎人发现，费尽周折，最后被引渡回国。这个人物的原型，就是我故乡的一位名叫刘连仁的农民。1984 年冬天，我曾骑自行车，跑了一百多里地，去他的村庄采访过他。当时他已经是七十多岁的老人，但身体很好，挑着两桶水健步如飞。他是我故乡的传奇人物，我小的时候就听过他的故事。但是见到真人后，我发现他就是一个普普通通的农民，但就是这样一个普通农民，在异国他乡，在那样艰苦的环境里，竟然活了下来。我惊叹他顽强的生命力，也很想知道，是一种什么样的力量能支持着他活下来。我采访他时很希望他能说出一些豪言壮语，但他没有豪言壮语，他说：我就是想家，想家里的亲人。也就是说，对家乡和亲人的思念，是支持着他活下来的力量。2004年底，我去日本北海道实地考察了刘连仁栖身的山林和地洞。白雪皑皑，寒风刺骨，滴水成冰，能在那儿活下来，的确是个奇迹。我那次去日本，特意去拜访了那位发现刘连仁的猎人，当时他已年近九十，病情严重，他的女儿说他父亲已经神志不清了。但当他听说我是来自刘连仁故乡的作家时，他的眼睛里放出了光彩，脸上泛出了红光。我回国后不久，就听说他去世了。这个猎人，曾经是侵华日军中的一个士兵。我不知道他杀没杀中国人，烧没烧中国人的房子，但我知道，他回国后，成了一个普通的猎人。他发现了刘连仁，救助了刘连仁。刘连仁后来去日本见过他，并将他誉为自己的"救命恩人"。

我还要提一下我的小说《檀香刑》中的一个重要人物，他是一个戏班班主，名叫孙丙。他的妻子儿女被德国士兵杀死后，他愤然反抗，组织起队伍，与侵略者战斗，兵败被俘，被施以最残暴的酷刑。这部小说的时代背景是清朝末年，德国人强占了山东青岛，并在山东修建胶济铁路。修建铁路，侵占了农民的土地，截断了水道，毁坏了坟墓，因而激起了农民的反抗。德军包围了村庄，用大炮轰开围墙，杀死了数十名老百姓。这个村庄离我的家只有十几里路，这就是中国近代史上有名的沙窝惨案。这也是小说《檀香刑》的故事原型——补充几句，《红高粱》的故事原型是发生在我的村庄东边的一座小石桥上的一场战斗，就是电影《红高粱》和电视连续剧《红高粱》中那座小石桥。当时，国民党领导的抗日游击队在小石桥上伏击了日本人的汽车队，打死了三十多名日本兵，据说其中还有一名少将。日本军队很快来报复，包围了村庄，枪杀了一百多名老百姓，其中多数是妇女儿童——沙窝惨案后，高密有一位名叫孙文的壮士，组织起农民，用最原始的武器，与德国人对抗。在清政府的协助下，德国军队击败了农民的队伍，孙文被俘，在县城广场上被处死，暴尸示众。一位姓单的举人，写了一篇字字血泪的祭文，当众宣读，并伏尸恸哭。这个孙文，就是小说中主要人物孙丙的原型。我为什么要把孙丙写成一位戏班班主呢？主要是因为，我想把《檀香刑》写成一部向中国传统文化致敬的小说。我长期在农村生活，深受民间文化的影响，而地方戏曲是民间文化的精粹，我想把戏曲和小说结合在一起，对小说艺术进行革新。

小说中另一个重要人物名叫赵甲，他是清朝刑部的刽子手，是一个以杀人为职业的人。这样的人物，在过去的小说中多次出现，但都是陪衬人物，从来没被作家当成主角描写过。这个人物的原型是我的故乡一位曾经当过警察的人，据说他曾经在"文革"期间，枪决了一位"文革"后被平反的英雄。我当时就想：这个人，当他得知自己枪毙的人是一位英雄时，他心里有什么想法？他是否会忏悔？是否会自责？但这个人似乎没有忏悔也没有自责，我想他会有很多理由为自己开脱。由此我想到，在任何一部国家机器中，都有一些人要扮演职业杀人者的角色。这样的人身份特殊，工作特殊，但他们也是人，他们也有情感，也有欲望。如果能塑造出这样一个典型人物，剖析清楚这样一个特殊的灵魂，应该是有价值的。有一些读者对这部小说中一些残酷场面提出了批评，我一方面感到读者的批评值得重视，另一方面又感到这些描写是塑造人物的需要。

接下来，我想谈一下我的小说《生死疲劳》中的两个人物。一个是单干户蓝脸，另一个是村子里的干部洪泰岳。

中国从 1955 年开始了农业合作化运动。1958 年成立人民公社，土地集中，公社下面是生产大队，大队下面是生产小队，全体农民被纳入集体，实行严密的半军事化管理。这是当时的革命运动，是汹涌的潮流，多数人是心甘情愿地加入的。当然也有少数人心中不愿意，但迫于形势，不得不加入。但就在这样的情况下，蓝脸，这个农民，因为眷恋土地改革后分到的土地，以一己之力，跟整个社会对抗。在那样的时代里，在全国实现了人民公社化的大形势下，一个单干农民的存在，对当地的官员们来说，是一种巨大的藐视和耻辱。他们想尽了办法，软硬兼施，想让这个农民带着自己的土地加入人民公社，但这个固执的农民顽强地抵抗着，他说：你们颁布的人民公社条例上明确规定"入社自愿，退社自由"，为什么逼我入社？你们颁发给我的土地证上盖着人民政府的大印，有县长的签名，是有法律效力的文书，你们凭什么要夺走我的土地？他据理力争，官员们也无可奈何。后来，他的儿子、女儿也与他分道扬镳，只有他自己坚持到了二十世纪八十年代，中国生活发生巨变，人民公社解体，土地重新承包给农民，实际上是恢复了一家一户的单干。这时，人们恍然大悟，意识到这位一直被视为落后、保守、反动、逆历史潮流而动的农民，实际上是一个有先见之明的智者，是一位勇于抗争、敢于坚持真理的英雄。

这位名叫蓝脸的小说中人物的原型，是我邻村的一位农民。我在小学念书时，每天上午第二节课后在操场上做广播体操时，就会看到——首先是听到木轮车转动时发出的刺耳声音从远处传来，接着就会看到，一位小脚的妇女赶着一头瘸腿的毛驴，毛驴牵拉着一辆木轮车，推木轮车的就是我们高密东北乡有名的单干户。他姓兰，人们给他起了一个外号叫作"烂肉"——一块腐烂的肉——当这个奇怪的劳动组合出现在操场外边的道路上时，我们都会忘记做操，像看怪物一样看着他们。那样一位满面愁苦的小脚女人，那样一头缺失了一只前蹄、残肢上绑着一块破胶皮的可怜的驴子，那样一辆在当时的农村已经很少见到的老古董木轮车，那样一位脑后扎着一条豆角小辫子的，执拗的农民。我们老师说，这是一个活生生的封建余孽的版本。我们嘲笑着他们，我们喊口号羞辱他们："烂肉烂肉，真臭真臭！"我们甚至捡起石块投掷他们，我们感觉到他们的存在是我们高密东北乡的耻辱。这个人物，在"文革"之中忍受不了批斗，悬梁自杀。但这个人物，他的形象，一直刻印在我的脑海里。当我拿起笔开始文学创作时，我就想把他的故事写进小说，但一直不知道该从何处下笔。一直到了 2005 年，我写了《生死疲劳》，才算了了这桩心愿。

另一个人物洪泰岳，是村子里的支部书记。他有很长的革命资历，是忠心耿耿的共产党员。他当然也是人民公社化的坚决拥护和执行者。但当二十世纪八十年代农村改革开始时，他产生了强烈的抵触情绪，他认为中国的改革背离了毛泽东的革命路线，走上了复辟资本主义的道路。尤其是为那些地主富农摘掉"帽子"，给予他们公民身份时，他坚决反对并进行了抵抗。最后，他高唱着国际歌，拉响了炸药包，与村子里的继任书记同归于尽。

这个人物的原型很多，从上到下，有一批改革的反对者。在改革开放之前的年代里，每逢春节，农民放假，那些地主、富农、反革命分子，他们要义务地清扫街道。恢复他们的公民身份后，他们在春节期间，不必再去参加义务劳动了，他们几十年来，第一次可以与村子里的人一起看戏、娱乐。我记得我们村子里那位退休的支部书记，跳到戏台上去破口大骂，骂中央的领导背叛了毛泽东，骂那些恢复了公民身份的地主、富农。尽管这个人没有像小说中的洪泰岳一样用极端的行为结束自己的一生，但在他的余生中，他的职业就是提着酒瓶子，醉醺醺地在大街上叫骂。他是一个与时代格格不入的落伍者，就像当年的单干户一样。单干户用自己的坚守证明了自己的正确，但这位退休书记的坚守，虽然也有几分值得尊敬之处，但最终成了老百姓酒桌上的笑料。

小说《生死疲劳》中，除了这两位人物的原型，还有动物的原型。那匹瘸腿的驴子，我之前也已经提到过，它在小说中成了那匹英勇无畏的、敢与恶狼搏斗的"西门驴"。那头在小说中宁死不屈的"西门牛"的原型，是我小时候放牧过的两头牛合并而成。一头性情凶悍，动辄与人拼命；一头体形健美但懒惰无比，只要将套索往它身上一放，它就躺在地上装死，任凭你鞭打、火烧，它都不起来。至于小说中那几头猪，它们的原型都可以在我们村子的养猪场里找到。小说中那条能够飞檐走壁的狗的原型，就是我妻子与女儿在县城居住时养的那条混血狗。这条狗对我妻子和女儿忠心耿耿，对普通百姓也很友好，但对干部模样的人凶猛如狼。有一次县委办公室的干部去找我喝酒，那条狗挣断了铁链扑上去。这位干部体态肥胖，竟然翻墙而出。连他自己也感到惊讶，平时走几级台阶都感到费劲，竟然在情急之中翻越了高墙。这条狗对我一直不尊敬，经常冷眼看我，后来它竟咬了我两口，当然，因此它也断送了自己的性命。对这条狗我一直心怀歉意，所以在小说中，对它的智慧、体能、道德水平都进行了极度的夸张。狗啊，你虽然咬我而被处死，但我在小说中美化了你，也算对得起你了。

《生死疲劳》出版后，有读者问我，为什么只写了驴、牛、猪、狗这些动物，没写别的动物？我说我找不到其他动物的原型。

时间所限，我不能再举例了。

我之所以不厌其烦地讲述创作过程中这些琐碎的事，主要是想说明以下几点感想：

无论多么有才华的作家，都不能脱离自己的生活写作。尽管你的作品可以写得上天入地，可以写得牛鬼蛇神，但就像一个人无法拔着自己的头发脱离地面一样，你也无法脱离自己熟悉的生活。我熟悉的生活，是中国北方农村的生活，北方农村的人，北方农村的动物，北方农村的植物。你让我写一位中国南方或城市里的人物，我写不了，写了也不好。你让我写我老家的植物红高粱，我能写得让读者仿佛身临其境。我在一部小说里曾写过南方的红树林，写着写着，红树林就变成高粱地了。我写牛、写驴、写猪写得心应手，因为我与它们打过交道，对它们的习性十分了解。但如果让我写熊猫、写袋鼠，我就无法下笔，因为我只在动物园的铁笼子里看过它们。

小说的构成因素很多。作家写作时要锤炼语言，要设计结构，要编织故事，要刻画人物。我想，最重要的还是要围绕着人物写，紧贴着人物写。我不会去过多地考虑人物的阶级属性，也不会给他们贴上好人或者坏人的标签。不管他们是好人或是坏人，都首先把他们当人写，要写出所谓好人的弱点，也要写出所谓坏人的尊严。只有这样写，才能使小说克服地域性的障碍，获得走向世界的通行证。至于我在小说中写到的动物，除了描写它们的外貌和性情特征外，其他的方面，与写人无异。也可以说，小说中成功的动物形象，实际上都有一颗人的心，有一个人的灵魂。

作家要想持续不断地写作，就必须克服个人好恶，与形形色色的人打交道。喜欢的人，要接触；不喜欢的人，更要接触。愈是你不喜欢的人，愈有可能成为你小说中人物的原型。当然，通过阅读报纸，通过观看电视也可以间接地接触人，但这样的接触，总不如面对面地交往收获更大。譬如，有一个一直骂我的人，在我心里已经把他妖魔化，但有一天我无意中看到他在街上牵着他女儿的手行走，他的脸竟然很慈祥；譬如有一位高官，我在电视上经常看到他衣冠楚楚、正襟危坐的样子，在心里也早把他神化，但有一次近距离接触，竟嗅到他满身酒气。这样的经验越多，作家对人的认识便越全面、越深刻，写作时也就越有把握，写出的人物也就具有真实感和生命力。

我曾经说我是一个讲故事的人，其实也可以说，我是一个观察人、研究人，包括观察我自己、研究我自己的人。只有理解了

别人，才能理解我自己；当然，也只有理解了自己，才能更好地
理解别人。

（本文为作者 2014 年 11 月在美国哥伦比亚大学的演讲）

第三辑

给我欢乐与缤纷想象的动物

—

在这个广袤的星球上，我们和草木虫鱼一同生活，万物生灵都是我们的好朋友，它们也有自己的一方小世界。

我们是否聆听过鸟兽们的窃窃私语？我们是否关心过动物们的喜怒悲欢？这些动物神气活现地腾跃在莫言的文字里，亦真亦幻：一匹目盲的老马从《春琴抄》讲到自己的军营往事；雨后的池塘里坐满了碧绿的青蛙，叫声彻夜不息；两只小羊勇敢地迎战角斗好手老公羊，这幅斗羊图被牧羊人搬上纸面……

如果城市里的动物只给我们留下可爱温顺的印象，那么读完这一辑，我们将会看到动物自由自在、充满野性的一面。我们会学着用它们的眼睛去观看，用它们的耳朵去倾听，重新认识和感受这大千世界的缤纷色彩！

马　语

　　像一把粗大的鬃毛刷子在脸上拂过来拂过去，使我从睡梦中醒来。眼前晃动着一个巍然的大影子，宛如一堵厚重的黑墙。一股熟悉的气味令我怦然心动。我猛然惊醒，身后的现代生活背景倏然退去；阳光灿烂，照耀着三十多年前那堵枯黄的土墙。墙头上枯草瑟瑟，一只毛羽灿烂的公鸡站在上边引颈高歌；墙前有一个倾颓的麦草垛，一群母鸡在散草中刨食。还有一群牛在墙前的柱子上拴着，都垂着头反刍，看样子好像是在沉思默想。弯曲的木柱子上沾满了牛毛，土墙上涂满了牛屎。我坐在草垛前，伸手就可触摸到那些鸡，稍稍一探身就可以触摸到那些牛。我没有摸鸡也没有摸牛，我仰脸望着它——亲密的朋友——那匹黑色的、沉重的、心事重重的、屁股上烙着"Z99"字样的、盲目的、据说是从野战军里退役下来的、现在为生产队驾辕的、以力大无穷、任劳任怨闻名乡里的老骒马。

　　"马，原来是你啊！"我从草垛边上一跃而起，双臂抱住了它粗壮的脖子。它脖子上热乎乎的温度和浓重的油腻气味让我心潮起伏、热泪滚滚，我的泪珠在它光滑的皮上滚动。它耸耸削竹般的耳朵，用饱经沧桑的口气说："别这样，年轻人，别这样，我不喜欢这样子，没有必要这样。好好地坐着，听我跟你说话。"它晃了一下脖子，我的身体就轻如鸿毛般地脱离了地面，然后就跌坐在麦草垛边，伸手就可触摸那些鸡，稍稍一探身就可以触摸那些牛。

我端详着这个三十多年没有见面的老朋友。它依然是当年的样子：硕大的头颅、伟岸的身躯、修长的四肢、瓦蓝的四蹄、蓬松的华尾，紧闭着的、不知道什么原因盲了的双目。于是，若干的情景就恍然如在眼前了。

我曾经多次揪它的尾毛做琴弓，它默然肃立，犹如一堵墙。我多少次坐在它宽阔平坦的背上看小人书，它一动也不动，好像一艘搁浅了的船。我多少次为它轰赶吸它鲜血的苍蝇和牛虻，它冰冷无情，连一点谢意都不表示，宛如一尊石头雕像。我多少次对着邻村的小孩子炫耀着它，编造着它的光荣的历史，说它曾经驮着兵团司令冲锋陷阵，立下过赫赫战功，它一声不吭，好像一块没有温度的铁。我多少次向村子里的老人请教，想了解它的历史，尤其想知道它的眼睛是怎样瞎的——无人告诉我。我多少次猜测它瞎眼的经过，我多少次抚摸着它的脖子问它：马啊马，亲爱的马，告诉我，你的眼睛是怎么瞎的，是炮弹皮子崩瞎的吗？是害红眼病弄瞎的吗？是老鹰把你啄瞎的吗？——任我千遍万遍地问，你不回答。

"我现在回答你。"马说。马说话时柔软的嘴唇笨拙地翻动着，不时地显露出被谷草磨损了的雪白的大牙。从它的口腔里喷出来的腐草的气味熏得我昏昏欲醉。它的声音十分沉闷，仿佛通过一个曲折漫长的管道传递过来的。这样的声音令我痴迷，令我陶醉，令我惊悚，令我如闻天籁，不敢不认真听讲。

马说："你应该知道，日本国有一个著名的关于眼睛的故事。琴女春琴被人毁容盲目后，她的徒弟，也是她的情人佐助，便自己刺瞎了眼睛。还有一个古老的故事,俄狄浦斯得知自己杀父娶母之后,悔恨交加,自毁了双目。你们村子里的马文才,舍不下新婚的媳妇,为了逃避兵役,用石灰点瞎了双目。这说明,世界上有一类盲目者,为了逃避,为了占有,为了完美,为了惩罚,是心甘情愿地自己把自己弄瞎了的。当然,我知道你对他们不感兴趣,你最想知道的,是我为什么瞎了眼睛……"

马沉吟着,分明是让这个话题勾起了它的无限辛酸的往事。我期待着,我知道在这种时刻说什么都是多余的。

马说:"几十年前,我的确是一匹军马,我屁股上的烙印就是证明。用烧红的烙铁打印记时的痛苦至今还记忆犹新。我的主人是一个英武的军官。他不仅相貌出众,而且还满腹韬略。我对他一往情深,如同恋人。有一天,他竟然让一个散发着刺鼻脂粉气息的女人骑在我的背上。我心中恼怒,精力分散,穿越树林时,撞在了树上,把那个女人折了下来。军官用皮鞭抽打着我,骂我'你这匹瞎马'!……从此,我决定再也不睁开我的眼睛……"

"原来你是装瞎!"我从麦草垛前一跃而起。

"不,我瞎了……"马说着,调转身,向着那漫漫无尽的黑暗的道路,义无反顾地走去。

(1997 年)

三　匹　马

　　小镇新近开拓加宽还没来得及铺敷沥青的大街上空空阔阔，没有一个活物在行走。六月的毒日头火辣辣地烘烤着大地，黄土路面在阳光下反射着刺目的褐色光芒。空气又黏又烫，到处都炫目，到处都憋闷。小镇被酷暑折磨得灰溜溜的，没有了往常那股子人欢牛叫的生气。十几个汉子穿着裤衩子，趿着拖鞋，半躺在新近从城里兴过来的尼龙布躺椅上，在镇西头树荫里闲聊。一个挺俊俏的小媳妇儿在当街的一个小院里的一棵马缨树下愁眉苦脸地坐着。树下草席上睡着一个女孩。几只老母鸡趴在墙根下的脏土里，耷着翅膀喘气。镇东几里远有一条小河，河水又浑又热，十几个鼻涕英雄在洗澡掏螃蟹。他们剃着清一色的光葫芦头，身上糊满了黄泥巴。大街笔直地从镇上钻出来，就变成大路，延伸到辽阔的原野里。大路两旁是绿油油的玉米，玉米长得像树林一样密不透风。在小镇与田野的边缘，有几十间蓝瓦青砖平房，一个绿漆脱落、锈迹斑斑的大铁门，大门口直挺挺地立着一个全副武装的士兵，隔老远就能看到他那满脸汗珠儿。哨兵站的位置极好，向东一望，他看到海洋一样的青纱帐和土黄色的大路；向南一望，他看到远处黛青色的山峦；向西一望，就是这条凹凸不平但很是宽阔的大街。

　　就在镇子西头躺在老柳树下躺椅上的十几个男人热得心烦意

乱、闲得百无聊赖、不知如何度过这漫长的晌午头的时候，一辆杏黄色的胶皮轱辘大车，由三匹毛色新鲜、浑身蜡光的高头大马拉着，"呼呼隆隆"地进了小镇。赶车的是个三十七八岁的车轴汉子，他满腮黑胡茬子，头上斜扣着一顶破草帽，帽檐儿软不拉塌地耷拉着，遮住了他半边脸，桀骜不驯的乱发从破草帽顶上钻出来。他走起路稍稍有点罗圈，但步伐干净利落，脚像铁抓钩似的抓着地面。他骨节粗大的手里捏着一杆扎着红缨的竹节大挑鞭，鞭梢是用生小牛皮割成的，又细又柔韧。这样的鞭梢像刀子一样锋利，可以齐齐地斩断一棵直挺挺地立着的玉米呢。这个人迈着罗圈腿快步疾行在车左侧，大挑鞭在空中抡个半圆，错出一个很脆的响，鞭声一波催一波在小镇上荡漾开去。十二只挂着铁钉的马蹄刨着路面，腾起一团团灰尘。满载着日用百货的马车引人注目地冲进小镇，使树荫下的男人一下来了精神。

"刘起，原来是你小子！火爆爆的大晌午头儿，干啥去了？"一个中年汉子从躺椅上欠起身来，大声招呼着赶车的汉子。

"黄四哥，好长时间没瞅着你，自在起来了，躺在这儿晾翅呐。"刘起喝住牲口，回答着发问的中年人。

"大热天的，过来吃袋烟，喘口气，凉快凉快再走。"

"可我的马呢？这新买的三匹马……"

"这是新买的马？三匹大马，还有这挂车？咦，小子，神气起来喽。"黄四惊诧地站起来说，"快把车赶过来，让你的马歇歇，咱也见识见识这三匹龙驹。"

刘起拖着悠长洪亮的嗓门轰着马，把车弯到树荫下。他支起车架，减轻了辕马的重负，又撑起草料筐箩倒上草料，再到压水井边压上桶凉水，自己先"咕咚咕咚"灌了一阵，然后，"哗"，倒进筐篓，拌匀了草料，便走进人堆里，从破破烂烂的褂子里抠搜出一包带锡纸的烟来，慷慨大方地散了一圈。几个男人站起来，围到马车前，转着圈儿端详那三匹马。

"好马！"

"真是好马！"

刘起眯缝着一只眼睛，另一只眼睛圆睁着，左手两个指头夹着烟卷儿，右手抓着破草帽向胸膛里扇着风，满脸洋洋之气。他瞅着自己的三匹马，眼睛一会儿变大一会儿变小，目光迷离恍惚又温柔。好马！那还用你们说，要不我这二十年车算白赶了，他想。我刘起十五岁上就挑着杆儿赶车，那时我还没有鞭杆高。几十年来，尽使唤了些瘸腿骡子瞎眼马，想都没敢想能拴上这样一挂体面车，车上套着这样漂亮健壮、看着就让人长精神头儿的马。您看看那匹在里手拉着梢儿的栗色小儿马蛋子，浑身没一根杂毛，颜色像煮熟了的老栗子壳，紫勾勾地亮。那两只耳朵，利刀削断的竹节儿似的。那透着英灵气的大眼，像两盏电灯泡儿。还有秤钩般的腿儿，酒盅般的蹄儿，天生一副龙驹相。这马才"没牙"，十七八岁的毛头小伙子，个儿还没长够哩。外手那匹拉梢儿的枣红小骒马，油光水滑的膘儿，姑娘似的眉眼儿，连嘴唇都像五月的樱桃一样汪汪地鲜红。黑辕马还能给我挑出一根刺儿？不是日本马和伊犁马的杂种，也不是蒙古马和河南马的后代，山大柴广的个头儿，黑森森的像棵松。也说是我刘起的运气，做梦也不敢想能在集市上买上这样三匹马。老天爷成全咱，这三匹宝贝与咱有缘分。三匹马，一挂车，花了老子八千块。为了攒钱买这马，我把老婆都气跑了。我刘起已经光棍了一年多，衣服破了没人补，饭凉了没人热，我图的什么？图的就是这个气派。天底下的职业，没有比咱车把式更气派的了。车轴般的汉子，黑乎乎的像半截黑铁塔，腰里扎根蓝包袱皮，敞着半个怀，露出当胸两块疙瘩肉，响鞭儿一摇，小曲儿一哼，车辕杆上一坐，马儿跑得"嗒嗒"的，车轮拖着一溜烟，要多潇洒有多潇洒，要多麻溜有多麻溜……娘儿们呐，毛长见识短，就为着这么点事你就抱着女儿牵着儿子跑回娘家，一走就是一年，什么玩意儿！今儿个老子把车赶回来了，就停在你娘家大门口向西一拐弯儿，不信你不回心转意，找着我也算你的福气。

"行喽！刘起，这几年政策好了，你马是龙马，车是宝车，你这会儿算是可了心喽。"

"有什么可心的？"刘起悲凉地长叹一声说，"我老婆不懂我的心，三天两头跟我闹饥荒，我揍了她一顿，她寻死觅活地要跟我离婚，我不答应，她拾掇拾掇，跑回娘家，不回来了。"

花白胡子走到刘起面前，拍拍他的肩膀，劝道："年小的，去给你媳妇认个错，领回家好好过日子吧，马再灵性也是马哟。"

"刘起，弟妹来镇上也快一年了，一开春你老丈母娘和小姨子就到黑龙江看闺女去了，听说老太太在那儿病了，回不来了，两个人的地扔给弟妹种着，一个女人家，带着俩孩子，天天闲言碎语的，顶着屎盆子过日子，要真是寡妇也罢了，可你们……林子大了，什么鸟也有啊，兄弟！"黄四同情地说。

刘起像霜打了的瓜秧，无精打采地垂下头，嘴里唠叨着："这个臭婆娘，还是欠揍，我一顿鞭子抽得你满地摸草，抽得你跪着叫爹，你才知道我刘起是老虎下山不吃素的。"

"行了，后生，别在这儿嘴硬了。汉子给老婆下跪，现如今不算丑事，大时兴咧。我那儿子天天给他媳妇梳头扎辫子哩。"

众人一齐大笑起来。黄四说："车马放在这儿，我替你照应着，你媳妇兴许早就听到你这破锣嗓子了，这会儿没准正把着门缝望你哩。"黄四对着镇子中央临街小院努了努嘴。

刘起抓挠了几下脖子，干笑了几声，脸上一道白一道红的，踉踉跄跄地往老丈人家挪步。

他轻轻地敲那两扇紧闭着的小门。小院里鸦雀无声。他又敲门，屏息细听，院里传来女孩的咿呀声。"柱子他娘，开门。"他拿捏着半条嗓子叫了一声，声音沉闷得像老牛在吼。院里没人理他。他把油汗泥污的脸贴在门缝上往里瞅，看见自己的女人正坐在马缨树下，背对着他，给孩子喂奶，孩子的两条小腿乱蹬乱挠。"你开门不开？不开我跳墙了！"他怒吼起来。他真的把着墙头，耸身一跳，蹿进小院里，墙上的泥土簌簌地落下来。

女人"哇"一声哭了，骂："你这个野狗，你还没折磨够我是不？你看着俺娘们活着心里就不舒坦是不？你打上门来了，你……"怀里的女孩感到奶汤变少了，变味了，怒冲冲地哭起来。

刘起手足无措，遍体汗水淋漓，木头桩子似的戳在女人面前，腮上的肌肉一阵阵抽搐。

"孩子他娘……"他说，他看着女人耸动着的肩头，白里透黄的憔悴的面容，那两弯蹙到一块颤抖着的柳叶般的眉，磕磕巴巴地说，"你去看看咱的马，三匹好马……"

"……你滚，你滚，你别站在这儿硌硬我。你要还是个人，还有点人性气，就痛痛快快跟我离了……"

"你去看看那三匹马，一匹栗色小儿马，一匹枣红色小骒马，一匹黑骟马。"说到了马，他灰暗的脸霎时变得生气勃勃，雾蒙蒙的眼睛熠熠发光，"这真是三匹好马！口嫩，膘肥，头脑端正，蹄腿结实苗条，走起来像猫儿上树，叫起来'咴咴'地吼，底气儿足着哩。柱他娘，你去看看咱的马，你就不会骂我了，你就会兴冲冲地跟我回家过日子。"

"回去跟你那些马爹、马娘、马老祖过去吧，那些死马、烂马、遭瘟马！"

"你、你，你敢骂我的马！你还不如一匹马！"刘起胸中火苗子升腾，他眼珠子充血，对着女人向前跨了一步，大吼了一声，"你说，是回去还是不回去？"

"只要我活着，就不回你那个臭马圈！"

"我打死你这个……"

"你打吧，刘起，你不是打我一回了，今儿个让你打个够。你打死我吧，不打不是你爹娘养的……"女人骂着，呜呜地哭起来。

刘起看着女人那满脸泪水，手软了，心颤了，举起的拳头软不拉塌地耷拉下来。他摸摸索索地从破褂子里掏出烟盒，烟盒空了，被他的大手攥成一团，愤愤地扔在地上。他沮丧地蹲在地上，两只大手抱住脑袋。你这个鬼婆娘！他想，你怎么就理解不了男人的心呢？我不偷不赌不遛老婆门子，是咬得动铁、嚼得动钢的男子汉，我爱马想马买马，是一个正儿八经的庄稼人本分。不是你太乍古，戗上我的火，我也不会揍你。揍你的时候，我打的是屁股上的暄肉，疼是疼点，可伤不了筋，动不了骨，落不了残，破不了相，你还不知足。今天我低三下四来求你，刘起什么时候装过这种熊相？你也不去访一访。这些该死的知了，也在这儿凑热闹，"吱吱啦啦"地叫，嫌我心里还不腻味是怎么着？他仰起脸，仇视地盯着马缨树上那些噪叫的知了，知了轻轻地翘起尖屁股，淋了他一脸尿。街上传来马的嘶鸣声。是那匹栗色的小儿马在叫，他一听就听出来了。这是在盼我呢，唤我呢。人不如马！姥姥，我还在这儿扭着捏着地装灰孙子，你回就回，不回就拉倒，反正我有马。他起身想走，但脚下仿佛生了根，他好像变成了一棵树。他想来几句够味的男子汉话，杀一杀这个娘们的威风，可话到嘴边竟变了味，本想酿老酒，酿出来的却是甜醋，连他自己都感到吃惊。

"我不就是拍打了你那么几下子吗？还有什么对不住你的地方？这会儿，咱马也有了，车也有了，你凭什么不回去？"

"马，又是马！自嫁给你就跟着你遭马瘟。那一年你给马去堆坟头，树牌位，叫人赶着去游街示众，那时柱子刚生下二十天，我得了月子病，半死半活的，你不管不问，心里只想着你那死马爹。这几年，我起早摸黑，与你一起养貂，手被貂咬得鲜血直流。我挺着大肚子下地去摘棉花，戴着星出去，顶着月回来，孩子都差点生在地里，我图的是什么？这几年，谁家的媳妇不是身上鲜亮嘴上油光？人家二林的媳妇大我五岁，比我又显年轻又显水灵。你不管家里破橱烂柜，不管老婆孩子破衣烂衫，把一个个小钱串到肋巴骨上，到头来买了这么些烂马。说你不听，你还打我，打得我浑身青紫红肿……我和你孬好夫妻一场，才没到法院去告你，你还不识相，要不你早就进了班房。"

"你没看看这是三匹什么马！你去看看……"

"你这个没有良心的马畜生，滚！你只要养着这些马爹马娘，我就和你离婚。"

"我知道你为什么要和我离！"刘起一脚把一个鸡食钵子踢出几丈远，阴沉沉地说，"你……真丢人！你当我稀罕你？离就离！"刘起气汹汹地摇摇晃晃地走向门口，打开门走出去，又把门摔得"哐当"一声响。

女人像被当头击了一闷棍，两眼怔怔的，嘴唇哆嗦，嘴角颤抖，牙齿碰得"得得"响。她像尊石像一样木在那儿。从大门口扑进来的热风撩拨着她靠边蓬松的乱发，热风挟带着原野上的腐草气息呛着她的肺，使她一阵阵头晕目眩。热风吹拂着院里这棵娉婷多姿的马缨树，马缨树枝叶婆娑，迎风抖动，羽状的淡绿色叶片窸窣作响，粉红色的马缨花灿若云霞，闪闪烁烁。女人听人说马缨花也叫合欢花。又是马，又是该死的马。她感到心里疼痛难忍。孩子用不愉快的牙齿在她身上咬了一口，她没感觉到疼。她想着，两行泪水从面颊上滚下来。

那七八个七八、十来岁的光腚猴子在镇东河沟里打够了水仗，掏够了螃蟹窝黄鳝洞，正带着浑身泥巴，拎着一只螃蟹或是两条黄鳝，东张张，西望望，南瞅瞅，北溜溜，沿路蹲窝下着蛋往镇子里走来。

走在队伍前面的是一个大眼睛阔嘴巴蒜头鼻子的黑小子。他左手拎着一条蟹子腿——蟹子的其他部分已被生吃掉了。他说，我爹说生吃蟹子活吃虾，半生不熟吃蛤儿。蟹子腿是留给小妹妹吃的，小妹妹刚长出两个歪歪扭扭的门牙——右手持着一根细柳条儿，沿途挥舞着，见野草抽野草，见小树抽小树。在一片黑油油的玉米田头，他举起柳条，对准一棵玉米的一侧，用力一挥，只听"唰"一声，两个肥大的玉米叶齐齐地断了。黑小子兴奋得高叫起来："哎，看我的马鞭！"他又一挥手，又砍断了两个玉米叶。

"这谁不会呀。"一个孩子说着，跑到机井边上一棵柳树下，"噌噌"地爬上去，折了几根柳枝，用口叼着，"哧溜"一下滑下来。粗糙的树皮把他的小肚子磨得满是白道道。"嗨嗨，"他拍着肚子说，"上树不愁，下树拉肉。柱子，你吹啥？看我的马刀。"他褪干净柳枝上的叶子，对着几棵玉米"噼噼啪啪"劈起来，扔在地上的几根柳条被几个孩子一抢而光，于是，几条"马鞭"，几柄"马刀"，便横劈竖砍起来。几十棵玉米倒了大霉，缺胳膊少腿，愁眉苦脸地立在地头上，成了几十根玉米光棍儿。

"别砍了！这块玉米是俺姥姥家的。"黑小子举着短了半截的柳条，对着几个光屁股抽起来。

"哎哟，柱子，是你带头砍的。"

"我砍的是俺姥姥家的，你砍的是你姥姥家的吗？"柱子的柳条又在那个犟嘴的男孩屁股上狠抽了一下，男孩痛得一咧嘴，哭着骂起来："柱子，你爹死了，你没有爹……"

"你说谁没有爹？"

"你没有爹！"

"我爹在刘疃。我爹像黑塔那么高，我爹的拳头像马蹄那么大。我爹是神鞭。我爹能一鞭打倒一匹马，鞭梢打进马耳朵眼里。我爹什么都跟我说了。我爹那年去县里拉油，电线上蹲着一个家雀。我爹说：'着鞭！'那家雀头像石头子儿一样掉下来，家雀身子还蹲在电线上。我爹说：'我的儿，用刀子也割不了那么整齐哩。'过两年我就找我爹去，我爹给我说了，要买三匹好马！哼，我爹才是棒爹！"

"你爹死了！你是个野种！"

"我爹活着！"柱子朝着这个比他高出一巴掌的男孩子，像匹小狼一样扑上去。两个光腚猴子搂在一起，满地上打着滚。其他的几个孩子，有拍手加油的，有呐喊助威的，有打太平拳的，有打抱不平的。最后，孩子们全滚到了一起，远远看着，像一堆肉蛋子在打滚。螃蟹扔在路旁青草上，半死不活地吐白沫。黄鳝快晒成干柴棍了。柱子那条蟹子腿正被一群大蚂蚁齐心协力拖着向巢穴前进。

"刘起，怎么样？答应跟你一块儿回去吧？"花白胡子关切地问。

刘起铁青着脸，"噼里咔啦"地收拾起草料筥箩，收起撑车支架。

"老弟，看样子不顺劲，下跪赔情了吧？瞧你那小脸蛋蛋，乌鸡冠子似的。"黄四调侃地揶揄着。

刘起右手抄起鞭子，左手拢着连接着梢马嚼铁的细麻绳，大吼一声，猛地掉转车，车尾巴蹭着树干，剥掉了一大块柳树皮。

刘起怒吼一声，两滴浑浊的大泪珠扑簌簌地弹出来，落在灰尘仆仆的面颊上。他的手一直拽紧着那根连着嚼铁的细绳，坚硬的嚼铁紧紧勒住栗色小儿马鲜红的舌根和细嫩的嘴角，它暴躁不安地低鸣着，头低下去，又猛地昂起来，最后前蹄凌空，身子直立起来。这威武傲岸的造型使刘起浑身热血沸腾，心尖儿大颤，他松开嚼铁绳，没来得及调正车头，车身与大街成六十度夹角斜横着。他在两匹梢马的头顶上要了一个鞭花，只听到"叭叭"两声脆响，栗色马和枣红马脖子上各挨了尖利的一击，几乎与此同时，粗大的鞭把子也沉重地捅到黑辕马的屁股上。这些动作舒展连贯，一气呵成，人们无法看清车把式怎么玩弄出了这些花样，只感到那支鞭子像一个活物在眼前飞动。

三匹马各受了打击。尖利的疼痛和震耳的鞭声使栗色小儿马和枣红小骒马慌不择路地向前猛一蹿，黑辕马随着它们一使劲，大车就斜刺里向着黄土大路冲过去。适才的停车点是一块小小的空地，空地与大路的连接处是一条两米多宽的小路。刘起的马车没有直对路面，梢马与辕马的力量很大，他没有机会在马车前进中端正车身方向，一个车轮子滑下了路沟，大车倾斜着窝车了。马停住了。马车上为刘疃供销社拉的白铁皮水桶、扫帚、苇席以及一些杂七拉八的货物也歪斜起来，好像要把马车坠翻。

"刘起，你吃了枪药了？这哪儿是赶车？这是玩命。"花白胡子说。

"老弟，卸下车上的货吧，把空车鼓捣上去，再装上。我们帮你一把手。"黄四说。

"滚，都滚！"刘起眼里像要蹿火苗子，对着众人吼叫，"想看爷们的玩景，耍爷们的狗熊？啊，瞎了眼！"

他把那件汗渍麻花的破褂子脱下来，随手往车上一撂，吸一口气，一收腹，把蓝包袱皮猛地煞进腰里，双手在背后绾了一个结。一挺身，腰卡卡的，膀爹爹的，古铜色的上身扇面般地抡煞开，肌肉腱子横一道竖一道，像一块刀斧不进的老榆树盘头根。他的背稍有点罗锅，脖子后头一块拳头大的肌肉隆起来，两条胳膊修长矫健，小蒲扇似的两只大手。这是标致的男子汉身板，处处透着又蛮又灵性的劲儿。好身膀骨儿！花白胡子心里赞叹不已。金哥忽然感到脖子酸痛得不敢转动，忙抬起一只手去揉搓。

刘起在蓝包袱皮上擦擦手上的汗，嘴里"嗷嗷"地怪叫着，左手抖着嚼铁绳，右手摇着鞭子，双脚叉成八字步，两目虎虎有生气，直瞪着两匹梢马。那根鞭子在空中风车般旋转，只听见激起"呜呜"的风响，可并不落下来。栗色小儿马和枣红小骒马眼睁得铃铛似的，腰一塌，腿一弓，猛一展劲，车轱辘活动了一下，又退了回来。

"刘起，别逞强了，把车卸了，先把空车拖上去，我们帮你干。"花白胡子说。

刘起不答话，一撤身退去三步远，抡圆鞭子，"啪啪啪"，三个脆生生的响鞭打在三匹马的屁股上，马屁股上立时鼓起指头粗的鞭痕。他重新招呼起来，三匹马一齐用劲，将车轱辘拖离了沟底，困难地寸寸上挪，但终于还是一下子退回去，车轮陷得更深了。

"连你们也欺负老子。"他往手心里啐了几口唾沫，一耸身跳上车辕杆，双腿分开，歪歪地站在两根车辕杆上，挥起大鞭。左右开弓，打得鞭声连串儿响，鞭梢上带着"嗖嗖"的小风，鞭梢上沾着马身上的细毛。他左手累了换右手，右手累了换左手，哪只手上的功夫也不弱。两匹梢马的屁股上血淋淋的，浑身冒汗，毛皮像缎子明晃晃地耀眼。这是两个上套不久的小牲口，那匹栗色小儿马，满身生性，它被主人蛮不讲理的鞭子打火了，先是伴着枣红色小骒马东一头西一头瞎碰乱撞，继而鬃毛倒竖，后腿腾空，连连尥起双蹄来。枣红马也受了感染，"咴咴"地鸣着，灵巧地飞动双蹄，左弹右打，躲避着主人无情的鞭子，反抗着主人的虐待。四只挂着铁掌的马蹄，把地上坚硬的黄土刨起来，空中像落了一阵泥巴雨。围观的人远远地躲开了。栗色儿马一个飞蹄打在黑辕马前胸上，痛得它猛地扬起头。黑辕马目光汹汹，瞅准一个空子，对着小儿马的屁股啃了一口，小儿马疯了一样四蹄乱刨，一个小石头横飞起来，打在刘起耳轮上。刘起猛一歪脖子，伸手捂住了耳朵，鲜血沾了满手。

他的脸发了黄，眼珠子发了绿，脖子上的血管子"砰砰"乱蹦。他捂着耳朵跳下车，脚尖踮地，几步蹿到梢马前边马路中央，正对着两匹马约有三五米远。他低低嘟哝了一句什么话，轻飘飘地扬起鞭来，鞭影在空中划了个圆弧，像拍巴掌似的响了两声，两匹活龙驹就瘫倒在黄土路面上了。

刘起这一手把这一帮人全给震惊了。有好几个人伸出了舌头，半天缩不回去。花白胡子屏住气儿，哈着腰走近刘起。双手一拱，说："刘师傅，您今儿个算是叫小老儿开了眼了。"他俯下身去要看马耳，刘起一鞭杆子把他拨拉到一边，对着两匹马的大腿里抠了两鞭，马儿打着滚站起来。都是俯首帖耳，浑身簌簌地打战。

"兄弟，怪不得你这么恋马，怪不得哟！"黄四眼窝儿潮潮地说。

"刘大哥，神鞭！"金哥嚷着。

在众人的恭维声中，刘起竟是满脸凄惶，那张黑黢黢的脸上透出灰白来。他摸着马的头，自己的头低到马耳上，仿佛与马在私语。后来，他抬起头来，大步跨到车旁，鞭子虚晃一晃，高喊一声："嘚——"三匹马就像疯了一样，马头几乎拱着地面，腰绷成一张弓，死命拽紧了套绳。六股生牛皮拧成的套绳"咝咝"响着，小土星儿在绳子上跳动，刘起一猫腰，把车辕杆用肩膀扛起来，车轮子开始转动。栗色小儿马前腿跪下来，用两个膝盖向前爬，十几个观景的汉子一拥而上，掀的掀，推的推，马车"呼隆"一声上了大道。

刘起再也没有回头，花白胡子喊他重新捆扎一下车上晃晃悠悠的货物，他也仿佛没听到。他脚下是轻捷的小箭步，手中是飞摇的鞭子，嘴里是"嘚嘚"的连声叫。那车那马那人都像发了狂。那日头也像发了狂，喷吐着炽热的白光。车马"隆隆"向前闯。路面崎岖不平，车上的货物被颠得"叮叮当当"地响。当马车从窝车的地方冲出五百步、离镇子东头那座小小的军营还有一千步的时候，车上小山般的货物终于散了架。铁桶滚下来，席捆滑下来，杈杆扫帚扬场木锨横七竖八砸下来……席捆砸在马背上，铁桶挂在马腿上，扫帚戳到马腚上。三匹马惊恐万状，腾云驾雾般向前飞奔。此时车已轻了，此时马已惊了，此时的刘起被一捆扫帚横扫到路沟里，那支威风凛凛的大鞭死蛇般躺在泥坑里。马车如出膛的炮弹飞走了。他两眼发黑，口里发苦，心里没了主张。

柳树下的男人们发了木。

刘起身腰苗条、面容清丽的小媳妇踩翻了凳子，无力地从墙头那儿滑跌下来，双目瞅着马缨树上烂漫的花朵发呆。

起初，他远远地看到一条鞭影在马头上晃动，鞭子落下去两秒钟之后，清脆的响声才传来。后来，响声连成一片，像大年夜里放爆竹。他想，噢，窝车了。我才不管哩，谁窝了谁倒霉，甭说窝辆马车，窝了红旗牌轿车我也不管。这年头，好心不得好报，真是倒霉透了。上星期天，鲁排长——山高皇帝远，猢狲称大王，你鲁排长就是这里的皇帝爷——你不问青红皂白，训了我两小时，什么大不了的事？你咋咋呼呼，刷子眉毛仄棱着。"张邦昌！"你还是秦桧呢，我叫张辇长。纠正多少次你也不改，满口别字，照当排长不误，要是我当了连长，先送你到小学一年级去补习文化，学习汉语拼音字母，省得你给八路军丢脸。我说，我叫张辇长！你说："张邦昌，你干的好事！"我干什么啦？"你自己知道。"我知道什么？"少给我装憨！"你这不是折磨人吗？给出个时间地点，我也好回忆。"上星期天中午十二点到两点半你干什么去了？"我站岗了。"离没离过岗位？"离过。"到哪儿去了？"玉米地里。"玉米地里有什么人？"一个女人一个孩子。"臭流氓！"你血口喷人！"我喷不了你，剧团入伍的，唱小生的，没个好东西。"排长，不许你侮辱人，唱戏怎么了？"好了，好了，不提这个。你擅离岗位，持枪闯入玉米林，欺侮妇女耍流氓！"我抗议你的诬蔑！我以团性、人性保证。你可以去问问那位大嫂……

那天在哨位上，我听到玉米地里有一个孩子在哭，声音喑哑，像一个小病猫在叫。我想，难道是弃婴？难道是……我是军人，我不能见死不救。再说和平时期，青天大白日，站岗还不是聋子耳朵——摆设。我去看看就回来，救人一命，胜造七级浮屠。我大背着冲锋枪，钻进了玉米林，循着哭声向前钻。我先看到了一块塑料布，又看到了一条小被子，一个小女孩在被子上蹬着腿哭，女孩旁边放着一袋化肥、一把水壶、几件衣服。我高声喊叫，没人应声。顺着垄儿向前走，猛见地上躺着一个妇女。我犹豫了半分钟，还是走上前去，扶起她，用手指掐她的人中。她醒了，满脸羞色。我不知道这是个什么人。我要送她回家。她谢绝了。她走回孩子身边，给孩子喂奶。她说谢谢我，还说天气预报有雨，要趁雨前追上化肥。我把口袋里的人丹给她扔下，转身钻出玉米地。就这么着，热得我满身臭汗，衣服像从盐水里捞出来的。

"有群众来信揭发你！"排长说。

我一口咬破中指，鲜血滴滴下落。我说，对天发誓。排长骂我混蛋，找卫生员给我上了药。他说："这事没完，还要调查！"你去找到那位大嫂一问不就结了。他竟打电话报到连里，连部在六十里外，连长骑着摩托车往这儿赶，这老兄，驾驶技术二五眼，差点把摩托开到河里去。来到这儿穷忙了几天，还是跟我说的一个样。连长还够意思，批评我擅离岗位，表扬我对人民有感情。一分为二辩证法，我在学校里学过。

今天，哪怕你窝下火车，哪怕你玉米地里晕倒了省委书记，我也不离岗哨半步。排长这个神经病，中午哨，夜哨，还让压子弹。这熊天，热得邪乎，裤子像尿了一样粘在腿上。真不该来当这个兵，在京剧团唱小生你还不满意，还想到部队来演话剧。美得你，吃饱了撑得你，话剧没演上，日光下的哨兵先当上了。这叫扒着眼照镜子——自找难看。这帮猴崽子在糟蹋那位大嫂的玉米，喊他们几声？算了，练你们的武艺去吧。这边的车没拉上来，哈，那两匹马怎么也躺了？大概也是中暑了。我的人丹给那小媳妇吃了一包，还有一包在兜里装着。马吃人丹要多大剂量？不许胡思乱想，集中精力站岗。最好来几个特务捣乱，我活捉他们，立上个三等五等的功。狗小子们滚成一团了，像他们这么大小时，我也是这样，从端午节开始光屁股，一直光到中秋节，连鞋都不穿，赤条条一丝不挂，给家里省了多少钱。那时也没中过暑，那时也没感过冒。好了，不必替别人发愁。我没去，这辆车也没窝在那儿过年，瞧，已经上了大路，还放了跑车，嘿，热闹……

一只铁皮水桶不知挂在马车的哪个部位了，反正车上是"咚咚咣咣"地乱响。真正高速行驶的马车是一蹦一蹦地跳跃着前进，远远看上去，像是腾云驾雾。三匹马高扬着头，鬃毛直竖着，尾巴像扫帚挓挲开，口吐着白沫，十二只铁蹄刨起烟尘，车轮子卷起烟尘，一捆挂在车尾巴上的扫帚扬起烟尘，车马后边交织成一个弥漫的灰土阵。几只鸡被惊飞起来，"咯咯"叫着飞上墙头，有一只竟晕头转向钻进车轮下，被碾成了一堆肉酱。镇子西头那几个男子汉泥菩萨一样呆着。刘起从那捆扫帚下边爬起来，掉了魂一样站着。刘起媳妇倚在墙上，满脸都是泪水。光腚猴子们的战斗已进入胶着状态，一个个喘着粗气流着汗，身上又是泥又是土，只剩下牙齿是白的。

站岗的大兵张摹长打了一个寒战，热汗淋淋的身上暴起一层鸡皮疙瘩。他焦躁地在哨位上转着圈，像一只被拴住的豹子。他突然亮开京剧小生的嗓门喊着："孩子们，闪开！"孩子们不理他的茬，在路上照滚不误。这时，他看到栗色儿马疯狂的眼睛和圆张的鼻孔。他想高叫一句什么，可嗓子眼像被堵住了，一点声音也发不出来。他把冲锋枪向背后一转，一纵身，像一只老鹰一样扑到栗色儿马头上，抱住了马脖子。惯性和栗色儿马疯狂的冲撞使他滑脱了手。他凭着本能，也许是靠着运气就地打了一个滚，车轮擦着他的身边飞过去。完了！他想。马车离孩子们还有一百米。还有九十米。八十米……

孩子们终于从酣战中醒过来，他们被汗水和泥土糊住了眼，被劳累和惊恐麻痹了神经。他们呆呆地站在路上。甚至有几分好奇地迷迷惚惚地望着飞驰而来的马车。"三匹马！是我爹的三匹马！"柱子想。他很想把这想法传达给伙伴们，可小嘴唇紧张得发抖，心里像有只小兔子在碰撞，他说不出话来。

还有七十米。我到底是离开了哨位，我又犯了纪律。我尽了良心，我没有办法了。他想，再有十秒钟，根本不用十秒钟，这车快得像一颗飞蹿的子弹。他的脑袋里忽然像亮起了一道火光，他兴奋得手哆嗦。他不知道冲锋枪是怎样从背后转到胸前的，好像枪一直就在胸前挂着。他幸亏没有忘记拉动枪机把子弹送上膛，幸亏保险机定在连发位置上，他连准都没瞄，以无师自通的抵近射击动作打了半梭子弹。他眼见着那匹栗色马一头扎倒在路上，枣红马缓慢侧歪在路上，黑辕马凌空跃起，在空中转体九十度，马车翻过来扣在地上，两个车轱辘朝了天，"吱吱嘎嘎"转着。黑辕马奇迹般地从辕杆下钻出来，一动不动地站在两匹倒地的梢马面前。灰土烟尘继续向前冲了一段距离，把那七八个男孩遮住了。

枪声震动了被溽暑折磨得混混沌沌的小镇，也惊醒了镇西头那几条汉子。他们，刘起，都跌跌撞撞地冲上前来。枪声也惊醒了驻军最高首长鲁排长和全体战士。战士们穿着大裤衩子冲出营院，鲁排长一见正往这儿汇拢着的大男小女，急忙下令统统回去穿军装，他自己也是赤膊上阵，所以一边往回跑，一边怒吼：

"张邦昌，你这个混蛋，你等着！"

张奉长好像没听到排长的话，端着枪走到马跟前，他感到疲倦得要命，脚下仿佛踩着白云。

栗色小儿马肚子被打开了花，半个身子浸在血泊里。它的脑袋僵硬地平伸着，灰白的眼珠子死盯着蓝得发白的天，枣红马腹部中了一弹，脖子中了一弹，正在痛苦地挣扎着，脖子拗起来，摔下去，又拗起来，又摔下去。那双碧玉般的眼睛里流着泪，哀怨地望着张奉长，黑辕马浑身血迹斑斑，像匹石马一样站在路边，垂着头，低沉地嘶鸣着。

他一阵恶心，腔子里涌上一股血腥味，他想起适才拦车时胸口被儿马猛撞了一下子。他看到排长已经跑过来。他看到一大群老乡正蜂拥过来。他再次端起枪，背过脸，枪口对准枣红马的脑袋，咬着牙扣动了扳机，随着几声震耳欲聋的枪响，随着枪口袅袅飘散的淡蓝色硝烟，他的眼里流下了两行泪水。

"下掉他的枪！"他听到排长在对战友们下命令。

"我的马！我的马……"他听到那个高大汉子哭喊着。

"这是我爹！爹！"他听到那个泥猴一样的小男孩对着伙伴们炫耀。

他还听到远远地传来一个女人的哭声。这哭声十分婉转，在他耳边萦绕不绝，袅袅如同音乐。他还听到人们七嘴八舌的、七粗八细的、七长八短的、一惊一乍一板一眼一扬一抑的呵斥、辩解、叙述、补正之声。这一切也许他都没有听到，他的枪没用"下"就从手里松脱了，他口吐鲜血，倒在地上，他恍惚觉得躺在一团霓虹灯色的云朵上，正忽悠悠地向高远无边的苍穹飘扬……

　　黑马长嘶一声，抖抖尾巴，沿着玉米林夹峙着的黄土大道慢慢地极不情愿地恋恋不舍地向前走去。黄的土，绿的禾，黑的马，渐渐融为一体，人们都看着，谁也不开口说话。

（1983 年 10 月）

上官团长的马

1976 年 3 月，新兵训练结束后，我被分配到团后勤处马车班。马车班只有两个兵：班长和我。班长管着我，我管着三匹马。三匹马一匹黄，一匹红，一匹黑。黄马和红马年轻力壮，每天早晨它们和班长一起将一车粪干从团部大院运到农场，晚上再把农场生产的蔬菜拉到团部食堂。

黑马是匹双目失明的老马，班长和红、黄两马走后，我就把它拉到院子里晒太阳。黑马臀部有一个烙印，模模糊糊像数码"13"。它的右耳上有一个豁口，臀部和大腿上有几圈比鞋底还硬的老茧。它的眼睛虽然瞎了，但依然蓝汪汪的好似两潭深水。

第二年，班长复员了。团部与农场之间的运输也由汽车代替。红、黄两马处理给了团部旁边的丁家大队。黑马又老又瞎，一时找不到买主。后勤处领导跟我谈话，让我到团直食堂做饭，等处理了黑马就去报到。就在这时，父亲到部队看我来了。

那天，我给黑马刷着毛，父亲站在我身后，絮絮叨叨地说着村里的事。父亲突然不说话了。我抬头看到，他的眼里放出了光彩。他把我推到一边，抚摸着黑马臀上那个模糊的烙印。然后他又转到马前，托起黑马低垂着的豁耳朵。我看到父亲双手颤抖。我听到父亲激动地喊："这是上官团长的马！"父亲拍着黑马的额头，问："马，你还认识我吧？我遛过你，我饮过你，我喂过你……"

父亲说，1948年，解放军九纵十三团驻扎在我们村，团部驻在我家厢房里。团长姓上官，是个二十刚出头的小伙子。上官团长高挑个儿，走起路来像小旋风，说话嘎嘣脆，见了老百姓不笑不说话，一笑就露出一口白牙。那时，我大哥刚一岁，长得挺招人喜，上官团长一见他，就对我娘说：大嫂，把这个孩子送给我做儿子吧！娘就把我大哥往他怀里一送，说：给！他就把我大哥接过去，举起来，举起来……黑马那时还是匹小马……五月里，团长骑马去看地形，中了冷枪，当场就牺牲了……小马把他驮回来，浑身是血，耳朵也被打豁了……

"孩子，"父亲眼泪汪汪地说，"去求求你们领导，把上官团长的马卖给我吧！"

我 和 羊

羊的种类繁多，形态各异，但给我印象最深的是绵羊。

二十年前，有两只绵羊是我亲密的朋友，它们的模样至今还清晰地印在我的脑海里。那时候，我是什么模样已经无法考证了。因为在当时的农村，拍照片的事儿是很罕见的；六七岁的男孩，也少有照着镜子看自己模样的。据母亲说，我童年时丑极了，小脸抹得花猫绿狗，唇上挂着两条鼻涕，乡下人谓之"二龙吐须"。母亲还说我小时候饭量极大，好像饿死鬼托生的。去年春节我回去探家，母亲又说起往事。她说我本来是个好苗子，可惜正长身体时饿坏了坯子，结果成了现在这个弯弯曲曲的样子。说着，母亲就泪眼婆娑了。我不愿意看着母亲难过，就扭转话题，说起那两只绵羊。

记得那是一个春天的上午，家里忽然来了一个衣衫褴褛的老头。我躲在门后，好奇地看着他，听他用生疏的外地口音和爷爷说话。他从怀里摸出了两个茅草饼给我吃。饼是甜的，吃到口里沙沙响。那感觉至今还记忆犹新。爷爷让我称那老头为二爷。后来我知道二爷是爷爷的拜把子兄弟，是在淮海战役时送军粮的路上结拜的，也算是患难之交。二爷问我："小三，愿意放羊不？"我说："愿意！"二爷说："那好，等下个集我就给你把羊送来。"

二爷走了，我就天天盼集，还缠着爷爷用麻皮拧了一条鞭子。终于把集盼到了。二爷果然送来了两只小羊羔，是用草筐背来的。它们的颜色像雪一样，身上的毛打着卷儿。眼睛碧蓝，像透明的玻璃珠子。小鼻头粉嘟嘟的。刚送来时，它们不停地叫唤，好像两个孤儿。听着它们的叫声，我的鼻子很酸，眼泪不知不觉地就流了出来。二爷说，这两只小羊羔才生出来两个月，本来还在吃奶，但它们的妈不幸死了。不过好歹现在已是春天，嫩草儿已经长起来了，只要精心喂养，它们死不了。

当时正是六十年代初，生活困难，货币贬值，市场上什么都贵，羊更贵。虽说爷爷和二爷是生死朋友，但还是拿出钱给他。二爷气得山羊胡子一撅一撅的，说："大哥，你瞧不起我！这羊，是我送给小三耍的。"爷爷说："二弟，这不是羊钱，是大哥帮你几个路费。"二爷的老伴刚刚饿死，剩下他一个人无依无靠，折腾了家产，想到东北去投奔女儿。他哆嗦着接过钱，眼里含着泪说："大哥，咱弟兄们就这么着了……"

小羊一雄一雌，读中学的大姐给它们起了名字，雄的叫"谢廖沙"，雌的叫"瓦丽娅"。那时候中苏友好，学校里开俄语课，大姐是她们班里的俄语课代表。

我们村坐落在三县交界处。出村东行二里，就是一片辽阔的大草甸子。春天一到，一望无际的绿草地上，开着繁多的花朵，好像一块大地毯。在这里，我和羊找到了乐园。它们忘掉了愁苦，吃饱了嫩草，就在草地上追逐跳跃。我也高兴地在草地上打滚。不时有在草地上结巢的云雀被我们惊起，箭一般射到天上去。

谢廖沙和瓦丽娅渐渐大了，并且很肥。我却还是那样矮，还是那样瘦。家里人都省饭给我吃，可我总感到吃不饱。每当我看到羊儿的嘴巴灵巧而敏捷地采吃嫩草时，总是油然而生羡慕之情。有时候，我也学着羊儿，啃一些草儿吃。但我毕竟不是羊，那些看起来鲜嫩的绿草，苦涩难以下咽。

有一天，我无意中发现谢廖沙的头上露出了两点粉红色的东西，不觉万分惊异，急忙回家请教爷爷。爷爷说羊儿要长角了。我对谢廖沙的长角很反感，因为它一长角就变得很丑。

春去秋来，谢廖沙已经十分雄伟，四肢矫健有力，头上的角已很粗壮，盘旋着向两侧伸去。它已失去了俊美的少年形象，走起路来昂着头，一副骄傲自大的样子，很像公社里的脱产干部。我每每按着它的脑袋往下按，想让它谦虚一点。这使它很不满，头一摆，就把我甩出去了。瓦丽娅也长大了。它很丰满，很斯文，像个大闺女。它也生了角，但很小。

我的两只羊在村子里有了名气。每当我在草地上放它们时，就有一些男孩子围上来，远远地观看谢廖沙头上的角，并且还打赌：谁要敢摸摸谢廖沙的角，大家就帮他剜一筐野菜。有个叫大壮的逞英雄，蹑手蹑脚地靠上去，还没等他动手，就被谢廖沙顶翻了。我当然不怕谢廖沙。只要我不按它的脑袋，它对我就很友好。我可以骑在它背上，让它驮着我走好远。

有好事者劝爷爷把羊卖了，说每只能卖三百元。听到这消息，我怕极了，也恨极了。天黑了，不回家，想和羊在草地上露宿。爷爷找到我们，说："放心吧，孩子，我们不卖。你好不容易将它们放大，我们怎么舍得卖？"

在草地上放牧着的还有国营农场一群羊。其中一只头羊，听说是从新疆那边弄来的。那家伙已经有六七岁了，个头比谢廖沙还要大一点。那家伙满身长毛脏成了黄褐色，两只青色的角像铁鞭一样在头上弯曲着。那家伙喜欢斜着眼睛看人，样子十分可怕。我对这群羊向来是避而远之。不想有一天，我的两只羊却违背我的意愿，硬是主动地和那群羊靠拢了。那个牧羊人看上去有二十七八岁，穿着一身邋遢的蓝布学生装，鼻梁上架着"二饼"，一张小瘦脸白惨惨的，像盐碱地似的。这人很热情地对我说："小孩，你这两只羊放得不错！"我骄傲地扬起头。他又说："可惜是品种不好，如果你这只母羊能用我们这只新疆种羊交配，生出的小羊保证好。"说着，他指了指那只丑陋的老公羊。我急忙想把我的羊赶走，但是已经晚了。那只老公羊看见了瓦丽娅，颠颠地凑了上来。它的肮脏的嘴巴在瓦丽娅身后嗅着，嗅一嗅就屏住鼻孔，龇牙咧唇，向着天，做出一副很流氓的样子来。瓦丽娅夹着尾巴躲避它，但那家伙跟在后边穷追不舍。我挥起鞭子愤怒地抽打着它，但是它毫不在乎。这时，谢廖沙勇敢地冲上去了。老公羊是角斗的老手，它原地站住，用轻蔑的目光斜视着谢廖沙，活像一个老流氓。第一个回合，老公羊以虚避实，将谢廖沙闪倒在地。但谢廖沙并不畏缩。它迅速地跳起来，又英猛地冲上去。它的眼睛射出红光，鼻孔张大，咻咻地喷着气，好像一匹我想象中的狼。老公羊不敢轻敌，晃动着铁角迎上来，一声巨响，四只角撞到一起，仿佛有火星子溅出来。接下来它们展开了恶斗，只听到乒乒啪啪地乱响，一大片草地被它们的蹄子践踏得一塌糊涂。最后，两只羊都势衰力竭，口里嚼着白沫，毛儿都汗湿了。战斗进入胶着状态。四只羊角交叉在一起。谢廖沙进三步，老公羊退三步；老公羊进三步，谢廖沙退三步。我急得放声大哭。大骂老公羊，老公羊不理睬。大骂牧羊人，牧羊人也不理睬。牧羊人根本就没听到我的叫骂，他低着头，只顾在一个夹板上画着什么。这个坏蛋。我冲上去，用鞭杆子戳着老公羊的屁股。牧羊人上来拉开我，说："小兄弟，求求你，让我把这幅斗羊图画完吧……"我看到，他那夹板的一张白纸上，活生生地有谢廖沙和老公羊相持的画面，只是老公羊的后腿还没画好。我这才知道，世上的活物竟然可以搬到纸上。想不到这个窝窝囊囊的牧羊人竟然有这样大的本事。我对他不由得肃然起了敬意。

牧羊人和我成了很好的朋友。我们每天都在大草甸子里相会。他使我知道了许多稀奇古怪的事情，我也让他知道了我们村子里的许多秘密。他把那幅斗羊图送给了我，并在上边署上了龙飞凤舞的名字。我如获至宝，双手捧回家，家里人都称奇。用一块熟地瓜我把斗羊图贴在了墙上。

姐姐星期天回来背口粮，看到了墙上的斗羊图，说画这画的是省里挺有名的画家，可惜被打成了右派。当天下午，我就介绍姐姐和牧羊人认识了。

后来，老公羊和谢廖沙又斗了几次，仍然不分胜负，莫名其妙地它们就和解了。

第二年，瓦丽娅生了两只小羊，毛儿细长，大尾巴拖到地面，果然不同寻常。这时，羊已经不值钱了，四只羊也值不了一百块。我知道爷爷有点后悔，但他嘴里没说。

弹指就是二十年，爷爷已经九十岁。我当兵也有了些年头。去年我回去探亲，爷爷说：那张羊皮，已经被虫子咬烂了……你二爷，大概早就没了吧……

爷爷说的那张羊皮，是谢廖沙的皮。当年，它与老公羊角斗之后，性格发生了变化，动不动就顶人。顶不到人时，它就顶墙，羊圈的墙上被它顶出了一个大洞。有一次，爷爷去给它饮水，这家伙，竟然六亲不认，把爷爷的头顶破了。爷爷说：这东西，不能留了。有一天，趁着我不在家，爷爷就让四叔把它杀了。我回家看到，昔日威风凛凛的谢廖沙，已经变成了肉，在汤锅里翻滚。我们家族里的十几个孩子，围在锅边，等着吃它的肉。我的眼里流出了泪。母亲将一碗羊杂递给我时，我心里虽然不是滋味，但还是狼吞虎咽了下去。

瓦丽娅和它的两个孩子，也被爷爷赶到集上去卖了。

后来，姐姐跟着牧羊人走了。那张牧羊图是被姐姐揭走了呢，还是被母亲引了火，我已经记不清了。

（1981 年 5 月于保定）

洪水·牛蛙

1960 年代以前，我们高密东北乡真像一个泽国，水多得一塌糊涂。那时一到夏天就连阴，雨水缠绵不断。但从 1970 年代开始，一直到现在，干旱得越来越厉害，有时候三个月滴水不落。当年洪水滔天的河流干涸见底，河底下可以搭台子唱戏了。我们仰天盼雨：雨啊雨，你下到哪里去了呢？天不下雨，我们就要抗旱，打井，挖水库，挑水浇地，肩膀上磨出铁一样的茧子。水位越来越低，水越来越苦咸，最后挖几十米深也挖不出水了，庄稼也就干死了。

老人们偷偷祈雨，到干涸的河底下去烧香烧纸，被干部发现了，还要挨批斗。我一个叔叔说：真要祈雨，烧香烧纸不行，必须大心大诚发大愿，像当年天齐庙里的和尚那样，头上顶着炸药包，抻出一根三十米长的导火索，只给老天爷三分钟，不下雨浇灭导火索，和尚必定炸死。但太阳火爆，片云也无，眼看着导火索就燃烧到了和尚头顶，说时迟那时快，一只麻雀从空中飞过，屙下一摊鸟屎，把导火索给湮灭了——老天爷是真的没有雨啊。

我经常说，涝死比旱死好，涝死人不要出力，比较干脆，而旱死要活活煎熬，活受罪。于是就怀念 1960 年代的夏天，那么多的雨水，一会大雨，一会中雨，一会小雨，一会东边日出西边雨。到了六月、七月，连续一个星期不见太阳是常有的事。地里面、胡同里边全是水，家里边也是水。当时要挖地，一锹下去水就冒上来了。

记得有一年，我脚上生了个疮。母亲不让我下地，因为地上全是泥泞。我只好坐在炕上，透过后窗，看到河里的水滚滚东去。河水似乎比房顶都高了，几乎看着河水要从河堤上溢出来了。我在小说里写"像烈马一样的奔涌的河水"就是这样观察到的。当时家里没有收音机，更没有电视，县里的有线广播，每家给安一个小喇叭，挂在窗台上，一到防汛的季节，小喇叭就连续地广播："贫下中农请注意，贫下中农请注意，下午三点将有六百个流量下来，胶河下游的贫下中农立刻上河堤，准备抢险。"村里立刻敲锣集合，危难时刻人心齐，老婆、孩子，只要能拿得动铁锹的，能扛得动草包的，都到河堤上去了。你可以看到河水排山倒海，就像钱塘江潮一样，滚滚而来。潮头一下来，扑鼻的水腥味，一浪一浪地就从后窗里扑进来了。我大哥当时已经在上海念大学了，每年暑假回来，出了高密火车站，那会没有汽车，只能背个小包袱往家走。走到离我们家十来里路的地方，就听到一片青蛙的叫声，响彻云霄。心里知道，坏了，又涝了，又淹掉了。不知道从哪里来了那么多的青蛙，青蛙的叫声彻夜不息。一到夜深人静的时候，村子里一片漆黑，你会感觉到，整个村庄是漂浮在青蛙之上的，哇哇哇，呱呱呱，又嘹亮又潮湿的一种声音，吵得人难以睡觉。青蛙的叫声把整个村庄都托起来了。那时人也不知道吃青蛙，有敬畏，不敢吃。第二天到池塘去看，到河堤上去看，好像所有的青蛙来开会，一片碧绿，全是青蛙的脊背，密密麻麻，水面都看不到，全是青蛙。这确实是大自然的壮丽景观，想象也想象不到的，当然如果将来写到小说里面，就更加神奇了。

　　一个孩子，在农村这种环境里没人理你，很寂寞，那你只好去观察大自然。所有的人，都跑到河堤上去了，连奶奶都去了。我因为脚生疮，一个人坐在炕头或者树下的小凳上，观察院子里那些大蛤蟆爬来爬去，看着它们怎么捉苍蝇。我啃了一个老玉米，剩下一个玉米棒子，扔在一边，一群苍蝇摞上来，碧绿的苍蝇，绿头苍蝇，像玉米粒那样大，有的比玉米粒还要大，全身碧绿，就像玉石一样，只有眼睛是红的。看到那些苍蝇不断地跷起一条腿来擦眼睛，抹翅膀。世界上没有一种动物能像苍蝇那样灵巧，能用腿来擦自己的眼睛。一只大蛤蟆爬过去，悄悄地爬，为了不出声音，慢慢地、慢慢地，一点声音不发出地，爬，腿慢慢地拉长，收缩，再拉长，向苍蝇靠拢，苍蝇也感觉不到。距离到离苍蝇约有二十厘米处，它停住了，"啪"，舌头像梭镖一样弹出来了，苍蝇就被卷进了它的嘴巴。蛤蟆捕食的时候是一点不笨的，它的舌头非常灵巧，一伸出去就把苍蝇吃掉了。我还看到我们家院墙上的绿草快速地生长。你刚刚看了河里的水，回头再看墙上的草，就比刚才长高一厘米了。突然又看到了一个知了龟儿，也就是蝉的幼虫，慢慢地爬出来，爬到一棵向日葵的茎上，停住，脊背慢慢裂开，一个嫩黄的蝉爬出来了。刚爬出时，它的翅膀是黏结成一团的，慢慢地在空气当中伸展、伸展，身体也渐渐改变颜色，从嫩黄色一会就变黄，之后就变黑了，然后翅膀一抖，"嗡"地飞起来钻到天上去，成了一个黑点，看不见了。我就观察那些东西，看腻了，就到炕上去，看墙上的旧报纸。我们的房子已经很老很老了，墙壁被油烟熏得黑黢黢的，到了春节的时候，搞一些旧报纸一贴，晚上被灯光照耀，满屋生辉。我母亲不认字，贴的时候，有的贴倒了，有的贴横了。我在炕上转圈看，报纸如果头朝下，我就仰着看；报纸朝上，我就站着看，翻来覆去看那十几张报纸上的消息：1958年大跃进啊，小麦亩产一万斤啊，天津郊区农民芦苇和水稻嫁接成功啊，斯大林大元帅逝世啊……现在回忆起这些东西，感觉很有意思。那时候报纸上的文章，几乎都是魔幻现实主义小说，夸张，变形，充满了想象力。看累了报纸，一抬头，突然就发现一个很嫩很嫩的鹅黄色螳螂从窗户旁边爬过来了。一只壁虎跟在螳螂后边爬。房檐和窗棂间，一只蜘蛛正在结网。一只蜻蜓撞到蛛网上了，蜘蛛冲上去。一只小燕子撞到蛛网上，把蛛网撞破了。蜘蛛结网意味着天要好了。果然一缕阳光慢慢从稠云当中露出来了，很快感觉到大地像一个烧开的锅炉一样，热气蒸腾出来了……把一个生病的孩子在炕上关上三十天，他能够观察很多东西。有时候我也玩捉苍蝇的游戏，将一点饭渣子粘在手指上，举着，苍蝇就爬上来了，指头猛一合，就把它捏住了……玩着玩着，我就睡着了。

突然被锣声惊醒，河堤上一片喧哗。开口子了，一定是开口子了。从后窗看到，堤上人来回奔跑。父亲跑回家，扛了几捆高粱秸秆，看也不看我一眼又跑了。胡同里全是扛着东西奔跑的人。为了堵决口，保村庄，家里的东西都拿出去了，包括被子、门板，连架上的冬瓜都摘下来了。实在不行了只好到村外去，扒开一口子放水泄洪。一放水庄稼就淹了，但村子保住了。也有两个村之间为了放水打起架来的。河这边坡里，庄稼、玉米、高粱长得特别好，一旦决口，就全淹死了，那就以邻为壑——找一个力量特别大的青蛙，最好是从古巴引进的那种体型庞大的牛蛙——牛蛙的事我待会儿再说——用一根长长的丝线绳子，拴着牛蛙的后腿，猛地往对面甩，牛蛙往河的对面游，这边牵着线。牛蛙游到对岸边，要往岸上爬。那边牛蛙一爬这边人一拽丝线，牛蛙的两条前肢就不断地扒对岸河堤。我们那个地方河堤是沙土的，被水浸泡后十分松软，牛蛙的爪子扒来扒去，决口就出现了。利用一只牛蛙就可以制造一起决口的事件。对岸决口，这岸就安全了。

这事情我没干过也没看过，但老人们这样说过。为什么洪水季节每天晚上要打着灯笼巡逻？生怕对岸的人扔过牛蛙来给扒开河堤。再讲讲牛蛙。1960 年代初，我们和古巴友好，有一首古巴歌曲那时很流行："美丽的哈瓦那，那里有我的家，明媚的阳光照大地，门前开红花……"歌词很光明，但曲调很忧伤。为了改善人民生活，国家专门从古巴引进了一批牛蛙。我们高密东北乡低洼多水，还有许多湿地，特别适合两栖类动物生活。于是国家就把牛蛙放养到我们那里。弄了几百只种蛙来，还建立了一养蛙场，但一下大雨就逃光了。牛蛙形貌丑陋，不如青蛙漂亮，与癞蛤蟆有点相似，没人敢吃它的肉。这些东西到了我们高密东北乡，简直到了天堂。两年内，就繁殖成灾。它们什么都吃，连树叶子都吃。叫起来声音低沉，哞哞的，像牛叫一样，原来牛蛙是因为叫声得名。到了夏天的夜晚，我们高密东北乡可就热闹了，牛蛙和青蛙，大合唱，吵得人根本睡不着。后来又传说，一个牛蛙，长得像头小牛那样大，成了精……今天我就先说到这里吧。

（2003 年）

狗 的 悼 文

　　五年前，我妻子与女儿进县城居住。为了安全，也是为了添点动静热闹，我从朋友家要了一条刚出生不久的小狗，它的妈妈是条杂种狼犬，仅存一点狼的形象而已，绝不是与狼交配而生。我把这小东西抱回来时，它可爱极了，一身茸茸毛，走路还跌跌撞撞的。它脑门子很高，看起来很有智慧。我女儿喜欢得不得了，竟然省出奶粉来喂它。我回了北京后，女儿来信说小狗渐渐长大，越来越不可爱了。它性情凶猛且口味高贵，把我妻子饲养的小油鸡吃掉不少；为了小鸡们的安全，只好在它的脖子上拴上了铁链，从此它就失去了自由。这条狗也是条苦命的狗，如果它不是被我抱走而是让一个干部或是农民企业家抱走，它保证可以长得像小牛一样大，但它不幸到了我家，刚开始还吃了几顿饱饭，后来就再也没吃饱过。它瘦得肋条根根突出，个头没长够就蹲住了。我们也没顾上给它盖个窝，一年四季，风霜雨雪，就让它露着天在墙根上蹲着。有几次整日暴雨，它在雨中疯狂地转着圈，追着自己的尾巴咬，眼珠子通红。我疑心这家伙疯了。后来转不动了，叫不动了，就缩成一团，浑身水淋淋的，像个老叫花子一样哼哼着，见到了我们，就发出哭一样的叫声，眼泪汪汪的，真是可怜极了。但肯定是不能把它放进屋子的：它满身泥水，腥气熏人，还有一身的跳蚤。我和妻子冒着雨给它搭了一个小棚子，但它竟然不懂得躲进去避雨。那个夜晚，在它的呻吟声里，我睡得很不安宁。它的生命力实在是顽强，太阳一出，抖擞掉身上的水，立刻又活蹦乱跳了。它的责任心强得有点可怕，在雨中，那般苦熬，但只要街上有点动静，它马上就忘记了自己的痛苦，拖着铁链子跳起来，狂叫不止，向主人示警。

它在我家吃了很多苦，我心中很是歉疚。翻盖房子时，特意为它盖了一间小屋，从此，它遭受风吹雨打的生活结束了。它更加尽职地为我们看护着家院，街上过车，它跳叫；街上过小学生，它也跳叫；邻居夫妻打架，它也跳叫；如果有人敲响了我家的门环，它一蹦能有三尺高；如果有人打开我家的门走进院子，它就忘了脖子上拴着铁链，发疯似的冲向前去，在半空中被铁链拖得连翻几个跟头跌下来；爬起来它继续往前冲，屡跌屡起，直到客人进了屋子它才停下来，吭吭地咳嗽，吐白沫，让铁链子勒得。

所有来过我家的人，都惊叹这条瘦狗的凶恶，都说从来没见过这般歇斯底里的狗，都说这条狗幸亏瘦弱，如果用肥肉喂胖了，那就不可想象有多么厉害了。我父亲却说："肥鹰不拿兔子，胖狗不看家。"所有来我家的人都贴着墙根，胆战心惊地溜走，我每次都大声咋呼着迎送客人，生怕它挣脱了锁链。它先后挣断过三条铁链子；为了找一根不被它挣断的铁链，我和妻子在集上转了好多圈，终于在卖废铁的地方发现了一条，是起重动滑轮上使用的，就像《红灯记》里的李玉和赴刑场时戴的脚镣那样粗，有三米多长，十几斤重。我如获至宝，出价要买。那卖废铁的主儿听说我买了做狗链子时问："天老爷爷，你们家养了条什么狗？"我当然没有必要告诉他我们家养了条什么狗。回家后我与妻子一起把这条粗大的铁链子给它换上，它低着头，好像很不习惯。但很快它就习惯了，它拖着沉重的铁链，一如既往地对着客人冲击着，铁链子在水泥地面上哗啦啦地响着，有点英勇悲壮的意思，令人浮想联翩。它耸着脖子上的毛，龇着雪白的牙，对来客满怀深仇，表现出一种特别能战斗、特别渴望战斗的精神。我和妻子每隔几天就去检查一次拴它的链子和捆它的脖圈，生怕它获得了自由身，误伤了人民群众。记得三年前它还没完全长大时，就挣开链子，把一个来给我送稿子的县委宣传部的小伙子咬伤了。那个小伙子与我说着话往外走，猛然间从星光下它蹿了过来，基本上赛过一道闪电，眨眼间就在那个小伙子脚脖子上咬了一口。那小伙子蹭的一下子就蹿上了我家的高达三米的平房，等我妻子拴好了狗，搬来梯子，他才惊魂未定地爬下来。他说："天哪，我是怎么上的房？"以后这个小伙子来给我送稿子，都是站在我家院墙外边，把稿子扔进来，大喊："我不进去了，莫老师！"现在它长大了，虽然瘦但战斗精神极强，如果挣脱了锁链，后果不堪设想。尤其是我女儿经常带她的同学来家做作业看小人书，那些小女孩，一个个都是家里的宝贝疙瘩，万一被恶犬咬了，那乱子可就闹大，赔上医疗费和无数的道歉事小，伤了人家的孩子怎么也弥补不了。所以我远在北京，心里总是不踏实，每次写信或是打电话，都不敢忘记叮嘱：千万拴紧我们的狗！

据女儿说，有好几次链子开了，她和爷爷躲在屋子里不敢出来，一直等到她妈妈回来。说也怪，这条狗几乎对谁都龇牙，唯有对我妻子，却是异常地顺驯，一见她就摇尾俯身，恭敬得不得了，宛如太监见了皇后。她骂它，打它，踢它，它不龇牙，不瞪眼，老实得简直媚了。她开大门的声音它都能辨别出来，绝对不会错。我父亲说它不是听声，而是嗅味；我在一本书上也看到：狗的鼻子比人的鼻子灵光几十万倍。我虽然每年在家只有几个月，但它还是认识我的。有时我大着胆子给它喂食，它还对我摇摇尾巴表示感谢。有时甚至扑上来搂搂我的腿。但我的心里还是怯，绝不敢太靠近它，因为我知道这条狗跟我有距离。但我绝对没想到它竟会咬我，而且是那样的毫不留情。

那天，我送一个前来查电表的电工出门，它突然挣脱了脖圈，把那条沉重的锁链弯弯曲曲地抛弃在地上。我女儿惊呼："爸爸，狗！"狗已经蹿了过来，它的身体几乎紧贴着地面。见惯了它戴着锁链的形象，乍一见了没戴锁链的它，竟感到有一些陌生，好像不是我家的狗，而是一只别的野兽。运动员戴着沙袋训练，一旦解了沙袋，便如离弦之箭；我家的狗一直戴着铁链生活，一旦解脱了铁链，那速度比离弦箭还要快。我挺身而出，把电工挡在身后，并举起一只手，对着它挥舞着，嘴里大喊："狗！"狗一口就咬住了我的左腿。我庆幸自己穿着棉裤，棉裤里还套着毛裤，它咬了我，也不一定咬得透。我认为它咬我一口就该罢休，没想到它竟然连续作战，松开我的左腿，又咬了我的右腿，然后耸身一跳，在我的肚皮上又咬了一口。这时候我才知道这家伙的可怕，这时候我才明白宣传部那个小伙子为什么能跳上三米高的房顶。伤口剧烈地疼痛起来，我一挥手，正好挥进它的嘴里，它顺便又给了我一口。幸好离门不远，我挣脱了它，与电工和我女儿跑进屋子，紧紧地插上门，吓得三魂丢了两魂半。解开衣服一看，三处出血，一处青紫。腹部伤得最重，原因是毛衣不如棉裤厚。如果我只穿着单衣……如果咬着电工……我想，真是不幸之中之大幸！

这时，大门还没有关，万一它跑到大街上去见人就咬怎么办？这条狗，自从进了我家的大门，还从来没有出去过。它可以听到邻居家狗的叫声，但从来没有见过面。它能认识自己的同类吗？

妻子终于下班回来了，狗撒着欢儿迎接她，并且十分顺从地让她把铁链子重新拴到脖子上。

下午，我去县防疫站购买了狂犬疫苗，到门诊部打了一针，医生说要连续打五针，戒酒、茶一个月。

只因为一时冲动，咬了主人，它的末日就要来临了。

我让妻子去打听一下，有没有人愿意要这条狗。妻子回来说，人家都说：连自己的主人都咬，谁敢要？但她厂里几个馋鬼愿意打死它吃肉。

我的心立刻就软了。我想起了这条狗无比的忠诚，对我妻子。我想起这条狗在社会治安不好的情况下，给我妻子和女儿带来的安全感。我女儿在学校里听到了一些吓人的消息，夜里睡不着觉，我妻子就安慰她："不怕，我们有狗。"它咬我，可能是一时糊涂吧？我决定还是留着它，给它脖子上再加一个脖圈，挣脱一个，还有一个。但那两个厂里的人已经来了。我妻子想了想，坚定地说："不要了！"

那是两个身穿黑皮夹克的中年人，每人提着一条麻绳子。一进院，狗就疯了似的对他们冲刺、叫嚣。我生怕他们当场动手，他们说不。他们让我妻子把那两条绳子拴到狗脖子上，由他们拉到厂里去。

我女儿难过，坐在桌前，打开了收音机。我把声音调大，怕狗垂死的声音刺激她。她坐在桌前，在低沉的箫声里，捂着脸哭了。

奇怪的是它竟一声不吭地被我妻子拉出了大门，那两个男人跟在后边。这是它第一次出门，出去了，就永远回不来了。

我心里也感到很难过，劝着女儿，说人家把狗牵去，放在食堂里养着，天天吃大鱼大肉，它是去享福了。她还是哭，我心里烦起来，就说：是爸爸要紧还是狗要紧?!

她躺到床上，用被子蒙着头，不吃饭，我咋呼她，她不服。

我妻子悄悄地跟我说，狗出门时，双膝跪着，望着她，那眼神真让人不好受。

我许愿为女儿再去要一条善良的、漂亮的狗，但我的确很犹豫。人养狗，总要看到它的末日，你还是会为它难过，这就是感情吧！

(1993 年 1 月至 6 月)

第四辑

我难以忘怀的故乡往事

—

 导读提示

　　莫言让全世界都知道了"高密东北乡"，这是他的故乡，也是他创造的文学王国。在这片神秘的土地上，有无边无际的火一样的红高粱、爬满马蹄大小的螃蟹的墨水河滩、几十万只酒瓶子砌成的会唱歌的墙……这里还有温暖的习俗与动人的传说：腊月初八支起一口巨大无比的锅在街上施粥，过年拿着半碗饺子接财神，赶"雪集"时所有人都遵循着不能说话的古老规矩，活了几百年的大柳树不能被轻易砍倒……

　　故乡的土地与河流、庄稼与树木、飞禽与走兽、神话与传说，无不滋养着莫言的精神世界，构成他作品的魂魄。让我们跟随莫言，去看看这位诺贝尔文学奖得主开启文学旅程的地方，听他讲快乐而难忘的故乡往事！

过　去　的　年

　　退回去几十年，在我们乡下，是不把阳历年当年的。那时，在我们的心目中，只有春节才是年。这一是与物质生活的贫困有关，因为多一个节日就多一次奢侈的机会；当然更重要的还是观念问题。

　　春节是一个与农业生产关系密切的节日。春节一过，意味着严冬即将结束，春天即将来临。而春天的来临，也就是新的一轮农业生产的开始。农业生产基本上是大人的事，对小孩子来说，春节就是一个可以吃好饭、穿新衣、痛痛快快玩几天的节日，当然还有许多的热闹和神秘。

　　我小的时候特别盼望过年，往往是一过了腊月涯，就开始掰着指头数日子，好像春节是一个遥远的、很难到达的目的地。对于我们这种焦急的心态，大人们总是发出深沉的感叹，好像他们不但不喜欢过年，而且还惧怕过年。他们的态度令当时的我感到失望和困惑，现在我完全能够理解了。我想我的长辈们之所以对过年感慨良多，一是因为过年意味着一笔开支，而拮据的生活预算里往往没有这笔开支；二是飞速流逝的时间对他们构成的巨大压力。小孩子可以兴奋地说：过了年，我又长大了一岁。但老人们则叹息：嗨，又老了一岁。过年意味着小孩子正在向自己生命过程中的辉煌时期进步，而对于大人，则意味着正向衰朽的残年滑落。

　　熬到腊月初八，是盼年的第一站。这天的早晨要熬一锅粥，粥里要有八样粮食——其实只需七样，不可缺少的大枣算一样。据说在解放前的腊月初八凌晨，庙里或是慈善的大户都会在街上支起大锅施粥，叫花子和穷人们都可以免费喝。我曾经十分向往这种施粥的盛典，想想那些巨大无比的锅，支设在露天里，成麻袋的米豆倒进去，黏稠的粥在锅里翻滚着，鼓起无数的气泡，浓浓的香气弥漫在凌晨清冷的空气里。一群手捧着大碗的孩子们排着队焦急地等待着，他们的脸冻得通红，鼻尖上挂着清鼻涕。为了抵抗寒冷，他们不停地蹦跳着，喊叫着。我经常幻想我就在等待着领粥的队伍里，虽然饥饿，虽然寒冷，但心中充满了欢乐。后来我在作品中，数次描写了我想象中的施粥场面，但写出来的远不如想象中的辉煌。

　　过了腊八再熬半月，就到了辞灶日。我们那里也把辞灶日叫作小年，过得比较认真。早饭和午饭还是平日里的糙食，晚饭就是一顿饺子。为了等待这顿饺子，我早饭和午饭吃得很少。那时候我的饭量大得实在是惊人，能吃多少个饺子就不说出来吓人了。辞灶是有仪式的，那就是在饺子出锅时，先盛出两碗供在灶台上，然后烧半刀黄表纸，把那张灶马也一起焚烧。焚烧完毕，将饺子汤淋一点在纸灰上，然后磕一个头，就算祭灶完毕。这是最简单的。比较富庶的人家，则要买来些关东糖供在灶前，其意大概是让即将上天汇报工作的灶王爷尝点甜头，在上帝面前多说好话。也有人说是用关东糖粘住灶王爷的嘴。这种说法不近情理——你粘住了他的嘴，坏话固然是不能说了，但好话不也说不了了嘛！

祭完了灶，就把那张从灶马上裁下来的灶马头儿贴到炕头上。所谓灶马头，其实就是一张农历的年历表，一般都是拙劣的木版印制，印在最廉价的白纸上。最上边印着一个小方脸、生着三绺胡须的人，他的两边是两个圆脸的女人，一猜就知道是他的两个太太。当年我就感到灶王爷这个神祇的很多矛盾之处，其一就是他整年累月地趴在锅灶里受着烟熏火燎，肯定是个黑脸的汉子——乡下人说某人脸黑：看你像个灶王爷似的——但灶马头上的灶王爷脸很白。灶马头上都印着来年几龙治水的字样。一龙治水的年头主涝，多龙治水的年头主旱。"人多乱，龙多旱"这句俗语就是从这里来的，其原因与"三个和尚没水吃"是一样的。

过了辞灶日，春节就迫在眉睫了。但在孩子的感觉里，这段时间还是很漫长。终于熬到了年除夕，这天下午，女人们带着女孩子在家包饺子，男人们带着男孩子去给祖先上坟。而这上坟，其实就是去邀请祖先回家过年。上坟回来，家里的堂屋墙上，已经挂起了家堂轴子，轴子上画着一些冠冕堂皇的古人，还有几个像我们在忆苦戏里见到过的那些财主家的戴着瓜皮小帽的小崽子模样的孩子，正在那里放鞭炮。轴子上还用墨线起好了许多的格子，里边填写着祖宗的名讳。轴子前摆着香炉和蜡烛，还有几样供品。无非是几颗糖果，几片饼干。讲究的人家还做几个碗，碗底是白菜，白菜上面摆着几片焦黄的油炸豆腐之类。不可缺少的是要供上一把斧头，取其谐音"福"字。这时候如果有人来借斧头，那是要遭极大的反感的。院子里已经撒满了干草，大门口放一根棍子，据说是拦门棍，拦住祖宗的骡马不要跑出去。

那时候不但没有电视，连电都没有，吃过晚饭后还是先睡觉。睡到三星正晌时被母亲悄悄地叫起来。起来穿上新衣，感觉特别神秘、特别寒冷，牙齿嘚嘚地打着战。家堂轴子前的蜡烛已经点燃，火苗颤抖不止，照耀得轴子上的古人面孔闪闪发光，好像活了一样。院子里黑得伸手不见五指，仿佛有许多的高头大马在黑暗中咀嚼谷草——如此黑暗的夜再也见不到了，现在的夜不如过去黑了。这是真正地开始过年了。这时候绝对不许高声说话，即便是平日里脾气不好的家长，此时也是柔声细语。至于孩子，头天晚上母亲已经反复地叮嘱过了，过年时最好不说话，非得说时，也得斟酌词语，千万不能说出不吉利的话，因为过年的这一刻，关系到一家人来年的运道。做年夜饭不能拉风箱——呼啦呼啦的风箱声会破坏神秘感——因此要烧最好的草、棉花柴或者豆秸。我母亲说，年夜里烧棉花柴，出刀才，烧豆秸，出秀才。秀才嘛，是知识分子，有学问的人，但刀才是什么，母亲也解说不清。大概也是个很好的职业，譬如武将什么的，反正不会是屠户或者是刽子手。因为草好，灶膛里火光熊熊，把半个院子都照亮了。锅里的蒸汽从门里汹涌地扑出来。白白胖胖的饺子下到锅里去了。每逢此时我就油然地想起那个并不贴切的谜语：从南来了一群鹅，扑棱扑棱下了河。饺子熟了，父亲端起盘子，盘子上盛了两碗饺子，往大门外走去。男孩子举着早就绑好了鞭炮的杆子紧紧地跟随着。父亲在大门外的空地上放下盘子，点燃了烧纸后，就跪下向四面八方磕头。男孩子把鞭炮点燃，高高地举起来。在震耳欲聋的鞭炮声中，父亲完成了他的祭祀天地神灵的工作。回到屋子里，母亲、祖母们已经欢声笑语了。神秘的仪式已经结束，接下来就是活人们的庆典了。在吃饺子之前，晚辈们要给长辈磕头，而长辈们早已坐在炕上等待着了。我们在家堂轴子前一边磕头一边大声地报告着被磕者：给爷爷磕头，给奶奶磕头，给爹磕头，给娘磕头……长辈们在炕上响亮地说着：不用磕了，上炕吃饺子吧！晚辈们磕了头，长辈们照例要给一点磕头钱，一毛或是两毛，这已经让我们兴奋得雀跃了。年夜里的饺子是包进了钱的，我家原来一直包清朝时的铜钱，但包了铜钱的饺子有一股浓烈的铜锈气，无法下咽，等于浪费了一个珍贵的饺子，后来就改用硬币了。现在想起来，那硬币也脏得厉害，但当时我们根本想不到这样奢侈的问题。我们盼望着能从饺子里吃出一个硬币，这是归自己所有的财产啊，至于吃到带钱饺子的吉利，孩子们并不在意。有一些孝顺儿媳白天包饺子时就在饺子皮上做了记号，夜里盛饺子时，就给公公婆婆的碗里盛上了带钱的，借以博得老人的欢喜。有一年我为了吃到带钱的饺子，一口气吃了三碗，钱没吃到，结果把胃撑坏了，差点要了小命。

过年时还有一件趣事不能不提，那就是装财神和接财神。往往是你一家人刚刚围桌吃饺子时，大门外就起了响亮的歌唱声：财神到，财神到，过新年，放鞭炮。快答复，快答复，你家年年盖瓦屋。快点拿，快点拿，金子银子往家爬……听到门外财神的歌唱声，母亲就盛上半碗饺子，让男孩送出去。扮财神的，都是叫花子。他们有的提着瓦罐，有的提着竹篮，站在寒风里，等待着人们的施舍。这是叫花子们的黄金时刻，无论多么吝啬的人家，这时候也不会舍不出那半碗饺子。那时候我很想扮一次财神，但家长不同意。我母亲说过一个叫花子扮财神的故事，说一个叫花子，大年夜里提着一个瓦罐去挨家讨要，讨了饺子就往瓦罐里放，感觉已经要了很多，想回家将百家饺子热热，自己也过个好年，待到回家一看，小瓦罐的底儿不知何时冻掉了，只有一个饺子冻在了瓦罐的边缘上。叫花子不由得长叹一声，感叹自己的命运实在是糟糕，连用瓦罐装饺子都担不上。

现在，如果愿意，饺子可以天天吃。没有了吃的吸引，过年的兴趣就去了大半。人到中年，更感到时光的难留，每过一次年，就好像敲响了一次警钟。没有美食的诱惑，没有神秘的气氛，没有纯洁的童心，就没有过年的乐趣，但这年还是得过下去，为了孩子。我们所怀念的那种过年，现在的孩子不感兴趣，他们自有他们的欢乐的年。

时光实在是令人感到恐慌，日子像流水一样一天天滑了过去。

（1999 年）

腊八粥、灶马与“打尖”

——谈小时候的年

　　元旦前夕，在日本北海道首府札幌，我们一起来谈论过年，很有意思。大家知道，对我们中国人来说，西历新年，不太隆重。鲁迅先生说过，还是旧历的新年更像新年。所以让我来谈过年，我谈的肯定是春节。提起过年，说来话长。小时候天天盼过年，但年仿佛是一个路途遥远的地方，要经过长途跋涉才能到达。小学课本里有一篇课文描述说，秋天来了，柿子红了，一群大雁往南飞。然后又紧接着说，冬天到了，大雪覆盖土地，麦苗儿盖上了厚厚的被子。夏天时学这篇课文，眼前就出现了过年的情景，沉浸在幻想中，下课铃响，才知道距离年还很遥远。现在呢，好像做梦似的，一转眼就是一年，时光流逝得特别快，仿佛地球转动的速度发生了变化。

　　小时盼年，其实与食物有关。那时候生活困难，过年可以吃得好一些。农村最好的食物就是饺子，再就是年糕，这些食物，只有在过年时才可以吃到。春节期间吃的是素馅饺子，豆腐粉条菠菜白菜。为什么要吃素馅饺子呢？老人说是因为神不能吃荤，实际上是肉贵且很难买到，而豆腐粉条之类比较便宜而且也容易买到。一进腊月，节日就比较多了。首先是腊八，要喝腊八粥，凑够七种粮食加上大枣。这个粥非常稠，要熬很长时间，要一边熬一边搅动,否则就糊了锅底。大枣是珍贵的东西,锅里放进几颗枣,母亲是有数的。我们兄弟们眼巴巴地看着母亲手中的勺子,母亲就说:不用看,勺子有眼。

过了腊八之后就盼望辞灶,腊月二十三。辞灶也叫过小年,比较隆重,晚上吃一次饺子。关于辞灶,有很多说法,大意是灶王爷要上天,向玉皇大帝汇报一年的工作。每家要焚烧一张"灶马"。所谓"灶马"就是一张木板印刷的画,上边画着一个三缕胡须的男人,他的两边各有一个圆脸的女人。我们知道那个男人就是灶王爷,那两个女人,自然是灶王奶奶。焚烧"灶马"时要念叨着:上天言好事,下界保平安。焚烧"灶马"前要在锅台上摆供,供品很简单,就是几样糖果、点心。糖果就是那种"关东糖",吃着粘牙,有人说是要用这种糖粘住灶王爷的嘴巴,不让他在玉皇大帝面前说坏话。这些说法矛盾重重。如果粘住了灶王爷的嘴巴,坏话自然是不能说了,但好话不也说不成了吗?另外我还有一个巨大的疑问:难道说每个家庭都有一个灶王爷吗?如果是神的话,应该是一个灶王爷管了天下所有人家厨房里的事。每家都有一个灶王爷,那假如有的家里分家,是不是要重新再配给他一个灶王爷呢?拿这问题去问爷爷奶奶,他们也不回答,只说:小孩子不要问那么多,知道那么多事干什么?闭嘴。

过了腊月二十三,再有七天,有时候是六天,就是除夕。那就一天一天数着,盼望着。到了腊月二十七八的时候,已经开始准备做过年的馒头。把最好的面放在大盆里和起来。面和得特别硬,加水很少。这个时候家里的男人会帮女人揉一揉面。我小时候,很喜欢帮母亲揉面。一边揉着,一边想到"百炼钢化为绕指柔"这样的句子。母亲夸我揉得好,我就更加来劲。馒头的中间揉上栗子和大枣,图个吉利。馒头蒸好了,就开始蒸年糕。蒸年糕用的是北方的黍子米,不是南方那种糯米也不是东北那种高粱米。要用石碾子把它轧碎,拉着石碾子来回转,一边碾一边要用箩不断地筛。这是可怕的体力劳动。1999年我去东京吃荞麦面,看到他们那复杂而认真的操作过程,就想到我们老家做年糕的情景。后来有了机器磨,人们就用机器磨把黍子米粉碎,但这样的面黏度会变小,因为粉碎的过程中高温让它失去了黏性,还是用石碾子轧出来的好,蒸出年糕特别黏。做出年糕来就用一块笼布把它抬出来平摊在高粱秆做的锅盖上。拍得平平的,按照图案插上大枣,冷却凝固后切成方尖碑的形状,供到"阁板"上。所谓"阁板",就在一进堂屋的正北面那个地方,摆着一张桌子。就像日本的榻榻米里面摆花瓶的地方,很神圣。祖先的牌位都要供在这个"阁板"上。农村有的妇女打架耍无赖的时候就跳到人家"阁板"上坐着,对这家来说是奇耻大辱。农村最怕的就是两件事:一个是女人跟邻居打架,这女人耍起无赖来,扑通一下跳到人家井里,赶快救人不说,还要把井水淘干好多次,才能饮用;再就是有的女人一下子就蹦到人家"阁板"上去坐着,那是安置老祖宗牌位的地方。

除夕下午,要把"轴子"挂起来。所谓"轴子"实际上就是祖先的牌位。是一张很大的扑灰年画——高密特有的一种年画——上面画着一些穿袍戴帽的官员,象征着官宦人家,巨大的门口有小孩儿放鞭炮,还有青松、仙鹤、麒麟。画面的上方印着很多格子,格子里填写着祖先的名讳。这张"轴子"只有过年时才挂起来,过完年后,就卷起来收藏。我猜想,之所以叫"轴子",大概就是画轴之意。我2004年发表了一篇题目叫作《挂像》的小说，讲述的就是与春节时挂"轴子"有关的事。当然，也有人认为不应该写成"轴子"，而应该写成"祝子"，意思说这是祝祷时用的。我认为还是"轴子"比较符合我们那个地方老百姓的语言习惯。"轴子"悬挂在"阁板"后边的墙上，下边摆上供品。"文化大革命"期间，上边下令，让各家都把"轴子"烧了，过年时，每家发了一张毛主席像当"轴子"。我那篇小说《挂像》说的就是这事。

"阁板"上铺着红色的或者黄色的纸，桌子腿上还挂着围裙，围裙上描龙绣凤。总之是"轴子"一挂，供品一摆，就很有年的气氛了。除夕下午，男孩子就去祖先的坟墓前烧纸磕头放鞭炮，意思就是要请祖先回家过年。女孩大半在家帮着母亲包年夜吃的饺子。我们家去祖先坟墓前烧纸磕头的任务每年都是我来完成的，我很愿意去。跑到田野里去放鞭炮，然后在祖先的坟头前烧张纸，磕个头，在麦田里追追野兔子，找片野草茂盛的地方放一把野火，大呼小叫，十分欢乐。回到家就是傍晚，该吃晚饭了。晚饭时多半有酒，家族里的男人们会利用这个机会聚聚，谈一些重要的事情。小孩子没有资格参加这个集会，胡乱给你一点东西吃，然后就让你睡觉，说快睡觉，睡到半夜起来过年。以前没有钟表，母亲一般不睡觉，整晚上忙活，把房间里还有灶房周围收拾干净。夜里要烧的柴火，下午就拿回家了。大年夜里最好烧豆秸。豆秸烧起来噼啪乱响，一些残余的豆粒在烧的过程中发出爆裂的声音，散出一股香气。实在没有豆秸烧，就烧棉花柴。说是"烧豆秸出秀才，烧花柴出刀才"。出秀才我明白，就是出有文化的人。但刀才是什么？难道是刽子手吗？我母亲说好像也不是，谁家愿意出个刽子手呢？后来我想，大概在衙门口里干事儿、手里握有生杀大权的人就是刀才。

半夜时分，母亲就把孩子们都叫起来了。起来后都悄悄的不敢大声说话，因为在我们的意识里，这时候祖先们都回来了。然后就看见在被子上面放着母亲给我们准备好的新衣服。午夜时分，正是最冷的时候，农村的房子里没有暖气，房子都是破破烂烂的，到处漏风，每个人都打战，牙齿打战，嘚嘚地响。天特别的黑，那时农村没有电，平常的日子，每家就点一盏小油灯。大年夜里点着蜡烛，蜡烛插在"阁板"上，火苗抖动，辉映着"轴子"上的人物，闪闪烁烁，神气活现。我注视着"轴子"上的人物，感觉到他们眉眼活动，仿佛要跟我说话。我想这些老祖宗一定都认识我，因为是我下午从坟地里把他们请回来的。母亲在那里忙忙碌碌，豆秸烧得噼啪响，炉膛里的火很明亮，从来没觉得小房子里有这么亮过。蜡烛的光和炉膛里火苗使烟熏火燎多年的黑色墙壁像上了釉一样闪闪发光。这时候我们都悄悄地等待着，一直等到母亲把煮好的饺子从锅里捞出来放在碗里。父亲就用托盘端着饺子，带着我们，走到街上去接财神。这时村子里突然之间就像战争爆发一样，家家放鞭炮，此伏彼起，连成一片。放过鞭炮后，父亲就带着孩子，对着东西南北四个方向磕头。磕完头就回家，回家之后这神圣的过年过程就基本上结束了。

然后就上炕吃饺子。炕中央放一张矮腿炕桌，全家人围桌而坐。这时候小孩子有一个任务就是给大人磕头，给爷爷、奶奶、父亲、母亲、哥哥、姐姐磕头，反正最小的就磕一圈，一边磕头还一边喊"给爹磕头，给娘磕头"。磕完头就要分磕头钱，就是压岁钱。有的小孩儿想钱想得太心切，该说"给爹磕头"都说成了"给爹磕钱"。磕完头，拿到压岁钱，就该吃饺子了。饺子里是包着钱的，谁在饺子里吃出一枚铜钱来，就预示他一年有钱花。早些年饺子里包的是铜钱，吃到这个饺子时满口铜臭。后来铜钱越来越少，就开始包硬币。小时候也不觉得硬币脏，长大之后觉得挺脏的。到小姑家去，看到她拿一个小碗倒上半碗酒，把那些要包进饺子里的硬币放在酒里面泡，完了之后点火烧，消毒。我回家后也照此办理。母亲说你祸害那些酒干什么？我已经用碱水洗了好多遍了。从饺子里吃出的钱归自己所有，所以孩子们都希望吃到硬币。有一年我吃了两三碗饺子没有吃到硬币，不肯罢休，非要吃到，很执着。我母亲怕我撑坏了，悄悄地把一个硬币塞到饺子里，放在我碗里，我一咬，咯噔一下子，好了，终于就吃到钱了。吃完了饺子后，再到自己的叔叔家、大爷家，本族本姓的各家里去磕头，磕完头就回家睡觉。

大年初一、初二的时候，村子里的年轻人玩一种叫"打尖"的游戏，上点年纪的人，都站在一个避风的墙根下，双手插到袖筒里面，晒着太阳看热闹。所谓"打尖"，就是把一根细木棍的两端，用刀子削成尖儿，用一根粗木棍打细木棍的尖儿，打得远就赢了，输了的要受惩罚。惩罚的方式是"摸糊"，具体方法是先约定摸村子里某个地方，或是某棵大树，拿帽子将输者的头眼蒙住，然后就是"蹲三蹲、抢三抢、十二晃荡八大锤"，就是把这个要"摸糊"的人，抬起来抢着转三圈，再往地上蹲三蹲，前后推十二下，每个赢者再打他八拳头。输者此时已经蒙头转向，在赢者监督之下去摸那个预先约定的目标。这时候几乎全村的人都跟着看热闹。"摸糊"者经常是与既定目标背道而驰，有时还会掉到猪圈里。

我们小孩子自己玩的游戏叫作"挤出大儿讨饭吃"。以前农村人家儿子多，大儿子结婚后，多半会被父母从大家庭里分出去，让他们组建自己的小家庭。大儿被分出去，一般不会给他们什么家产，所以有"挤出大儿讨饭吃"说法。具体玩法是，一群孩子，顺墙排开，脊梁紧贴着墙，从两端拼命往中间挤，中间的小孩谁被挤出去了，就成了出去讨饭吃的大儿。这个活动如果被家长看见了，肯定是拖出来给上两拳头，然后拧着耳朵拖回家。因为这游戏特费衣裳，玩上两三次，棉袄就开了花了。

初三、初四就开始走亲戚。初三走姑姑家，初四去姥爷家，新姑爷也是这一天去岳父家。有的村子里有折腾新姑爷的习惯，一拨人把新姑爷灌得烂醉如泥，洋相百出。初五再走一些不太要紧的亲戚，初六、初七就要开始干活了。有时候在正月十五以前要演戏，各个村轮换着演。我们村是三县交界的地方，外县的剧团到我们村来演，我们也到外县的村子里去演，演吕剧、茂腔、柳腔。因为是相互娱乐，也是一种炫技，不存在报酬的问题，演完了后，分派到各家去吃饭。那些嗓子好、扮相美的姑娘小伙子，总是受到特别的欢迎，被人家抢了去，隆重招待。我们这些跑龙套的鼻涕孩子，饭量又大，没人愿意要，最后随便塞到一户人家，一顿粗茶淡饭就给打发了。"文革"前还有一些新编的现代戏，"文革"期间演的都是样板戏，把样板戏比如《红灯记》《智取威虎山》移植成茂腔或者吕剧。用地方小戏的调子唱样板戏，古怪而滑稽。春节期间演戏，也是青年男女谈恋爱找对象的大好时机，一方面是到外县去演戏能认识一些外面的人，扩大寻找的范围，另一方面，本村的男女在演戏的过程中也可能产生感情。农村找对象是有季节性的，农忙时间，都是顶着星星出去披着月亮回来，没时间恋爱。到了春节前后，吃得也好，时间上有一点空余，各个村又能串着看戏演戏，大部分年轻人都是在这个时候找到配偶的。

到了正月十五，基本就是总结性质的，过年期间留下一些肉、豆腐，拿出来包顿饺子吃。然后漫长的一年又开始了。

（2004 年 12 月 31 日于札幌）

五 个 饽 饽

除夕日大雪没停，傍黑时，地上已积了几尺厚。我踩着雪去井边打水，水桶贴着雪面，划开了两道浅浅的沟。站在井边上打水，我脚下一滑，"财神"伸手扶了我一把。

"财神"名叫张大田，四十多岁了，穷愁潦倒，光棍一条，由于他每年都装"财神"——除夕夜里，辞旧迎新的饺子下锅之时，就有一个"叫花子"站在门外高声歌唱，吉利话一套连着一套。人们把煮好的饺子端出来，倒在"叫花子"的瓦罐里。"叫花子"把一个草纸叠成的小元宝放到空碗里。纸元宝端回家去，供在祖先牌位下，这就算接回"财神"了——人们就叫他"财神"，大人孩子都这么叫，他也不生气。

"财神"伸手扶住了我，我冲着他感激地笑了笑。

"挑水吗，大侄子？"他的声音沙沙的，很悲凉。

"嗯。"我答应着，看着他把瓦罐顺到井里，提上来一罐水。我说："提水煮饺子吗，'财神'？"他古怪地笑笑，说："我的饺子乡亲们都给煮着哩，打罐水烧烧，请人给剃个新头。"我说："'财神'，今年多在我家门口念几套。""赌好吧，金斗大侄子，你是咱村里的大秀才，早晚要发达的，老叔早着点巴结你。"他提着水，歪着肩膀走了。

傍黑天时，下了两天的雪终于停了。由于雪的映衬，夜并不黑。爷爷嘱咐我把两个陈年的爆竹放了，那正是自然灾害时期，煤油要凭票供应，蜡烛有钱也难买到，通宵挂灯的事只好免了。

这晚，爷爷又去了饲养室，说等到半夜时分回来跟我们一起过年。自从父亲去世后，生产队看我家没壮劳力，我又在离家二十里的镇上念书，就把看牛的美差交给了我家。母亲白天喂牛，爷爷夜里去饲养室值班。我和母亲、奶奶摸黑坐着，盼着爷爷快回家过年。

好不容易盼到三星当头，爷爷回来了，母亲把家里的两盏油灯全点亮了，灯芯剔得很大，屋子里十分明亮。母亲在灶下烧火，干豆秸烧得噼噼啪啪响。火苗映着母亲清癯的脸，映着供桌上的祖先牌位，映着被炊烟熏得黝黑发亮的墙壁，一种酸楚的庄严神圣感攫住了我的心……

年啊年！是谁把这普普通通的日子赋予了这样神秘的色彩？为什么要把这个日子赋予一种神秘的色彩？面对着这样玄奥的问题，我一个小小的中学生只能感到迷惘。

奶奶把一个包袱郑重地递给爷爷，轻轻地说："供出去吧。"爷爷把包袱接过来，双手捧着，像捧着圣物。包袱里放着五个饽饽，准备供过路的天地众神享用。这是村里的老习俗，五个饽饽从大年夜摆出去，要一直摆到初二晚上才能收回来。

我跟着爷爷到了院子里，院子当中已放了一条方凳，爷爷蹲下去，用袖子拂拂凳上的雪。小心翼翼地先把三个饽饽呈三角形摆好，在三个饽饽中央，反着放上一个饽饽，又在这个反放的饽饽上，正着放上一个饽饽。五个饽饽垒成一个很漂亮的宝塔。

"来吧，孩子，给天地磕头吧！"爷爷跪下去，向着东南西北四个方向磕了头。我这个自称不信鬼神的中学生也跪下，将我的头颅低垂下去，一直触到冰凉的雪。天神地鬼，各路大仙，请你们来享用这五个饽饽吧！……这蒸饽饽的白面是从包饺子的白面里抠出来的，这一年，我们家的钱只够买八斤白面，它寄托着我们一家对来年的美好愿望。不知怎的，我的嗓子发哽、鼻子发酸，要不是过年图吉利，我真想放声大哭。就在这时候，柴门外边的胡同里，响起了响亮的歌声：

> 财神爷，站门前，
> 看着你家过新年；
> 大门口，好亮堂，
> 石头狮子蹲两旁；
> 大门上，镶金砖，
> 状元旗杆竖两边。
> 进了大门朝里望，
> 迎面是堵影壁墙；
> 斗大福字墙上挂，
> 你家子女有造化。
> 转过墙，是正房，
> 大红灯笼挂两旁；
> 照见你家人兴旺，
> 金银财宝放光芒。

我从地上爬起来，愣愣地站在院子里，听着"财神"的祝福。他都快要把我家说成刘文彩家的大庄院了。"财神"的嗓门宽宽的，与其说是唱，还不如说他念。他就这样温柔而悒郁地半念半唱着，仿佛使天地万物都变了模样。

> 财神爷，年年来，
> 你家招宝又进财；
> 金满囤，银满缸，
> 十元大票麻袋装。
> 一袋一袋摞起来，
> 摞成岭，堆成山，
> 十元大票顶着天。

我笑了，但没出声。

> 有了钱，不发愁，
> 买白菜，打香油，
> 杀猪铺里提猪头。
> 还有鸡，还有蛋，
> 还有鲜鱼和白面。
> 香的香，甜的甜，
> 大人孩子肚儿圆。

多好的精神会餐！我被"财神爷"描绘的美景陶醉了。

> 大侄儿，别发愣，
> 快把饺子往外送，
> 快点送，快点送，

    金子银子满了瓮。

    我恍然大悟,"财神爷"要吃的了。急忙跑进屋里,端起了母亲早就准备好了的饭碗。我看碗里只有四个饺子,就祈求地看着母亲的脸,嗫嚅着:"娘,再给他加两个吧!……"母亲叹了一口气,又用笊篱捞了两个饺子放到碗里。我端着碗走到胡同里,"财神"急步迎上来,抓起饺子就往嘴里塞。

    "'财神',你别嫌少……"我很惭愧地说。他为我们家进行了这样美好的祝福,只换来六个饺子,我感到很对不起他。

    "不少,不少。大侄子,快快回家过年,明年考中状元。"

    "财神"一路唱着向前走了,我端着空碗回家过年。"财神"没有往我家的饭碗里放元宝,大概连买纸做元宝的钱都没有了吧!

    过年的真正意义是吃饺子。饺子是母亲和奶奶数着个儿包的,一个个小巧玲珑,像精致的艺术品。饺子里包着四个铜钱,奶奶说,谁吃着谁来年有钱花。我吃了两个,奶奶爷爷各吃了一个。

    母亲笑着说:"看来我是个穷神。"

    "你儿子有了钱,你也就有了。"奶奶说。

    "娘,咱家要是真像'财神爷'说的有一麻袋钱就好了。那样,你不用去喂牛,奶奶不用摸黑纺线,爷爷也不用去割草了。"

    "哪里还用一麻袋。"母亲苦笑着说。

    "会有的,会有的,今年的年过得好,天地里供了饽饽。"——奶奶忽然想起来了,问:"金斗他娘,饽饽收回来了吗?"

    "没有,光听'财神'穷唱,忘了。"母亲对我说,"去把饽馇收回来吧。"

我来到院子里，伸手往凳子上一摸，心一下子紧缩起来。再一看，凳子上还是空空的。"馇馇没了！"我叫起来。爷爷和母亲跑出来，跟我一起满院里乱摸。"找到了吗？"奶奶下不了炕，脸贴在窗户上焦急地问。

爷爷找出纸灯笼，把油灯放进去。我擎着灯笼满院里找，灯笼照着积雪，凌乱的脚印，沉默的老杏树，堡垒似的小草垛……

我们一家四口围着灯坐着。奶奶开始唠叨起来，一会儿嫌母亲办事不牢靠，一会儿骂自己老糊涂，她面色灰白，两行泪水流了下来。已是后半夜了，村里静极了。一阵凄凉的声音在村西头响起来，"财神"在进行着最后的工作，他在这一夜里，要把他的祝福送至全村。就在这祝福声中，我家丢失了五个馇馇。

"弄不好是被'财神'偷去了。"爷爷把烟袋锅子在炕沿上磕了磕，沉着脸站起来。

"爹，您歇着吧，让我和斗子去……"母亲拉住了爷爷。

"他也是可怜……你们去看看吧，有就有，没有就拉倒，到底是乡亲，抬头不见低头见。"爷爷说。

我和母亲踩着雪向村西头跑去。积雪在脚下吱吱地响。"财神"还在唱着，他的嗓子已经哑了，听来更加凄凉：

> 快点拿，快点拿，
> 金子银子往家爬；
> 快点抢，快点抢，
> 金子银子往家淌。
> ……

　　我身体冷得发抖，心中却充满怒火。"财神"，你真毒辣，你真贪婪，你真可恶……我像只小狼一样扑到他身边，伸手夺过了他拎着的瓦罐。

　　"谁？谁？土匪！动了抢了，我咧着嗓子嚎了一夜，才要了这么几个饺子，手冻木了，脚冻烂了……""财神"叫着来抢瓦罐。

　　"大田，你别吵吵，是我。"母亲平静地说。

　　"是大嫂子，你们这是干啥？给我几个饺子后悔了？大侄子，你从罐里拿吧，给了我几个拿回几个吧。"

　　瓦罐里只有几十个冻得梆梆硬的饺子，没有饽饽。

　　饽饽上不了天，饽饽入不了地，村里人都在过年，就你"财神"到我家门口去过。我坚信爷爷的判断是准确的。我把瓦罐放在雪地上，又扑到"财神"身上，搜遍了他的全身。"财神"一动也不动，任我搜查。

　　"我没偷，我没偷……""财神"喃喃地说着。

　　"大田，对不住你，俺孤儿寡妇的，弄点东西也不容易，才……金斗，跪下，给你大叔磕头。"

　　"不!"我说。

　　"跪下!"母亲严厉地说。

　　我跪在"财神"面前，热泪夺眶而出。

　　"起来，大侄子，快起来，你折死我了……""财神"伸手拉起我。

　　屈辱之心使我扭头跑回家去，在老人们的叹息声中久久不能入睡……

天亮的时候我做了一个梦，梦见那五个馎馎没有丢，三个在下，两个在上，呈宝塔状摆在方凳上。

我起身跑到院里，惊得目瞪口呆，我使劲地揉着眼睛，又扯了一下耳朵，很痛，不是在做梦！五个馎馎两个在上三个在下，摆在方凳上呈宝塔状……

这件事一晃就过去了二十多年，我由一个小青年变成一个中年人了。去年，我被任命为市人民法院副院长后，曾回过一次老家，在村头上碰到"财神"，他还那个样，没显老。

（1984 年 10 月）

厨房里的看客

    多年来我脑子里没有厨房的概念。当兵前在农村，做饭是母亲的事，与小孩子无关；即便是农村的大男人，几乎也没有下厨房做饭的，如果大男人下厨房做饭，会让人瞧不起。严格说起来农村也没有厨房，一进门就是堂屋，屋里垒着两个大灶，安着两口巨大的铁锅，完全可以把小孩子放进去洗澡。为什么要用这样的大锅？那是因为锅里不但要煮人吃的饭，还要煮猪吃的食；而且农村人的饭量比较城里人要大得多，食物又粗糙，锅小了是不行的。除了这两口大锅，堂屋里还要安一张桌子，安不起桌子就用砖头垒一个台子，台子的洞里放着碟子碗筷之类，台面上就是安放祖先牌位的地方，侮辱了这地方，就跟侮辱了祖先是一样的。我的邻居家女人和人打架，实在打不过，就跑到人家的堂屋里，爬上那个供奉祖先牌位的地方。她这一手非常厉害，村子里几乎没有不怕的。堂屋的一角，是堆放柴草的地方，我们管那里叫草旮旯，天气寒冷时，猪就钻到那里睡觉。在我当兵以前，母亲要往锅里贴饼子时，经常让我帮她烧火，烟熏火燎，灰土飞扬，农村的厨房可不是个好玩的地方。我不愿帮母亲烧火，但很愿看母亲收拾鱼。吃鱼的机会很少，一年也就是那么三两次。每逢母亲收拾鱼，我就蹲在旁边看，一边看，一边问，还忍不住伸手，母亲就训斥我："腥乎乎的，动什么？"

当兵之后，连队里有大伙房，里边安的锅更大，不但小孩子可以进去洗澡，大人进去洗也没有问题。我很想当炊事员，因为炊事员进步比较快，立功受奖的机会多，可惜领导不让我当。星期天，我经常到伙房里去帮厨，体验大锅里炒菜的滋味。那把炒菜的锅铲差不多就是一把挖地的铁锹，打起仗来完全可以当作武器。用那样的大锅铲翻动着满锅的大白菜，那感觉真是妙极了。大锅里炒出来的菜，味道格外的好，无论多么高明的厨师也难做出军队里的大锅菜的味道。我吃了将近二十年这样的大锅菜，感觉着已经吃得很烦，但脱离军队几年之后，又有些怀念。

我四十岁的时候，终于有了自家的厨房。厨房是妻子的地盘，我轻易不进去，进去反而添乱。但只要是她收拾鱼的时候，无论多么忙，我也要进去看看。当然是她收拾海鱼时，收拾淡水鱼我是不看的，淡水鱼太腥，而且多半活着。海里的鱼能让我想起少年时期，想起许多的往事。青鱼来了时，应该是残冬初春时节。母亲说，看青鱼鲜不鲜，主要看它们的眼睛，如果它们的眼睛红得沁血，说明很新鲜，如果眼睛不红了，就说明不新鲜了。前面我说过，我们一年里吃不到几次鱼，我每次看母亲收拾鱼就听母亲给我讲关于鱼的知识。她说的也是她的童年记忆。那时好像鱼很多。四月里，新鲜带鱼上市，母亲说，你姥姥家门前那条大街上一片银白，全是鱼，那些带鱼又宽又厚，放到锅里一煎，滋滋地冒油。现在，这些带鱼，瘦得像高粱叶子，母亲愤愤不平地说，它们也配叫带鱼？还有什么大黄花鱼、小黄花鱼、偏口鱼、披毛鱼，那时的鱼真多啊，价钱也便宜，现在，鱼都到哪里去了呢？母亲说。

现在我到厨房里看妻子收拾鱼，其实是借这个类似的场景回忆童年，回忆母亲的回忆。这就如同打通了一条时间的隧道，我一下子就回到了母亲的童年时代甚至更早，那时候，高密东北乡的鱼市上，一片银光闪烁，那是新鲜的海鱼在闪光。

（1997 年）

红高粱（节选）

一九三九年古历八月初九，我父亲这个土匪种十四岁多一点。他跟着后来名满天下的传奇英雄余占鳌司令的队伍去胶平公路伏击敌人的汽车队。奶奶披着夹袄，送他们到村头。余司令说："立住吧。"奶奶就立住了。奶奶对我父亲说："豆官，听你干爹的话。"父亲没吱声，他看着奶奶高大的身躯，嗅着从奶奶的夹袄里散出的热烘烘的香味，突然感到凉气逼人。他打了一个战，肚子咕噜噜响一阵。余司令拍了一下父亲的头，说："走，干儿。"

天地混沌，景物影影绰绰，队伍的杂沓脚步声已响出很远。父亲眼前挂着蓝白色的雾幔，挡住了他的视线，只闻队伍脚步声，不见队伍形和影。父亲紧紧扯住余司令的衣角，双腿快速挪动。奶奶像岸愈离愈远，雾像海水愈近愈汹涌，父亲抓住余司令，就像抓住一条船舷。

父亲就这样奔向了耸立在故乡通红的高粱地里属于他的那块无字的青石墓碑。他的坟头上已经枯草瑟瑟，曾经有一个光屁股的男孩牵着一只雪白的山羊来到这里，山羊不紧不慢地啃着坟头上的草，男孩站在墓碑上，怒气冲冲地撒上一泡尿，然后放声高唱：高粱红了——日本来了——同胞们准备好——开枪开炮——

有人说这个放羊的男孩就是我，我不知道是不是我。我曾经对高密东北乡极端热爱，曾经对高密东北乡极端仇恨，长大后努力学习马克思主义，我终于悟到：高密东北乡无疑是地球上最美丽最丑陋、最超脱最世俗、最圣洁最龌龊、最英雄好汉最王八蛋、最能喝酒最能爱的地方。生存在这块土地上的我的父老乡亲们，喜食高粱，每年都大量种植。八月深秋，无边无际的高粱红成洸洋的血海，高粱高密辉煌，高粱凄婉可人，高粱爱情激荡。秋风苍凉，阳光很旺，瓦蓝的天上游荡着一朵朵丰满的白云，高粱上滑动着一朵朵丰满白云的紫红色影子。

很快，队伍钻进了高粱地。我父亲本能地感觉到队伍是向着东南方向开进的。适才走过的这段土路是由村庄直接通向墨水河边的唯一的道路。这条狭窄的土路在白天颜色青白。路原是由乌油油的黑土筑成，但久经践踏，黑色都沉淀到底层，路上叠印过多少牛羊的花瓣蹄印和骡马毛驴的半圆蹄印，马骡驴粪像干萎的苹果，牛粪像虫蛀过的薄饼，羊粪稀拉拉像震落的黑豆。

拐进高粱地后，雾更显凝滞，质量更大，流动感少，在人的身体与人负载的物体碰撞高粱秸秆后，随着高粱嚓嚓啦啦的幽怨鸣声，一大滴一大滴的沉重水珠扑簌簌落下。水珠冰凉清爽，味道鲜美，我父亲仰脸时，一滴大水珠准确地打进他的嘴里。父亲看到舒缓的雾团里，晃动着高粱沉甸甸的头颅。高粱沾满了露水的柔韧叶片，锯着父亲的衣衫和面颊。高粱晃动激起的小风在父亲头顶上短促出击，墨水河的流水声愈来愈响。

父亲在墨水河里玩过水，他的水性好像是天生的，奶奶说他见了水比见了亲娘还急。父亲五岁时，就像小鸭子一样潜水，粉红的屁股眼儿朝着天，双脚高举。父亲知道，墨水河底的淤泥乌黑发亮，柔软得像油脂一样。河边潮湿的滩涂上，丛生着灰绿色的芦苇和鹅绿色车前草，还有贴地生的野葛蔓，支支直立的接骨草。滩涂的淤泥上，印满螃蟹纤细的爪迹。秋风起，天气凉，一群群大雁往南飞，一会儿排成个"一"字，一会儿排成个"人"字，等等。高粱红了，西风响，蟹脚痒，成群结队的、马蹄大小的螃蟹都在夜间爬上河滩，到草丛中觅食。螃蟹喜食新鲜牛屎和腐烂的动物的尸体。父亲听着河声，想着从前的秋天夜晚，跟着我家的老伙计刘罗汉大爷去河边捉螃蟹的情景。夜色灰葡萄，金风串河道，宝蓝色的天空深邃无边，绿色的星辰格外明亮。北斗勺子星——北斗主死，南斗簸箕星——南斗司生，八角玻璃井——缺了一块砖，焦灼的牛郎要上吊，忧愁的织女要跳河……都在头上悬着。刘罗汉大爷在我家工作了几十年，负责我家烧酒作坊的全面工作，父亲跟着罗汉大爷脚前脚后地跑，就像跟着自己的爷爷一样。

父亲被迷雾扰乱的心头亮起了一盏四块玻璃插成的罩子灯，洋油烟子从罩子灯上盖的铁皮、钻眼的铁皮上钻出来。灯光微弱，只能照亮五六米方圆的黑暗。河里的水流到灯影里，黄得像熟透的杏子一样可爱，但可爱一霎霎，就流过去了，黑暗中的河水倒映着一天星斗。父亲和罗汉大爷披着蓑衣，坐在罩子灯旁，听着河水的低沉呜咽——非常低沉的呜咽。河道两边无穷的高粱地不时响起寻偶狐狸的兴奋鸣叫。螃蟹趋光，正向灯影聚拢。父亲和罗汉大爷静坐着，恭听着天下的窃窃秘语，河底下淤泥的腥味，一股股泛上来。成群结队的螃蟹团团围上来，形成一个躁动不安的圆圈。父亲心里惶惶，跃跃欲起，被罗汉大爷按住了肩头。"别急！"大爷说，"心急喝不得热黏粥。"父亲强压住激动，不动。螃蟹爬到灯光里就停下来，首尾相衔，把地皮都盖住了。

一片青色的蟹壳闪亮，一对对圆杆状的眼睛从凹陷的眼窝里打出来。隐在倾斜的脸面下的嘴里，吐出一串一串的五彩泡沫。螃蟹吐着彩沫向人挑战，父亲身上披着大蓑衣长毛起。罗汉大爷说："抓！"父亲应声弹起，与罗汉大爷抢过去，每人抓住一面早就铺在地上的密眼罗网的两角，把一块螃蟹抬起来，露出了螃蟹下的河滩地。父亲和罗汉大爷把两角系起扔在一边，又用同样的迅速和熟练抬起网片。每一网都是那么沉重，不知网住了几百几千只螃蟹。

父亲跟着队伍进了高粱地后，由于心随螃蟹横行斜走，脚与腿不择空隙，撞得高粱棵子东倒西歪。他的手始终紧扯着余司令的衣角，一半是自己行走，一半是余司令牵着前进，他竟觉得有些瞌睡上来，脖子僵硬，眼珠子生涩呆板。父亲想，只要跟着罗汉大爷去墨水河，就没有空手回来的道理。

（1986 年）

会唱歌的墙

高密东北乡东南边隅上那个小村，是我出生的地方。村子里几十户人家，几十栋土墙草顶的房屋稀疏地摆布在胶河的怀抱里。村庄虽小，村子里却有一条宽阔的黄土大道，道路的两边杂乱无章地生长着槐、柳、柏、楸，还有几棵每到金秋就满树黄叶、无人能叫出名字的怪树。路边的树有的是参天古木，有的却细如麻秆，显然是刚刚长出的幼苗。

沿着这条奇树镶边的黄土大道东行三里，便出了村庄。向东南方向似乎是无限地延伸着的原野扑面而来。景观的突变使人往往精神一振。黄土的大道已经留在身后，脚下的道路不知何时已经变成了黑色的土路，狭窄，弯曲，爬向东南，望不到尽头。人至此总是禁不住回头。回头时你看到了村子中央那完全中国化了的天主教堂上那高高的十字架上蹲着的乌鸦变成了一个模糊的黑点，融在夕阳的余晖或是清晨的乳白色炊烟里。也许你回头时正巧是钟声苍凉，从钟楼上溢出，感动着你的心。

黄土大道上树影婆娑，如果是秋天，也许能看到落叶的奇观：没有一丝风，无数金黄的叶片纷纷落地，叶片相撞，索索有声，在街上穿行的鸡犬，仓皇逃窜，仿佛怕被打破头颅。

如果是夏天站在这里，无法不沿着黑土的弯路向东南行走。黑土在夏天总是黏滞的，你脱了鞋子赤脚向前，感觉会很美妙，踩着颤颤悠悠的路面，脚的纹路会清晰地印在那路面上。但你不必担心会陷下去。如果挖一块这样的黑泥，用力一攥，你就会明白了这泥土是多么的珍贵。我每次攥着这泥土，就想起了那些在商店里以很高的价格出售的那种供儿童们捏制小鸡小狗用的橡皮泥。它仿佛是用豆油调和着揉了九十九道的面团。祖先们早就用这里的黑泥，用木榔头敲打它几十遍，使它像黑色的脂油，然后制成陶器、砖瓦，都在出窑时呈现出釉彩，尽管不是釉。这样的陶器和砖瓦是宝贝，敲起来都能发出清脆悦耳的声音。

继续往前走，假如是春天，草甸子里绿草如毡，星星点点、五颜六色的小小花朵，如同这毡上的美丽图案。空中鸟声婉转，天蓝得令人头晕目眩。文背红胸的那种貌似鹌鹑但不是鹌鹑的鸟儿在路上蹒跚行走，后边跟随着几只刚刚出壳的幼鸟。还不时地可以看到草黄色的野兔儿一耸一耸地从你的面前跳过去，追它几步，是有趣的游戏，但要想追上它却是妄想。门老头子养的那条莽撞的瞎狗能追上野兔子，那要在冬天的原野上，最好是大雪遮盖了原野，让野兔子无法疾跑。

前面有一个池塘。所谓池塘，实际上就是原野上的洼地。至于如何成了洼地，洼地里的泥土去了什么地方，没人知道，大概也没有人想知道。草甸子里有无数的池塘，有大的，有小的。夏天时，池塘里积蓄着发黄的水。这些池塘无论大小，都以极圆的形状存在着，令人猜想不透，猜想不透的结果就是浮想联翩。前年夏天，我带一位朋友来看这些池塘。刚下了一场大雨，草叶子上的雨水把我们的裤子都打湿了。池水有些浑浊，水底下一串串的气泡冒到水面上破裂，水中洋溢着一股腥甜的气味。有的池塘里生长着厚厚的浮萍，看不到水面。有的池塘里生长着睡莲，油亮的叶片紧贴着水面，中间高挑起一支两支的花苞或是花朵，带着十分人工的痕迹，但我知道它们绝对是自生自灭的，是野的不是家的。朦胧的月夜里，站在这样的池塘边，望着那些闪烁着奇光异彩的玉雕般的花朵，象征和暗示就油然而生了。四周寂静，月光如水，虫声唧唧，格外深刻。使人想起日本的俳句："蝉声渗到岩石中。"声音是一种力还是一种物质呢？它既然能"渗透"到磁盘上，也必定能"渗透"到岩石里。原野里的声音渗透到我的脑海里，时时地想起来，响起来。

我站在池塘边倾听着唧唧虫鸣，美人的头发闪烁着迷人的光泽，美人的身上散发着蜂蜜的气味。突然，一阵湿漉漉的蛙鸣从不远处的一个池塘传来，月亮的光彩纷纷扬扬，青蛙的气味凉森森地粘在我们的皮肤上。仿佛高密东北乡的全体青蛙都集中在这个约有半亩大的池塘里了，看不到一点点水面，只能看到层层叠叠地在月亮中蠕动鸣叫的青蛙和青蛙们腮边那些白色的气囊。月亮和青蛙们混在一起，声音原本就是一体——自然是人的自然，人是自然的一部分。人在天安门集会，青蛙在池塘里开会。

还是回到路上来吧。那条黄沙的大道早就被我们留在了身后，这条黑色的胶泥小路旁生了若干的枝杈，一条条小径像无数条大蛇盲目爬动时留下的痕迹，复杂地卧在原野上。你没有必要去选择，因为每一条小径都与其他的小径相连，因为每一条小路都通向奇异的风景。池塘是风景。青蛙的池塘。蛇的池塘。螃蟹的池塘。翠鸟的池塘。浮萍的池塘。睡莲的池塘。芦苇的池塘。水荭的池塘。冒泡的池塘和不冒泡的池塘。没有传说的池塘和有传说的池塘。

传说明朝的嘉靖年间，有一个给地主家放牛的孩子，正在池塘边的茅草中蹲着干一件事儿，听到有两个男人的声音在池塘边上响起。谈话的大意是：这个池塘是一穴风水宝地，半夜三更时会有一朵奇大的白莲花苞从池塘中升起。如果趁着这莲花开放时，把祖先的骨灰罐儿投进去，注定了后代儿孙会高中状元。这个放牛娃很灵，知道这是两个会看风水的南方蛮子。他心中琢磨：我给人家放牛，一个大字不识，一辈子不会有什么出息了，但如果我有中了状元的儿子，子贵父荣，也是一件大大的美事。尽管我现在还没有老婆，但老婆总是会有的。放牛娃回去把父母连同爷爷奶奶的尸骨起出来，烧化了，装在一个破罐子里，选一个月明之夜，蹲在池边茅草里，等待着。夜半三更时，果然有一个比牛头还要大的洁白的荷花苞儿从池塘正中冒了出来，紧接着就缓缓地开放；那些巨大的花瓣儿在月光的照耀下像什么，只能由您自己去想象。等到花儿全部放开时，总有磨盘那般大小，香气浓郁，把池塘边上的野草都熏蔫了。放牛娃头晕眼花地站起来，双手捧住那个祖先的骨灰罐子，瞄得真切，投向那花心，自然是正中了。香气大放了一阵，接着就收敛了，那些花瓣儿也逐渐地收拢，缩成了初出水时的模样，缓缓地沉下水去。放牛娃在池边干完了这一切，仿佛在梦境中。月亮明晃晃地高挂在天中，池塘中水平如镜，万籁俱寂，远处传来野鹅的叫声，仿佛梦呓。此后放牛娃继续放他的牛，一切如初，他把这事儿也就淡忘了。一天，那两个南方蛮子又出现在池塘边，其中一位，顿足长叹："晚了，被人家抢了先了。"放牛娃看到这两个人痛心疾首的样子，心中暗暗得意，装出无事人的样子，上前问讯："二位先生，来这里干什么？怀里抱着什么东西？"那两个人低头看看怀中的骨灰罐子，抬头看看放牛娃，眼中射出十分锐利的光线。后来，这两个蛮子从南方带来了两个美女，非要送给放牛娃做老婆，所有的人都感到这事情不可思议，只有放牛娃心中明白。但送上门来的美女，不要白不要，于是就接受了，房子也是那两个蛮子帮助盖好。过了几年，两个女人都怀了孕。一天，趁放牛娃不在家，两个南方人把两个女人带走了。放牛娃回来后，发现女人不在了，招呼了乡亲，骑马去追，追上了，不让走，南方人也不相让，相持不下；最终由乡绅出面达成协议，两个女人，南方人带走一个，给放牛娃留下一个。过了半年，两个女人各生了一个儿子。长大后，都聪慧异常，读书如吃方便面，先生们如走马灯般地换。十几年中，都由童生而秀才，由秀才而举人，然后进京考进士。南方的那位，在北上的船头上，竖起了一面狂妄的大旗，旗上绣着："头名状元董梅赞，就怕高密哥哥小蓝田。"进场后，都是下笔千言，满卷锦绣。考试官难分高下，只好用走马观榜、水底摸碑等方式来判定高低。董梅赞在水底摸碑时耍了一个心眼，将天下太平的"太"字一点用泥巴糊住，使他的同父异母哥哥摸成了天下大平；于是，董梅赞成了状元，而蓝田屈居榜眼……这个传说还有别样的版本，但故事的框架基本如此。

如果干脆舍弃了道路，不管脚下是草丛还是牛粪，不要怕踩坏那一窝窝鲜亮的鸟蛋和活生生的鸟雏，不要怕被刺猬扎了你娇嫩的脚踝，不要怕花朵染彩了你洁净的衣裳，不要怕酢浆草的气味熏出你的眼泪，我们就笔直地对着东南方向那座秀丽的、孤零零的小山走吧。几个小时后，站在墨水河高高的、长满了香草、开遍了百花的河堤上，我们已经把那个幸运的放牛娃和他的美丽的传说抛在了脑后，而另外一个或是几个在河堤上放羊的娃娃正在睁大了眼睛，好奇地看着你。他们中如果有一个独腿的、满面孤独神情的少年，你千万可别去招惹他啊，他是高密东北乡最著名的土匪许大巴掌一脉单传的重孙子。许大巴掌曾经与在胶东纵横了十六年的八路军司令许世友比试过枪法和武术。"咱俩都姓许，一笔难写两个许字。"这句很有江湖气的话不知道出自哪个许口。至今还在流传着他们在大草甸子里比武的故事，流传的过程也就是传奇的过程。那孤独的独腿少年站在河堤上，挥动着手中的鞭子，抽打着堤岸上的野草，一鞭横扫，高草纷披，开辟出一块天地。那少年的嘴唇薄得如刀刃一样，鼻子高挺，腮上几乎没有肉，双眼里几乎没有白色。几千年前蹲在渭河边上钓鱼的姜子牙，现在就蹲在墨水河边上，头顶着黑斗笠，身披着黑蓑衣，身后放一只黑色的鱼篓子，宛如一块黑石头。他的面前是平静的河水，野鸭子在水边浅草中觅食，高脚的鹭鸶站在野鸭们背后，尖嘴藏在背羽中。明晃晃一道闪电，喀啦啦一声霹雳，头上的黑云团团旋转，顷刻遮没了半边天，青灰色的大雨点子急匆匆地砸下来，使河面千疮百孔。一条犁铧大小的鲫鱼落在了姜子牙的鱼篓里。河里有些什么鱼？黑鱼，鲇鱼，鲤鱼，草鱼，鳝鱼。泥鳅不算鱼，只能喂鸭子，人不吃它。色彩艳丽的"紫瓜皮"也不算鱼，它活蹦乱跳，好像一块花玻璃。鳖是能成精作怪的灵物，尤其是五爪子鳖，无人敢惹。河里最多的是螃蟹，还有一种青色的草虾子。这条河与胶河一样是我们高密东北乡的母亲河。胶河在村子后边，墨水河在村子前面，两条河往东流淌四十里后，在咸水口子那里汇合在一起，然后注入渤海的万顷碧波之中。有河必有桥，桥是民国初年修的，至今已经摇摇欲坠。桥上曾经浸透了血迹。一个红衣少女坐在桥上，两条光滑的小腿垂到水面上。她的眼睛里唱着五百年前的歌谣。她的嘴巴紧紧地闭着。她是孙家这个阴鸷的家族中诸多美貌哑巴中的一个。她是一个彻底的沉默，永远紧绷着长长的秀丽的嘴巴。那一年九个哑巴姐妹叠成了一座高高的宝塔，塔顶上是她们的夜明珠般的弟弟——一个伶牙俐齿的男孩子。他踩在姐姐们用身体垒起来的高度上，放声歌唱："桃花儿红，莲花儿白，莲花儿白白如奶奶……"这歌声也照样地渗透在他的姐姐们的眼睛里。每当我注视着孙家姐妹们冷艳的凤眼，便亲切地听到了那白牙红唇的少年的歌唱。

发生在这座老弱的小石桥上的故事多如牛毛。世间的书大多是写在纸上的，也有刻在竹简上的。但有一部关于高密东北乡的大书是渗透在石头里的，是写在桥上的。

过了桥，又上堤，同样的芳草野花杂色烂漫的堤，站上去往南望，土地猛然间改变了颜色：河北是黑色的原野，河南是苍黄的土地。秋天，万亩高粱在河南成熟，像血像火又像豪情。采集高粱米的鸽子们的叫声竟然如女人的悲伤的抽泣。但现在已经是滴水成冰的寒冬，大地沉睡在白雪下，初升的太阳照耀，眼前便展开了万丈金琉璃。许多似曾相识的人在雪地上忙碌着，他们仿佛是从地下冒出来的。这就是高密东北乡的"雪集"了。"雪集"者，雪地上的集市也。雪地上的贸易和雪地上的庆典，是一个将千言万语压在心头、一出声就要遭祸殃的仪式。成千上万的东北乡人一入冬就盼望着第一场雪，雪遮盖了大地，人走出房屋，集中在墨水河南那片大约有三百亩的莫名其妙的高地上。据说这块高地几百年前曾经是老孙家的资产，现在成了村子里的公田。据说高密东北乡的领导人要把这片高地变成所谓的开发区，这愚蠢的念头遭到了村民的坚决抵制。圈地的木橛子被毁坏了几十次，乡长的院子里每天夜里都要落进去一汽车破砖碎瓦。

我多么留恋跟随着爷爷第一次去赶"雪集"的情景啊。在那里，你只能用眼睛看，用手势比画，用全部的心思去体会，但你绝对不能开口说话。开口说话会带来什么后果？我们心照不宣。"雪集"上卖什么的都有，最多的是用蒲草编织成的草鞋和各种吃食。主宰着"雪集"的是食物的香气：油煎包的香气，炸油条的香气，烧猪肉的香气，烤野兔的香气……女人们都用肥大的袖口捂住嘴巴，看起来是为了防止寒风侵入，其实是要防止话语溢出。我们这里遵循着这古老的约定：不说话。这是人对自己的制约，也是人对自己的挑战。苏联的著名小说《钢铁是怎样炼成的》中的主人公保尔·柯察金说不抽烟就不抽烟了，高密东北乡人民说不说话就不说话了。会抽烟不抽烟是痛苦，但会说话不说话却是乐趣。难得的是来这里的人都憋着不说话。当年我亲眼目睹着因为不说话使"雪集"上的各项交易以神奇的速度进行着。因为不说话，一切都变得简捷明了，可见人世上的话，百分之九十九都是废话，都可以省略不说。闭住你的嘴巴，省出力量和时间来思想吧。不说话会让你捕捉到更多的信息。关于颜色，关于气味，关于形状。不说话使人处在一种相互理解的和谐气氛中，不说话使人避免了过分的亲昵也避免了争斗。不说话使人与人之间的关系拉上了一层透明的帷幕，由于有了这层帷幕，彼此反倒更深刻地记住了对方的容貌。不说话你能更多地听到美好的声音。不说话女人的嫣然一笑更加赏心悦目、心领神会。你愿意说话也可以，但只要你一开口，就会有无数的眼睛盯着你，使你感到无地自容。大家都能说话而不说，你为什么偏要说？人民的沉默据说是一个可怕的征兆，当人们七嘴八舌地议论着、詈骂着时，这个社会还有救；当人民都冷眼不语装了哑巴时，这个社会就到了尽头。据说有一个外乡人来到"雪集"，纳闷地说："你们这里的人都是哑巴吗？"他受到了什么样的惩罚？请你猜猜看。

不要在此流连。关于"雪集"，我会在一部长篇小说里再次对你说起，非常的详细。下面，请你注意那条狗。那条瞎眼的狗，在雪地上追逐野兔。我在本文开篇时为这条狗下了一个定语：莽撞。其所以莽撞，是因为瞎眼；正因为盲目，所以就莽撞。其实他追逐着的，仅仅是野兔的气味和声音。但它最终总是能一口咬住野兔子，使我想起了德国作家帕特里克·聚斯金德的小说《香水》，那里边有一个怪人，通过对气味的了解，比所有的人都更加深刻地了解了这个世界。日本的盲音乐家宫城道雄写道："失去了光之后，在我的面前却展现出无限复杂的音的世界，充分地弥补了我因为不能接触颜色造成的孤寂。"这位天才还听到了声音的颜色，他说音和色密不可分，有白色的声音，黑色的声音，红色的声音，黄色的声音，等等；也许还有一个天才，能听出声音的气味来。

就不去西南方向的沼泽地了吧？也不去东北方向的大河入海处了吧？那儿的沙滩上有着硕果累累的葡萄园。也不去逐个地游览高密东北乡版图上那些大小村镇了吧？那儿的历史上曾经有过的烧酒大锅、染布的作坊、孵小鸡的暖房、训老鹰的老人、纺线的老妇、熟皮子的工匠、谈鬼的书场，等等等等，都沉积在历史的岩层中，跑不了的。请看，那条莽撞的狗把野兔子咬住了。叼着，献给它的主人，高寿的门老头儿。他已经九十九岁。他的房屋坐落在高密东北乡最东南的边缘上，孤零零的。出了他的门，往前走两步，便是一道奇怪的墙壁，墙里是我们的家乡，墙外是别人的土地。

门老头儿身材高大，年轻时也许是个了不起的汉子。他的故事至今还在高密东北乡流传。我最亲近他捉鬼的故事。说他赶集回来，遇到一个鬼，是个女鬼，要他背着走。他就背着她走。到了村头时鬼要下来，他不理睬，一直将那个鬼背到了家中。他将那个女鬼背到家中，放下一看，原来是个……这个孤独的老人，曾经给一个大名鼎鼎的人物当过马夫。据说他还是共产党员。从我记事起，他就住在远离我们村子的地方。小时候我经常吃到他托人捎来的兔子肉或是野鸟的肉。他用一种红梗的野草煮野物，肉味于是鲜美无比，宛如动听的音乐，至今还缭绕在我的唇边耳畔。但别人找不到这种草。前几年，听村子里的老人说，门老头儿到处收集酒瓶子，问他收了干什么，他也不说。终于发现他在用废旧的酒瓶子垒一道把高密东北乡和外界分割开来的墙。但这道墙刚刚砌了二十米，老头儿就坐在墙根上，无疾而终了。

这道墙是由几十万只酒瓶子砌成，瓶口一律向着北。只要是刮起北风，几十万只酒瓶子就会发出声音各异的呼啸，这些声音汇合在一起，便成了亘古未有的音乐。在北风呼啸的夜晚，我们躺在被窝里，听着来自东南方向变幻莫测、五彩缤纷、五味杂陈的声音，眼睛里往往饱含着泪水，心中常怀着对祖先的崇拜、对大自然的敬畏、对未来的憧憬、对神的感谢。

你什么都可以忘记，但不要忘记这道墙发出的声音。因为它是大自然的声音，是鬼与神的合唱。

会唱歌的墙昨天倒了，千万只破碎的玻璃瓶子，在雨水中闪烁清冷的光芒继续歌唱，但较之以前的高唱，现在已经是雨中的低吟了。值得庆幸的是，那高唱，那低吟，都渗透到了我们高密东北乡人的灵魂里，并且会世代流传。

(1993 年)

故 乡 往 事

　　我生在山东省高密县大栏乡平安村里，一直长到二十岁才离开。故乡——农村留给我的印象，是我创作的源泉，也是动力。我与农村的关系是鱼与水的关系，是土地与禾苗的关系。当然，从另一方面看，也是鸟与鸟笼的关系，也是奴役与被奴役的关系。虽然我离开农村进入都市已经十好几年，但感情还是农村的，总认为一切还是农村的好，但假如真让我回农村去当农民，肯定又是一百个不情愿。所以有时候骂城市，并不意味着想离开；有时候赞美农村，也不是就想回去。人就是这样口是心非，当然也会有始终心口如一的特殊例子。

　　故乡留给我的印象，是我小说的魂魄。故乡的土地与河流，庄稼与树木、飞禽与走兽、神话与传说、妖魔与鬼怪、恩人与仇人，都是我小说中的内容。要把我与农村的关系说清楚，不是太容易。我想拣几件至今让我难以忘怀、又没有写进小说里的事儿写写，也算向读者坦白吧。

一、滚烫的河水

　　我这辈子记住的第一件事，是掉到茅坑里差点淹死。那大概是我两岁左右的事。在我的印象里，那是个暴雨很多、骄阳如火的夏天，家里那个用砖头砌就的很深很大的露天茅坑里潴留着很多雨水，水面上漂浮着一层草木灰，草木灰中蠕动着长尾巴的蛆虫。我记得茅坑角上插着一根木棍子，是为我的腿脚不方便的奶奶预备的。我喜欢双手抓着木棍子，身体往后仰着，一边拉一边胡思乱想。那根木棍年久腐朽，突然断了。我仰面朝天跌进茅坑里去，喝了一肚子臭水，幸亏我的大哥发现把我捞上来。大哥拿着一块肥皂，把我扛到河里去洗。我记得正是中午头儿，阳光特别强烈，河里的水明晃晃的，耀得人不敢睁眼，满河里都是洗澡的男人和嬉水的男孩。男孩们追逐着、叫嚷着，腾起一片片白色的水花。大哥把我放进河水里。河水滚烫，我嗷嗷地叫着，搂着大哥的脖子使劲地把腿蜷起来。大哥硬把我按在水里。我哭着挣扎着。我记得大哥说：你一身屎一头蛆，不烫烫，脏死了。我还记得周围的滚水中露着一些青色的男人头颅，那些漆黑的眼睛在蒸气中眨动着。谟贤，怎么了？我记得他们很尊敬地叫着大哥的学名问。大哥那时正在夏庄镇念高级中学，是村里唯一的中学生，受着村民们的尊重。大哥说：掉到圈里了，差点淹死！我记得那些男人笑嘻嘻地问我：屎汤子什么味道？好喝不好喝？大哥往我的头上抹了很多肥皂，肥皂泡沫杀得我睁不开眼睛。我闻到了肥皂味儿、鱼汤味儿、臭大粪味儿。

我认为三十几年前的太阳比现在毒得多，能晒热半河流水。那样滚烫的河水我再也碰不到了。近十几年，故乡所有的河流都干得底朝了天，我的乡亲们在河床上晒庄稼，搭上台子唱戏。关于在河床上搭台子唱戏的事，我在一部题名《爆炸》的中篇里有过描写。

二、成精的老树

"大跃进"、大炼钢铁、吃公共食堂时，我已是三岁。先是记得我家菜园子旁边那株数人难以合抱的大柳树被杀了，拉去当炼钢铁的燃料。杀树时我跟着姐姐满腔怒火地站在很远的地方观看。虽然农村"共产主义"管什么都不要钱，但我们对自家的大树有感情了，杀它我们心疼。杀树的人有十几个，有拿斧的，有拿锯的，有拿十字镐的，有拿大锛的，噼噼啪啪，从日头冒红折腾到太阳平西，雪白的木屑飞散在大树周围厚厚一层，但大树森森屹立，总是不倒。邻居孙二提着大斧绕着大树转着说："该倒了吧，怎么总是站着？"很多遥观杀大树的婆婆妈妈喊喊喳喳地议论起来，说这棵大柳树有几百年的寿命，早就成了精了，不是随便好杀的。说有一年谁谁谁从树上钩下一根枯枝，回家就生了一场大病，何况要杀它！砍一斧没有血来就算树精遮了众人的眼。婆婆妈妈议论着，杀树的男人都怯怯地离了那挨千斧万锯而不倒的老树，远远地躲到矮墙边上抽烟袋。夕阳渐下渐浓，红光像血一样，把老树映得一片辉煌，看光景杀树的男人也都害了怕，没人敢靠前了。正在这时候，大队长张平团来了。他瞪着两只呆愣愣的大眼，大背着一杆长苗子鸟枪，穿着一身又脏又破的军衣，腰里扎着一条黑色的牛皮腰带，很宽；腰带扣是黄铜的，闪闪发光。据说他常用这条腰带抽他的老婆，这不是我亲眼所见；我亲眼看到过好多次他打老婆，但都不是用牛皮腰带，用枪苗子戳，用疤棍子捞，用木板子砍。每次他都把他那个又瘦又小的老婆打得血肉模糊，眼见着要死的样子，但她总是能活过来，而且还能在这三日一小打、五日一大打中一胎接一胎地生孩子，尽生些秃头小子，七长八短一群，五冬六夏光着屁股，都瞪着呆愣愣的大眼，一看就知道是大队长的种子。大队长昂着头，瞪着眼，像哪吒一样，风风火火地滚过来，冲着那些杀树的男人破口大骂："……磨洋工吗？十几个整劳力，一天杀不倒一棵树，要你们干什么？都给我滚起来，杀。"

孙二弓着腰，踱过来，愁眉不展地说："大队长，不是我们磨洋工，这棵树成了精了，不好杀。"他指指被砍得摇摇晃晃的大树和遍地的木片，怯声道："都成了这样了，它硬是不倒。"

"放屁！"大队长骂道，"听说过狐狸成精，没听说过柳树成精。不倒？它凭什么不倒？它敢不倒！我给你们轰它一枪，压压邪气！"说着，他把肩上的鸟枪悠下来，端在手里，喝一声："小孩子闪开点！"然后，举枪单眼瞄瞄准，说："我可是要搂火喽！"随着一钩扳机，一股小小的黄烟从枪机那儿冒起来，紧接着一溜火光蹿出枪管，震天动地一声响，一大团铁砂子打在树干上，掏出了拳头大小一个窟窿。大树抖了抖，依然不倒。大队长猫着腰走到树下，转着圈看了看，说："断是断了，就是树头重，压住了。找绳子，拴住树杈子，拉，一拉准保就倒了。"杀树的人们大眼瞪着小眼，懒洋洋地，没有一个想动。大队长瞪着眼，大声吆喝："想让我拔你们的白旗吗？孙二，你去大车棚里拿绳子。"孙二黏黏糊糊地说："大队长，天就要黑了，黑灯瞎火的，砸着人就不是玩的。"大队长道："胡说，放着它立一夜，不是又长到一块儿去了嘛！别给我蘑菇，快去。"

孙二嘟嘟哝哝地去找绳子，大队长瞅着机会，训斥杀树的人。大家都低着头抽烟，没人吭气。大队长也觉得没趣了，吐了几口唾沫，单手叉腰，往大车棚的方向望孙二。

孙二拖着大捆绳子，像一条被打出了肠子的狗，三步一歇地磨蹭过来。

大队长命人上树挂绳，没人敢上。张三说腿痛，李四说腰痛，王一说眼神不济，都不愿上树，用枪筒子戳着腚也不上。大队长无奈，皱着眉头想了个偷巧的法子，用绳子绑了一块砖头，往树杈上抛，三抛两抛，竟然成功了。拉紧了绳，大队长喊着号子，一、二、三，拉——说时迟那时快，只听得嘎吱嘎吱几声巨响，大树缓缓倾斜过来，有人喊了一声："不好！"众人扔掉绳子才待要跑，哪里跑得及？大树挟着风裹着月，像一团黑压压的乌云，比风还快地倒了。庞大的树冠陈在地上，蓬松着像一座小山。短墙倒到白菜地里去了，孙家的三间草屋倒了一间半。十几个杀树的民工一个也没落，全给摁在树里。他们在树里边出不来，人不停地叫唤。大队长站在边上喊号，看事不好，几个小箭步就蹿出几丈远，脱离了危险。到底是当过志愿军的人，反应敏锐，腿脚矫健。

先是围观的婆婆妈妈们尖声叫起来，继而是大队长尖着嗓子沿大街来回跑动着喊叫："救人——救人——"附近土高炉那儿正在砸锅熬铁的人乱纷纷跑来，七嘴八舌地问："人在哪儿？人在哪儿？"

后来就试探着拉那树冠，哪里拉得动？一老者道："别拉！一拉两鼓涌，原来死不了的，也给揉搓死了。"都停手不拉，但没有主意，老者道："多找大齿锯来，卸树杈子。"

众人找来几张需要两人拉动的大齿锯，又点亮几盏马灯，哧啦哧啦地锯树杈子。大队长早就不咋呼了，鸟枪也不知扔哪儿啦，煞白着脸儿，提着一盏马灯，给拉锯的人照明。

被砸在树下的人的亲属听着风来了，哭的哭，叫的叫，像死了人报丧一样。树下的人有能跟亲属对话的，劝亲属不要哭；伤重的就顾不了人伦，一个劲儿呻唤；也有自始至终没出动静的、亲属呼唤也不答应的，大概不死也是发了昏了。

树冠渐渐秃下去，几个小时后，终于见了地皮，把树下的死人活人拖出来，抬到卫生所里去。满地都是血。人终于散得不多了，大队长提着马灯，呆呆地站在那儿，像根木桩子一样。

这是我们村几十年没出过的大事故，死了五个人，孙二是其中之一；其余的都受了伤，伤得最轻的王四海，也断了一条腿，折了八根肋条。

我爷爷原先是痛恨杀树者的，在斧锯声中骂不绝口。事发后，他叼着那支红铜嘴儿、青铜管儿、黄铜锅儿的全铜烟袋，一锅连一锅抽烟，脸青着，一句话也不说。

三、爷爷的故事

实际上我要写的是关于爷爷的一些事情，几乎没有虚构，题目中有"故事"二字，并不意味着我要编造什么。自从我写了《红高粱家族》之后，有一些读者来信问我：你爷爷是否就是土匪余占鳌的原型？不是的，我爷爷与土匪司令余占鳌没有任何关系，他是一个真正的优秀的农民。他个头中等，人很瘦，是干农活的好手，也是心灵手巧的木匠。后来他老了，腰弯得像鱼钩一样，这是年轻时出力太过的后果。

爷爷年轻时腿上生了贴骨疽，据说病情十分严重，眼见着一条腿难保了。无奈，只得请来全县闻名的医生"大咬人"。此人医术高明，尤其是治毒疮恶疽有绝活，但极难伺候，非坐健骡拉的轿车不出诊，食鱼肉、饮美酒，诊费要得凶狠，故称"大咬人"。雇了轿车子把"大咬人"搬来，谈起来竟是瓜蔓子亲戚，于是"大咬人"也不咬人了，给开了三服中药，十分把握地说了每吃一服药后病情的变化。我的大爷爷也是个中医，对"大咬人"原也不十分服气，所以他亲自观察我爷爷服药的病情变化，果然如"大咬人"所预言，大爷爷十分心服。大爷爷说三服药吃完后，爷爷的一条腿像熟透了的瓜一样，插进几十根中空的麦秆草引流，脓血流了许多，后来竟一点也没落残。据说那"大咬人"能把人头上的疮用一服药给挪到屁股上去，虽说是玄而又玄，但我基本相信，中医里确实有一些半仙样的人物。

每年的麦收季节，是我记忆中十分愉快的季节。这季节遍地金黄，为了抢时间，男劳力们披着星星下地，早饭送到地里吃。各家都把去年残存的一点点小麦磨了，擀饼蒸馒头，犒劳镰刀。我十三岁那年，第一次告别了拾麦穗的儿童队伍，提着镰刀，加入了割麦的行列。我的镰刀是爷爷亲手帮我磨的，磨得非常快，吹毛立断。我信心百倍地提着快镰，头顶着幽蓝夜空上的繁华星斗，跟随着大人们，走进散发着麦香的田野，心情兴奋，似初次上阵的新兵。

我们那地方土地辽阔，庄稼都是种成大片，无论是高粱还是小麦，都有一望无垠的劲头儿。那天早晨收割的那块地是最短的，但一个来回也有五里。每个人割两行，梯形排开，队长在最前头，我在最后头。割了半个时辰，前边的人就没影了。后来日头在东边冒了红，染得地平线上的几条长云如同烂漫的绸带。早起的鸟儿在灰蓝的天空中婉转地呼哨着，潮湿的空气像新酿出的酒浆。我直起麻木沉重的腰，看到遍地躺着一排排整齐的麦个子，割麦的男人们已经在遥远的河堤上等待开饭了，而我还在地半腰。

后来队长与几个人分段割完了我那行麦子。我提着镰刀，非常不好意思地到了地头。刚要拿碗去盛队里免费供应的绿豆稀饭，一个家庭出身很好、在队里说话很硬的小个子男人把我的碗夺过去，扔在地上，气势汹汹地说：你还有脸喝汤？你看看你割那两行麦子，茬子高，掉穗多，浪费粮食糟蹋草，该扣你们家的粮草！他的话分量太重，我委屈地哭了！

队长说：你还是拾麦穗去吧，再长几岁，有你割麦子的时候。当天中午，爷爷知道了这件事，他很生气。吃过午饭，他提着一把镰，到了割麦的地方。爷爷是不愿加入合作社的，但拗不过思想进步的父亲。入社后，他便发誓不为生产队干活，割草卖，没草割的时候就做木匠活。所以爷爷在生产队麦田里出现引众人注目。队长很客气地招呼。爷爷也不说话，拣了一块麦子长得格外茂密的粪盘地，弯腰挥镰，刷刷刷一阵响，便把一个两头粗、腰儿细的麦个子扔在众人面前。那活儿自然是一流的，没人能比。训斥过我的小个子脸红了。爷爷说：你们割了几亩麦子？弄得灰头垢脸的，早年我去上坡田割麦子，穿着白漂布的小褂，手提着画眉笼子，割一天下来，衣服还是白的。

爷爷说的可能有点玄，但他的技艺的确把人们镇住了，替我出了一口气。

爷爷会织渔网，会编鸟笼子，会捕鱼、捉螃蟹，还玩鸟枪打鸟。他是个有情趣的农民。后来的人民公社大锅饭，把人像牲口一样拢在一起，人们过着一种半军事化的生活，去赶个集都要向队长请假，农民的所有时间都不能自己支配，有情趣的农民也没有了。这几年土地分到了户，农民们比我在农村时要舒服多了；虽然干活也苦也累，但人身恢复了自由，人的脑袋也有了更多的用处。如果我的爷爷还活着，他一定会愉快的。

事实上，人民公社那一套，人人都知道不灵，但谁也不敢说。上头把政策一变，饭也吃饱了，衣也穿暖了，房子也住好了。守着那么肥沃的土地，竟饿肚子许多年，想想也不知道该恨谁。当年我爷爷就诅咒人民公社是兔子的尾巴长不了，这在当时可算弥天大罪，现在应了验。

关于农村，可以说的话实在是太多。譬如农村的政治制度、宗族问题、农时节气、庄稼草木、土地河流、家禽家畜、蚊蝇蛆虫、风俗习惯、洪水旱魃、苛捐杂税、奇人异事……都能拉开架式写大块文章，只可惜版面有限，只好草草结束这篇"四不像"的文章，读者姑妄读之吧。

（1990 年 6 月）

一本书打开一个世界

欢迎订购、合作

订购电话：0571-85153371

服务热线：0571-85152727

莫言读书会　　KEY-可以文化　　浙江文艺出版社　　京东自营店

关注 KEY-可以文化、浙江文艺出版社公众号，
及浙江文艺出版社京东自营店，随时获取最新图书资讯，
享受最优购书福利以及意想不到的作家惊喜